春祺夏安

Seasons
of the Palace

杜梨

著

湖南文艺出版社
HUNAN LITERATURE AND ART PUBLISHING HOUSE

博集天卷
CS-BOOKY

春祺夏安

我一直觉得，古建上最迷人的部分，
不是那些精致的雕绘和五色的油彩，
无论是旋子彩画、苏式彩画还是和玺彩画，
都不及瓦檐上长出的野草、牌匾后的蝙蝠和筒瓦里的雨燕，
后者才是古建活着的、呼吸的部分。

春祺夏安

在城市中流浪的动物最后都去哪儿了呢?
是不是也有一座城市边缘的大象坟墓?

这就是我眼中的"夏宫"，一个在冬日滴水成冰的地方。

在经历了互联网和新媒体工作的压榨后，
没有比做万寿山保洁和佛香阁保安更陶冶情操的了。

春祺夏安

春祺夏安

我们将落在台阶缝隙里的落叶碎渣沿着坡扫进山里，
这些劳动令我十分快乐。

献给我的奶奶、

父母与爱人。

感谢我可爱的同事们对此书的大力支持。

本书的内容背景参考了相关史书与志书，

若有不准确处，还请批评斧正。

文中出现的一些地名、人名因避讳多用化名。

目 录
CONTENTS

PART I

宫
里

其实，这个世界上的大部分人都是服务员，只不过服务的对象和阶层不一样罢了。为人民服务挺好，只是它需要无尽的耐心和空旷的精神。

PART 2

家
里

如果把中华人民共和国比作一个巨大的钢铁巨人，
这个东方巨人的每一个举动，都需要有无数小人儿
在其中工作，让其运转，钢铁巨人向前迈动的每一
小步，都需要耗费无数普通人漫长的一生。

PART 3

柔
软

我的内腔就像被怪兽用勺子舀着，一勺一勺，吃空
了我的雄心壮志。

PART 4

无常

北京又下了几场雪，郊区的雪分外丰盛，我仿佛
回到了童年。松鼠也看呆了，它会在起风的时候
竖起耳朵，凑在窗口使劲闻外面的味道。

AFTERWORD

一些零碎的后记

PART 1

宫里

其实，这个世界上的大部分人都是服务员，

只不过服务的对象和阶层不一样罢了。

为人民服务挺好，只是它需要无尽的耐心和空旷的精神。

颐和园

1

我在颐和园工作了快一年，因着工作岗位的不同，见识了湖光山色，也遇到了形形色色的人。我和我的密云同事戏称要开一档节目，叫《颐和园的故事之你是保安，我是保洁》，以赞美这皇家园林赐予我们的广阔视野和强健心胸。

去年冬天，我和两位同事一起扫过转轮藏边的万寿山，因山石上落了一个秋天的叶子，我们要将它全部打扫干净。那天，我们穿着蓝色工服，整整扫了5个小时，用3把破笤帚把山扫得一尘不染，每个人都像在黄土里打了一遍安塞腰鼓。而今年春天，我们将落在台阶缝隙里的落叶碎渣沿着坡扫进山里，这些劳动令我十分快乐。

我也曾在佛香阁看护铜鹤、铜瓶和观世音菩萨，在山门进行疏导和巡视全院。

通往佛香阁的台阶为100级，较为陡峭。有大爷痴迷于悬崖边的探戈，踩在台阶边拍照。我小碎步前去提醒，他又悬空半步，仿佛他玩的就是我的心跳。

一般游客爬上来，会气喘吁吁地坐在石台上休息，游客一多，容易发生拥挤踩踏。这时我就像火车站外任何一个给大巴车拉活儿的捎客。"您好游客，请往里走，里面都可以坐啊，里面都可以坐。"

在经历了互联网和新媒体工作的压榨后，没有比做万寿山保洁和佛香阁保安更陶冶情操的了。现在的我来到了门区，穿上了"御赐"的保安黄马甲，愈加体会到了为人民服务的愉快。

前不久，因接到热心群众要求公园延长开放时间的投诉，北京市决定将市属 11 家公园提早开放和延时关门。"596"，没有节假日和双休，也成了公园职工的工作常态。每晚 10 点多，天坛公园的员工刚刚下班，而颐和园的警犬早已上山。

于是，住在城区的有孩同事早上 4 点多起来给孩子做饭，无孩同事早上 5 点起床洗漱。

怀柔的同事早上 4 点 50 起床，从怀柔上大广高速，开车将近 80 公里，如遇堵车，一个半小时后光荣上岗；来自密云的同事凌晨 3 点半起床，拼车到西直门或西坝河，之后换乘公交车，和敬老卡用户一起上车。

老人们上车后，车上瞬间汇聚成一片欢乐的海洋。敬老卡用户们互相问候："您今天去哪儿啊？""今儿就去圆明园吧！"

没有人知道车上的年轻人来自密云，正要去往圆明园的邻居——颐和园。

密云人睁大眼睛望着窗外，伊想：我真想留在北京啊，住在市里，成为城里人。但伊的工资并不允许伊租房，伊便每天像赶羊一样赶着自己。

有时，伊会怀念在密云检察院的工作，离家走路 10 分钟就到，可惜没有编制。

终于，早上 5 点 50 分，密云同事准时抵达门区。

2

当我开车去上班时，道路的右边站着穿着各色泳裤的大爷们，一位大妈穿着连体的玫红色泳衣，站在大爷们中间显得卓尔不群。他们的皮肤一律都是浅橘色的，略略发着粉红——那是无论春夏秋冬，都泡在京密引水渠里游泳，太阳和北风所赋予的柔润光泽。

引水渠的西面拉着一条横幅："发展体育运动，增强人民体质。"引水渠的东面则挂着一块告示牌："汛情无常，水位多变，文明亲水，注意安全。"

到了冬天，他们在岸上的热身是一定要做够半小时的。抻腰，压筋，旋转，跳跃，他们一层层地剥去衣服，彼此寒暄着，感官却要敏锐地捕捉周围的声态，眼看围着的游客越来越多，听见几句"这大冷天的，真行，嘿"的赞美，身体便不由自主地发起热来。准备工作就绪，他们在水里下一圈，两分钟就回来了。

老年女子游泳队则会打出健身横幅，穿着泳衣站在冰面上，摆出活力万千的姿势，拍出连丝巾舞者都望尘莫及的绝代芳华。

哪怕对面就是柳浪游泳场，老年人也要享受在这条引水渠中露天游泳的快乐，这似乎让他们发福的肉体焕发出不老的青春。可就算南如意门码头的铁栅栏能阻拦游船直接开进昆明湖，抑或起了大风，昆明湖翻起了波浪，游船接到指示不再起航，也没有什么能够阻挡大爷大妈。

每天早晨不到 6 点，公园的门前就排了一长串来晨练的大爷大妈，他们有老年卡，一律免票。如果 6 点门没有开，他们一准儿打电话投诉。晨练、唱歌过后，他们便回家睡觉，美滋滋地泡上一壶茶，颐养天年。

本地的北京大爷大多目不斜视，从裤腰里掏出拴绳的老年卡，往机器上一碰，不管刷没刷上，一定要意气风发地冲进公园，似乎公园里有特价菜大甩卖。他们大多是附近的拆迁户或退休老干部，溜达着就过来了。颐和园这道门一定要过得痛快，如果因为各种问题，让他们的冲刺延宕了一两秒，他们就会开始挑理。"怎么我天天从这儿过都没事，就你拦我？"

曾有新来的同事比较认真，检查了大爷的年票照片，大爷便站在北宫门门口，骂了他 10 分钟。也有大爷在经过票亭的时候，突然探身进来，笑眯眯地送我一把野杏。

为此，检票员有时会刷多点儿票杆，让大爷们得以鱼贯而入。而有人偏爱让检票员为自己单独刷卡，只为享受那一刹那的人工服务，听那一声电子音的问候："请进。"这时，我们一定要予以满足，让他们获得百分百的满足体验。

有时，大妈立于杆前不走，责备同事不给她单刷。同事给她刷卡后，她才满意："这还差不多！不然你们都不干活儿！"而另一位大爷在同事为他刷过"请进"后仍然愤怒，骂骂咧咧地穿着单薄的运动裤站在北风里，恨恨地盯了同事40多分钟，任凭同事怎么劝都不离开。

6点15分，昆明湖南岸晨跑的老年人会冲着水里嗷嗷吆喝，大喊加油。此时，引水渠里的老年人也不甘示弱，大声喊着嘿嘿，一起加油，让路过的游客无比艳羡。

从东宫门进的老年人会去万寿山上唱歌，而从南门进来的老年人会去绣漪桥旁的小亭子里唱歌。他们敲起三角铁，拉起手风琴，吹起萨克斯，翻开自制的歌谱，站在公园里拿着话筒，激情澎湃地唱上一个半小时，追忆自己逝去的青春，与昆明湖水形成美妙的共振。

南堤的围城下，游泳的老年人越过游船，沿着京密引水渠一路向西游去，在深绿色的、富含水藻的河面上翻腾着，偶尔在水里吐几口水。还没睡的夜鹭站在引水渠顶上，认真地看着他们游泳，想看看能不能捞点儿小虾米。

最近，一位个子稍矮，穿着豆绿polo衫，戴着黑框眼镜，肤色黝黑的北京男子，带着他的妻子和三个孩子从门口过。其中两个孩子因身高超高和年龄超龄被我拦了下来，我要求家长去买票。他立即在他的孩子们面前对我破口大骂："就你他 × 的事多，怎么别人都不拦？""我们就进去走一走，怎么还要收钱？""公园就应该是免费的，本来就是老祖宗留下来的，不过就是给你们一口饭吃，凭什么收钱？"

我做完解释工作后，他的妻子去买票，而他开始了叫骂，我对此保持沉默，而摄像头在记录。我背对他，控制好情绪，微笑着对其他游客进行服务。而他的女儿在问："爸爸，我们真的要买票吗？"

老同事会豁达地告诉我："知道了吧，咱们挣的就是这份受气的钱。"

是的，你要为人民服务。在检票岗，你并不会被大众看作一个活生生的人，而只是一个堵住大门的门闩罢了，人的异化应运而生。

去年寒冬，有位大爷举起拐杖，杖击年轻女售票员的头。有20多岁的青年游客指着售票员骂，甚至还有殴打员工的情况出现。被殴打员工可以报警，而难听的话则无法衡量，只能自我消化这种伤害。

公园门区就像一面照妖镜，它能照到一切中产阶级和知识分子所忽略的热搜处，和抖音的社会风情处处相连。没有针对游客不文明行为的反制，工人和干部头顶是单向的投诉热线，似乎没有舆论和热搜，只有一种正确。那么逃票的人能想到，逃票是对买票游客的不公吗？也许他的思维还停留在20世纪的"大串联"。

延时后，经常会有老年人来问开关门时间，得知早6点开，晚上8点关后激动不已。"延时真是伟大的发明呀！我过去就老骂你们颐和园关得早！延时真伟大！"

也有老太太拿出主人翁的气势："终于延时了！早晨4点半开才合适，就这样你们一天也开不够15个小时！"

我笑了笑，觉得公园不如24小时通宵开放。在伸手不见五指的黑暗中，人们在颐和园奇妙夜里偶遇前清往事。而我，也渴望牵着颐和园的黑背警犬，在深夜的昆明湖边走一走。

来来往往如此多的人，我只在临近下班时，碰到过对我们延时表示关心的一对夫妇。"哎！这一延时，我都特别心疼您，多辛苦啊！"

3

我是如何来到了颐和园的呢，那是一个蝉鸣的夏季，我早已从新媒体领域辞职，第一次考博失利，我无法从繁重的复习和写作中缓过来。我妈正抱怨她买了公园年票，因为疫情一扇公园的大门都没摸过，感到十分亏。

一打开颐和园公众号，北京市公园管理中心的招聘信息就推到了她的眼前。于是，她提议我去报考颐和园，说离家又近，环境又好，还是事业编，何乐而不为？

我还想在考博的路上猛冲一把，怎奈爸妈把我赶出家门的愿望与日俱增。我提着花生、毛豆和汽水赶回家，赶在最后一分钟交了报名表。经过 4 个月的笔试、面试的拉锯战后，我接到了颐和园的电话："喂，×××吗？这里是义（颐）和园……"

"义（颐）和园"这地道的老北京发音让我陷入祥云中，我感觉我与这座皇家园林的距离更近了。

在一个工作日的下午，我和一帮"95 后"的孩子一起走进清颐和园外务部公所，领了一身我们当时梦寐以求的蓝色冲锋衣，胸前有着颐和园的标志——佛香阁的刺绣，那感觉比第一次戴红领巾还快乐。直到我们发现衣服偏小，塞不进厚衣服。

我们之中有在法院待了 4 年的刑事书记员，有在检察院待了 2 年的干事，有各个高校学园林和考古专业的应届硕士生，还有因旅行社倒闭来报考颐和园、高考数学只扣了 7 分的天才少女。随后我们和天坛、景山、北海、动物园、玉渊潭等公园的新人们一起参加了入职培训，从在陶然亭跳广场舞的老人到动物遗传和饲养技术的展示，我们获益良多。

在提到动物园拿碎石子堵住了游客喂猕猴挂面的路径后，游客又开始给狼喂挂面造成的舆论热搜时，领导不由得感叹："我就想知道，那狼它吃挂面吗？"

最重要的是我们被告知：进入了公园系统就意味着我们再也没有周六日和节假日了。

我们那时尚年轻，还不理解一切美丽的东西都需要付出代价。穿上那件蓝色冲锋衣（我们称之为"蓝精灵"）开启这轮岗的一年，看似通往幸福工人生活的一小步，却是我们投入为广大人民服务中的一大步。

4

初冬，在第一轮轮岗中，我们被分配到了各个宫殿里值守巡视，看护室内文物。为了保护古建和文物，各个宫殿里都没有现代的供暖和照明设备，一切以防火安全为原则。在数九寒冬，值守的人们只能裹紧单位发的羽绒大衣，这大衣量身定做，须加肥加大，里面还要穿上两层羽绒、毛衣和保暖内衣，腿上穿三条裤子，穿上厚底登山鞋，浑身上下贴满暖宝宝，手里再揣上单位发的热水袋，方能挺过西郊全方位的冷辐射。

分配前，领导贴心地对我们说："一定要注意保暖，所有的宫殿都非常冷。如果你被分去仁寿殿，一定要多穿衣服，仁寿殿的地面都是用石头铺的，冷气渗入骨髓，根本受不了。"

仁寿殿是慈禧和光绪住园期间临朝理政，接受恭贺和接见外国使臣的地方，为颐和园的主要建筑，一进东宫门就是它。1898 年光绪在这里接见了康有为，拉开了百日维新的序幕。

有一年 6 月，一位著名的国际政要驾到，工作人员想尽办法让仁寿殿里升温，精心准备了两小时，殿里气温只上升了一二摄氏度。那位外国政要进殿两分钟就出去了，估计心里在想，真不愧是Summer Palace（颐和园）！

入冬后，我从佛香阁下班，经过排云殿，穿过长廊，去找仁寿殿的同事。那个精瘦的男孩从宫殿中出来，俨然变成了一座魔山。他穿着大氅般的黑色羽绒大衣，里面鼓鼓囊囊地塞了好几层，他像是衣服成了精，长出了头，又像是被五行山压住的孙悟空。

我震惊地问："我的天，你这衣服多大号的？"

他说："你猜。"

我说："3XL。"

他说："翻倍！6XL！"

这就是我眼中的"夏宫"，一个在冬日滴水成冰的地方。打100摄氏度的开水，往万寿山一送，几分钟就能嗦了。

5

前6个月，我被分到了佛香阁守阁。佛香阁始建于1758年，最初是乾隆皇帝为母祝寿所建。到了1860年，英法联军入侵颐和园和圆明园，佛香阁被毁于一旦。到了1891年，慈禧挪用了北洋水师78万两白银在原址上进行重建，历经战乱和敌占，新中国成立后经历多次修缮，才有了今天的佛香阁。

那天，班长给我们从上到下培训了一遍在殿里如何保暖，并着重强调了岗上服务和面对游客的突发情况。

我问老同事："平时游客找咱们找得多吗？"

他说："放心吧，一定会找你的，而且他们会叫你：服务员。"

果不其然，在接下来的 6 个月里，我听到了无数遍服务员，并回答了无数个同样的问题。比如：

"服务员，我问一下，哪儿是万寿山？"

"您好，正在您的脚下。"

"哎，你好，佛香阁在哪儿？"

"您好，就在您的眼前。"

"这后面是什么字，泉香界？"

"繁体字，众香界。"

"这就到顶了是吧？"

"是的。出于疫情防控考虑，智慧海目前不开放。"

"那我为什么听到山上有人声？"几个游客振振有词，坚称明明在这里听到了人的欢笑声，大有群起而攻之之势。

我望了望身后那严丝合缝的大红山门，不由得起了鸡皮疙瘩。"后山有条路的确穿过智慧海后门，那里确实有游客，不过您要先下山。"

每天，我们开阁签表，消毒拍照，拖一遍佛香阁，守着千手观音。阁里很黑，只有早晨和傍晚时，才能微微照进太阳光。那时，身上斑驳的菩萨方能泛出温柔的金色光芒，稍纵即逝。大部分时间，阁里幽暗阴冷，没有任何现代供暖设备。休息室里的饮用水有 100

摄氏度，而洗手的水冰得冻手，简直冰火两重天。

我们穿得像一座座红塔山，拖着沉重的肉身，在窗边踱步几小时，头被风吹成岩块，手冻得像冰雕。山上常起大风，把五环的尾气吹过来，将佛香阁逼成冬宫[1]的修炼地。在寒潮过境时，我站在窗边，北风每天第一个对我说话："给你头拧掉。"

一次在阁里，我和同事正站在窗边。突然走过来一位大妈，她卷发蓬松，眼神闪烁，脸色微微起波澜，说："你们在这儿站着，害怕不害怕？这里面黑漆漆的，都见不着光。"

"还行吧，我们都习惯了。"

"我一街坊就是'文革'的时候从佛香阁这儿跳下去的。他被批斗以后想不开，回到家里，家里人也不理他。他想不开，就从这儿跳下去了，当场就死了。那时候我还小，上午胡同里来人通知去认人了，我们才知道。你说那人得有多绝望啊。"

我们面面相觑。"是吗？"

有天，一行八个中老年游客非要进入未开放的区域，他们嚷道："我们是老北京。""我们××协会的。""耽误我们时间了知道吗？""给我们赔门票，赔精神损失费！"将我和同事拦在岗下，骂了半个多小时，直到领导出面协调解决。

其实，这个世界上的大部分人都是服务员，只不过服务的对象

---

[1]此处的冬宫，以及后文出现的冬瓜门、仁政殿、乐乐堂、香香阁、知春湖等均为化名，后文不再单独加注。

和阶层不一样罢了。为人民服务挺好，只是它需要无尽的耐心和空旷的精神。秘诀就是，想象自己是一堵墙或者一扇门。

6

佛香阁里乾隆皇帝最初供奉的佛像在英法联军入侵时被烧毁了，慈禧供奉的三尊泥像也在"文革"时被砸坏了。现在阁里供奉的是一尊千手千眼、铜胎镏金的观世音菩萨，建造于万历二年，高 5 米，重万斤，脚踏盛开 999 朵莲花的宝座，是 1989 年从鼓楼的万寿弥陀寺运来的。

据老同事说，这是拆万寿弥陀寺时，从寺庙的墙里挖出来的菩萨，大概是有人怕"文革"时菩萨遭到破坏，便将菩萨封在了墙里。

多年前佛香阁开放时，游客会疯狂往菩萨身边投钱，硬币砸在菩萨身上，甚至淹没了整张案几，菩萨脚下的地毯里还有硬币，经历了岁月的镶嵌，再也抠不出来。即使现在，也有游客往阁里投币，在阁前摆放大量瓜果蔬菜和各种零食。

我有时会纳闷，菩萨他吃糖吗？不过雍和宫也有供奉好丽友派的，看着挺可爱。

如果游客不收走，瓜果就会被保洁师傅拿走扔掉。有的糖果被装进了佛香阁的抽屉，怕有人到佛香阁后因低血糖晕倒，福泽遍施游客。有个年轻的姑娘问我，可不可以把水果都分给周围的游客。我说："您可以问问。"于是我手里多了三根香蕉。

正在此时，两位银发老太太问我苏州街怎么走，并盯上了我手里的香蕉。她们说："她刚才给了我们橘子，我们还没这香蕉呢！"

我立刻顺水推舟："您快拿着吧！"

她们道了谢，高兴地下山了。

有些异常执着的游客，非要我们把钱递到菩萨手里，被我们劝导后，仍然红着眼睛往阁里冲。这时，无论给对方提雍和宫还是八大处，都不好用。那是些被生活折磨的，布满皱纹的脸。他们把一卷卷有零有整的钱扔在阁门口，围着佛香阁开始转，直到心满意足才离去。

我们也会遇见表现异常的游客，他站在阁门口浑身剧烈震颤，在夕阳下发出奇怪的叫声，而他的监护人跪在门前，流着泪向菩萨叩拜。

好奇的北京大爷会问我："这是怎么啦？是练功呢吧？"

我们询问对方是否需要帮助，监护人说不用。两人转了几圈后，离开了。

一位来自日本的老年人对我说："你天天守在菩萨身边，生活一定会很幸福。"我看向闭目的菩萨，想起每次对他的祈祷，都会让我的生活沉重半分。我问男朋友："为何我每次祈祷过后，菩萨好像都不太高兴？"

他答："大概菩萨也不想上班，每天这么多人求他，他估计也很累。"

7

最令人头疼的，大概是夜晚的清人工作了。佛香阁在万寿山顶，有热爱摄影的老年人不停地追逐变幻的光影，想在千篇一律的皇城摄影中杀出重围。他们会专门守着夕阳西下的圣光，在佛香阁的大回廊里徘徊。他们对着同一扇门拍上二十几张，互相琢磨怎样调光圈，怎样调快门，品味这夕阳四散的余味。

如果你这时在佛香阁区域内喊："佛香阁6点钟就要静园了，请游客抓紧时间参观游览。"

就算你喊破了喉咙，拜菩萨的游客仍在拜菩萨，转圈的游客仍在转圈，自拍的游客仍在陶醉，吃东西的游客正在吃最后一口，精心打扮的汉服美人感觉出片率不高，而老法师们会继续在佛香阁和山门平台上扫射："哎，这个角度不错！""再给我来一张这边的！""你看这儿景致多好！""那边的人不是还没走吗？他们走了我们再走。"

而山下的游客还在从排云殿往上爬，刚到德晖殿的游客不紧不慢，我们得哄着游客，提醒大家注意安全，慢慢往下走。

等到终于将游客送下排云殿，佛香阁的员工经历了10个小时的巡院，终于可以下班，排云殿的员工还需要等待游客空山。静悄悄的万寿山北面，空无一人，只有斑鸠的咕咕声，还有松涛在涌动。

那么一定有什么东西是弥足珍贵的，可以让我忽视这些喧嚣的法器。

也许是打开佛香阁门的清晨，看晨雾把昆明湖装点成不同的模样，有时雾大，看不见十七孔桥，我甚至忘记了它的存在。也许是走到景明楼的码头，看见大爷在团城湖上拍小鸊鷉，游船队的员工问我要不要乘船去南湖岛。也许是游客都散去后的夜晚，鸳鸯飞上岸，在草丛里认真地寻找食物，而它的妻子站在京密引水渠边，看见我们眼神闪躲，默默躲到小柏树下。

但更多的，是关于人的光点。那天，北京的沙尘暴吹飞了佛香阁的两个大垃圾桶，我巡视发现后，迅速跑过去抢救。我刚把一个垃圾桶扶到回廊墙边，转头就看见，一个 3 岁的小男孩，抱着那个比他矮一点儿的垃圾桶，在大风中，摇摇晃晃地走向我。

故国逢春一寂寥

    密云人王芝芝拥有一头浓密的短发，眼睛细长，身材傲人，笑起来就止不住。可自从进了冬宫，她越来越腈眉耷眼。冬宫延时以后，她凌晨 3 点半就得起床。这个班是越上越不开心，她又非常能忍，内里的喜怒蒸腾到皮表，只得转为一张半是嘻嘻哈哈，半是淡漠无痕的脸，这导致她内分泌失调，脸上的痘越起越多。

    我们相识于第一次冬宫的集体培训，饭后坐在石狮子身边聊天。时至今天，我都在想，我们的相遇就像那顿午饭里的西红柿炒鸡蛋那么自然，一如秋夜的雨和霓虹灯亮着的傍晚那样舒适。

    她说她以前在检察院做文书工作，上班走路 10 分钟，只因为没编制，便陪朋友来考事业编。两人怕彼此落榜，一个报冬宫，一个报紫澜苑，互相鼓励。谁不想来冬宫呢？乾隆建了都说好，还给它写了好多诗。

    结果，芝芝上了岸，朋友却落了榜。刚安慰朋友没两天，她就得凌晨 4 点半起床赶车了。芝芝觉得这回血坑，还不如考不上。每个早晨，芝芝都能被 10 号线加热成汉堡里流淌的芝士，粘在一堆

"生菜"和"肉饼"中一动不动。到站后，滚滚的人流即刻夹起她的小饭兜子，火速将她救下地铁，双脚无须沾地，即可完成线路换乘。这小饭兜子无疑是她的通勤利器。她粘在电梯扶手上，勉强给我弹几个字："我真服了！"

每当看见她甩着刘海，气喘吁吁地跑进教室时，我便故作惊奇地给她发微信："来啦！"

"我今天很早吧！"她回复。

"挺牛的呀！"我对她能按时到表示惊讶。

"5点半我就出发了，我都敬佩自己。"

"怎么弄的？长城上飞过来的？"

"坐缆车，观夜景来的，我开心坏了。"

"一夜快车，硬座！"我笑嘻嘻地给她发，"当保洁你开心坏了。"

她回我一块砖头的表情包："以德服人。"砖头上写着"德"字。

综合培训后不久，我和芝芝就被分到了不同的组。我和考古硕士小商、数学天才扈漠漠、刑事书记员小灿一组。芝芝和张望他们一组，他俩都当过辅导班的老师。虽然都在冬宫里，但一入宫门深似海，我们每见一面都得隔几个月。

第一站，芝芝和张望那组集体去了文物展陈的紫薇馆，而我们组像被击溃的台球，散落在帝后起居临政看戏的各个殿堂。漠漠在冬宫的正门冬瓜门，小灿和小越在仁政殿，小秦和小茄子在乐乐堂，小夏在德乐园，小商和小周在碧霄殿，而我独守在碧霄殿之上的香香阁——全冬宫最显眼的地方。

最神奇的是，漠漠的祖上是扈尔哈特[1]氏，汉姓黄，其先辈时为东陵守护人。孙殿英的军队盗清东陵之际，其先辈听见了动静，不得已苦挨一夜。待那些土匪退去，他立刻骑着小毛驴进京告知溥仪去了，并有呈报一份，详述阴历五月间，奉军退却之际，陵墓保护无人等事宜。

100多年后，命运再次光临。如今的漠漠坐拥一屋子宫廷服饰，默默地看着大门。下大雪的时候，我有时会看见她默默地站在红伞下，若有所思地查着健康码。

上大殿前，小夏传来消息："听红叶山说，殿堂管理就是每天看门、拖地和擦桌子。"

起初大家都觉得天方夜谭，后来每天不拿鸡毛掸子都不舒服，仿佛一叉腰就能变成什么总管。一般来说，干部不太喜欢干工勤岗，觉得掉价儿。好在这活儿不用动脑子，经过社会压榨的我们，反倒开心坏了。

进了冬瓜门就是仁政殿，百日维新的序幕在此拉开。如今殿里光线不足，案前的12盏鹤灯，头顶的6盏意大利五色玻璃插蜡吊灯从没亮过，3600个工匠手工雕龙、比利时进口的穿衣镜阴阴地立在两侧，左右各有100只血红蝙蝠捧着两个巨大的"寿"字，精致的紫檀木龙椅上铺着20世纪80年代出产的皇家坐垫。小灿和小越一

---

[1] 满语音译。

边掸灰一边想，也许只有帝王才能驾驭此座吧！

后来他俩才得知，只有慈禧才能坐这儿，光绪每次都是临时排座，小灿不由得感叹："慈禧太后是大拿。"

而在慈禧的寝宫乐乐堂，小秦和小茄子她俩在一屋子奇珍异宝中走来走去，比利时的玻璃屏风，两个盛水果的青花番莲纹大瓷盘，四个铜制九桃大香炉，各种珊瑚象牙瓷器摆件，内心泛不起任何涟漪。整日面对老佛爷的凤榻，即使站得累了，她俩也不会往上坐。这不是规矩的原因，而是她们嫌那床上灰太多，怎么扫也扫不干净。乐乐堂是唯一一坐北朝南的殿堂，室内能见到阳光，还有点儿热乎气，我们很羡慕。

小商第一天去碧霄殿上班，经过乐乐堂，看见小茄子站在门口，刚兴奋地挥了一下手，就被乐乐堂的掌门训了："上班期间不许串岗！"

小商一声都不敢吱，缩起脖子灰溜溜地走了。

德乐园拥有现存清代三大戏楼中最完整的一座大戏楼，花费了北洋水师造一座铁甲舰的费用。慈禧最爱来这儿听戏，一共来过262天次，有一年来听了40天次。每次光绪都坐在临时座位上，和皇亲国戚、文武百官一起，无可奈何地陪着。《冬宫志》里有13年，整面整面都写着同一句话：慈禧在德乐园听戏。

小夏刚去的时候，院里正摆着慈禧坐过的奔驰车，确实气派。老员工故意逗小夏，说晚上有人在大戏楼里唱歌，钢琴会叮咚叮咚地弹起来，一排宫女托着瓷器走过，小夏吓得嗷嗷叫。

香香阁的历史最为传奇，造价也最为高昂。然而和其他殿堂比，香香阁内部可以说得上是佛门净地，空空如也。第一层除了观世音菩萨、铜鹤、铜瓶和香炉外，几乎全是仿制品。鲜红的长案几上，几尊香炉法器上的铭文用金粉涂得歪歪扭扭，油彩绘制的缂丝图上还有余墨结块。我最初不知是仿制品，还在纳闷这字涂成这样，慈禧没砍掉他们的头简直是奇迹。

每个周一，我举着鸡毛掸子登上香香阁高层，俯瞰整片山川河流，千佛琉璃海离我如此之近，北风拈走香香阁的灰，撒向广阔的知春湖，小蜘蛛们也乘着风去远行了。

为了防火等问题，我们组所在的古建殿堂一律不许有空调暖气等设施，一切只能靠人体物理保暖，我们靠着单位发的大红棉袄、黑羽绒裤、厚底靴和小热水袋过活。有同事甚至同时穿两层齐膝羽绒服、两层毛裤，戴两层帽子和厚棉手套。寒潮过境那些天，我们站在窗口，睫毛都会结冰。为此，大家只能躲在窗后，来回走动，勉强挡挡风。

一年后，我才知道，在大殿下方的地板里有专门取暖的机关，可以让太监、宫女续上木炭供暖。大殿里铺上大清高科技地暖，加上龙抱柱中的藏香、铜龙铜凤和铜鼎炉里的檀香，再加上七宝烧里堆的苹果山，本应是又香又暖的。

当然，我们苏拉是不能跟太后比的。过去大清管内廷机构里的杂役叫苏拉，苏拉没有姓名，成堆出现，除非是逃跑、打架、砍人或是犯了事，史书上才会出现他们的名字。现在文明了，苏拉变成了职工。

我在山上大阁里转圈时，小商正在山下的碧霄殿里转圈。一个人在山上，一个人在山下，两人走出一个莫比乌斯环的量子缠绕。广阔的湖面结了冰，北风吹起冰上的白雾，直冲碧霄殿门。小商站在风口处，退无可退，还有大爷揪住她，要跟她探讨夏商周。

"这儿连个遮挡也没有，每天吹得我冻死，我只能疯狂绕着院子走大圈，根本停不下来。梨，你们山上应该更冷吧！"一起开会时，她薄薄的嘴唇嘟起来，机灵又体贴。

小商是学考古的，起初我总记错她的研究方向，每天故意笑嘻嘻地对她打招呼："夏商周！青铜器！"

她立刻反驳："梨！你又记错了！是新石器！"

之所以硕士会选择新石器时代，是因为小商觉得历史时期的文献很复杂，青铜器上的铭文也很复杂。但新石器时代没有文字，晚期才会有一些符号，构不成完整的体系，也许会简单一些。

不料读了研，她才发现新石器时代专门研究器物，要做各种类型学研究，依旧很费脑子，她后悔不已。毕业时赶上疫情不能拍毕业照，她把自己编辑在了大学校门照片上。"当然，脸也是美化过的。"

小商生得丰满可爱，一头黑发如盛夏的乌云，睫毛如西班牙小扇，黑眼珠活泼泼的，好似酒神的葡萄，在夜光杯中摇曳。哪怕金戈铁马，也与她的沉醉无关。平时她就算义正词严，也能把我们笑死，有些人天生就快乐。

作为考古人，小商怀揣着学习修复文物这一美好的心愿进来，然后逐渐发现自己离梦想越来越远——在碧霄殿门口吆喝着卖票，擦玻璃栏杆和板凳，穿着大红棉袄站在殿堂里，每个下雪天都会赶上扫雪铲冰，下了班推着小板车去拉年货，小商的生活意想不到地丰富多彩。

面对这些任务，小商从不偷懒，这可能与她多年来艰苦朴素的追星经历有关。

上学时为了赚追星的钱，她去路边发传单，一天 80 块。有次同学心血来潮，拉她去做"双十一"分拣员，说几个小时就能赚几百块。干了一天后，她俩落荒而逃，分拣实在太累，她们再也没去过。

我们的香香阁依山而建，而他们的紫薇馆远在平地，中间隔着半个湖，我们两组之间山高水远，道阻且长。芝芝在微信上假模假式地抒情："想你的时候，我就看一眼香香阁。休息时间短，我根本过不去。"

我只有下班时才会路过紫薇馆，可每当我说下山去看她时，她都会一口回绝："我不等你了，你过来时间太久，我走了。"

我很生气，她是个假朋友，即使我从山上紧赶慢赶下来，也是十五分钟后了，那时芝芝早就坐上地铁跑了。再加上芝芝和张望那组很爱张罗聚餐，经常下班就在紫薇馆集合，等人一凑齐立刻出去吃烧烤。他们几乎吃遍了冬宫周围所有的馆子，而我们组碍于距离和排班时间不同，两年内只聚过三次，大多数时间都在微信狂舞。

乾隆再怎么吹捧冬宫，我们也是一下班就跑，苏拉的生活真的太无聊了，甚至下班只要听见"冬宫"两个字，都会汗毛倒竖。时间久了，我终于明白，为什么100多年前，那么多太监哪怕冒着被抓回来，就会被送去给披甲人为奴的巨大风险，也要一次又一次地从冬宫逃跑了。有个姓柴的太监，竟然冒死逃过三次。虽然三次都被抓了回来，但他依旧是我的英雄。

那个冬天，寒潮来了好几回，我在香香阁差点儿抱柱而死，冬宫真是名副其实。

"我觉得这儿挺好，就是天天棉袄棉裤太土了。"我对芝芝说。

"在这儿就不要有啥美的想法了。"芝芝穿着西服衬衫，趴在休息室慵懒地回复。

芝芝他们所在的紫薇馆属于博物馆，虽然值班时间漫长，但里面有暖气，不用太挨冻。只不过各个空调冷热不均，有的地方像夏天，有的地方像秋天。芝芝站在馆里，负责看护诸多精妙的文物，各式珐琅器具、瓷器、珊瑚、仙船、仙树等有趣的玩意儿。

张望守着大雅斋，有游客经过，问这瓷器真的假的，值多少钱，好像自己要买下来一样。

然而，馆里的文物越精妙，其管理就越严格。除了抄写规则、背讲解词和好好站岗，日常还要注意言行举止。第一天上岗，芝芝他们站在光线暧昧的馆里，一前一后地聊着天。

紫薇馆的小掌门走过来："知道自己是来干什么的吗？不许聊天！"

两人一旦凑得近了，则会被掌门说："分开点儿！俩人不能站一起。"

再之后，他们又下达严苛的命令，不让任何工作人员看手机，一经发现，手机一律没收。同时还会有游客借宣冬宫圣名，变身锦衣卫偷拍上报。

我们不由得笑了："不让拿书，也不让看手机。淡季又没人，那岗上只能数砖了。"

为此，芝芝掌握了正确的聊天地点和音量，她躲在柱子后看玻璃反射，或是隔着柱子，在某个角落偷偷看书，她想考回密云。

有的新员工上岗时认真观摩文物，记下每一头瑞兽的名字或是每一种花瓶的纹样。芝芝在一边劝人家上班别太积极，老员工听了露出神秘的微笑，说芝芝耽误人进步。

一次宫内的常识答题考试，紫薇馆提前模考好多次，反复强调不要给集体拖后腿。芝芝一贯抱着消极的态度，老员工说不动她，只得让她自求多福。最后，他们全员几乎以满分通过，紫薇馆自是傲视群雄。只有健身比赛芝芝最积极，她以为自己平板支撑 4 分钟已是人上人，结果只得了倒数第二。正数第一竟撑了 16 分钟，紫薇馆里所有人都"卷"得像大懒龙，冬宫真乃藏龙卧虎之地。

待芝芝终于能离开紫薇馆的那天，她给我发消息："我只想告诉后来人，自求多福。"

我笑得翻来滚去。

她继续说:"反正我老贪心了,我不想晒太阳,我不想拖地,不想老站着,不想干机关,我觉得我没地儿去了。"

我说:"你要坚持你的梦想,然后就能回密云了。"

很快,芝芝的密云下了好大的雪,她拍给我看漫天雪舞:"密云下雪了,北京也下雪了吗?"其实我知道,她更想留在北京。你们北京,碗们[1]密云。无疑密云也属于北京,但老密云都爱这么叫北京,好多远郊区县的人都爱把自家和北京分开叫。每次一说来城里,他们脸上都洋溢着快乐,挥挥手,说:"碗上北京啦!"

但无论是在城里的辅导机构教地理,还是在城里的事业单位来回跑,通勤时间过长,买不起城里的房,也舍不得租房,仅凭这几项,芝芝都绝无可能留下来。

除非,芝芝能找一个北京城里的男朋友。

我们几个再次相见,是在卖年票的寒冬。

每年最冷的那一个月,是市里统一集中发售景点年票的日子,一些地方会临时设立年票先遣站。香香阁的风掌门为了照顾我不受冻,特派我去支援卖年票。卖票的小屋里确实不冷,只是空调呜呜吹,脸干得像牛皮纸。

卖票对我们这些"社恐"而言是个苦差事,每天直面大量人群,要解释的话实在太多。这一年多以来,我大概回复了两千遍同样的

---

[1] 密云的方言,碗是我的意思,碗们指我们。

话。同时，我们还要学会算账、数钱和辨认假钞，亏了就得自己赔钱，即使多休息几天，也没多少人愿意去。因此每年都要老员工抓一批新人才能开张。我和小商办理100元充值业务，芝芝和张望办理200元新办卡业务，给人贴照片和压卡，像小作坊。

我从香香阁下山，拉上碧霄殿的小商，我们沿着湖走了很远，经过太上老君的镇水铜牛，终于来到了延旭宫门外的小院子里。到了现场，壮丁们都是两眼一抹黑。大家都是学文史哲的，数钱都得摊在桌子上数，就连做过书记员的小灿也不例外。

其实，卖年票最应该派漠漠来，她就是人形计算器，是我们各大购物节唯一的希望。可惜，这几年卖年票都与她无缘，她依旧守着祖训，决绝地守着冬瓜门。

我们像临时起意的黄牛团伙，站成一小圈接受培训，负责人站在中间说："咱们延旭宫门是所有门区里条件最艰苦的啊！卖年票也是每年最重要的一个任务，拜托大家辛苦这一个月了啊！"

在那个由洗车场改造的小平房里，墙上的瓷砖白亮地龇着牙，颇像20世纪90年代的装修风格。三条拼在一起的白桌子摆成对联的形状，随着卖票的激烈程度，偶尔集体开火车歪向一边，像幼年过家家时，我们垒起的红砖头。

游客一掀帘进来，右手边是保安大福，正对面墙上有两块猪肝色的小方告示牌，上面有醒目的白字：100元充值。告示牌下，坐着穿工服的我、小商和大姐们。

保安大福坐在门边的小白桌子后，负责每天查游客的健康码、维持秩序、扛中午的饭、搬矿泉水或烧开水，以及跟我们隔空瞎聊。他真名很雅致，但执意让我们叫他大福。他高一米八几，胖胖的，寒潮来临时就戴起雷锋帽，两条帽绳飞着，敞口穿着棉军大衣。鼓鼓的脸蛋上总有红晕，眼睛眯起来，笑嘻嘻的。他才 19 岁，充满了少年人的乐观，也可能是家阔带来的底气。大福家在坝上草原，家里有 300 多头羊，可以说是地主家的儿子。

初中毕业后，大福不想学习，泡在网吧里打了三年游戏，砸了十几万块进去。

于是家人让他找活儿干，他不想放羊，只能跟着亲戚来到大城市当保安。

100 元年票是年票充值的主力军，我和小商不幸被分到了这组。届时，单个售票员每天要招待上千人，摸上千张冰冷的卡。碰上节假日，卖 100 元年票的队伍可以从桌前排到延旭宫门边。经过简单的培训，我们学会了用 POS 机、数钱和记账。后来猛增的客流量导致我去饭店一看见 POS 机就害怕。

卖的票多了，人总会出现幻觉。我会发现这世界的虚假，眼前的每个景象都能抽出线头。我们处在一个沙盘游戏中，每天随机出现在我们面前的这些人，都是可以被归类的相似数据。

比如，夏天穿着军绿马甲，冬天换上橄榄绿冲锋衣，皱着眉粗嗓门儿的大爷。"怎么这么多人！"

烫着波浪小卷，围着玫红色围巾，穿着各色羽绒服，拿着三脚架的墨镜大妈。"蜡梅开了吗?"

扎着中长马尾,戴着丝框眼镜,眼角长着鱼尾纹,口罩戴得很严实,一言不发的中年女子。

把车临时停在街口,脸色异常焦急,穿着冲锋衣和大黄靴的中年男子。"我专门为了充值来的,麻烦您快点儿,别到时候罚我啊!"

还有为数不多的几对学生情侣,戴着眼镜,大多是南方口音。大概受了文艺电影的蛊惑,想多来逛逛。"葱好了四吧(谐音,充好了是吧),谢谢。"

在我眼里,他们像游戏里那些会重复出现,有着既定需求的客人。在他们眼中,我是游戏里那个在杂货铺卖装备的 NPC(非玩家角色),而背景音乐是不断循环的"请出示健康码,感谢您的支持与配合",以至于下班回家,我做梦都能听见"请出示健康码,感谢您的支持与配合"。

"您好,微信、支付宝都可以,也收现金,收付款二维码,这儿,扣一下。您别着急,我说扣再扣。充好了,发票在那边。谢谢,再见。"人少时我们还能说完整的话,忙时只剩"您好",接卡,指机器,点头,撕小票,消毒,招手,"谢谢,下一位",宛如《摩登时代》里的卓别林。

其实我至今都想知道,大爷们为什么爱军绿,而大妈们为什么爱玫红,还有延旭宫门距离喜农轩两公里,我们怎么能知道那儿的花开没开。

卖年票期间，芝芝会时不时带点儿密云特产，坐两个多小时的车，给我带过来沉沉一兜。

芝芝的任务是贴年票，但她的手有特发性震颤，做精细动作的时候总是手抖。我送她一个模型，她半天也安不好一个零件，急得只能捶桌子。后来那个模型还是漠漠和我拼好，送给她做留念的。

有时候我满手都是东西，芝芝好心帮我插个充电宝，充电头半天也捅不到插口里。我总想起，神探夏洛克看到一个人的手机插孔边有很多痕迹，判定那人经常饮酒过度，以致总插不准充电头。

不知为何，这么多年来，那个手机插孔的分镜头一直盘旋在我的脑海里。我和芝芝经常处于分离状态，时间久了，记忆里就只剩下她那双手。那双手打过检察院的各种材料，而今那双手在贴年票，动作更加精细，比小时候我们拍年画还让人紧张。

芝芝弯下身，脸凑近桌子，光滑的短发落下来，她又不爱戴眼镜，只能眯着眼睛，给游客贴卡膜。有时贴得稍微歪一点儿，对方可能会不高兴。她便利用没人的时间，贴出更多卡来备用。每次给人贴照片，似乎都用尽了她毕生功力。

有次我刚好忙完一波，拿手机去给她拍小视频玩。我摁下录像键，看她贴完卡，潇洒地甩甩头发，给卡充值。我笑嘻嘻地解说："由密云人为您带来年票充值表演。"

她把桌斗一推，头发甩甩，眼睛弯弯。"来自远郊区县的诚意。"

刚卖票没两天，由于配合失利，我和同事少收了游客 3 块钱，比我们更惨的是张望。

第一天上班排长队，张望的 POS 机显示一直在转圈，对方没有输支付密码，但骗张望付过钱了。张望怕排队的人等得着急，本着对大家负责的态度，就给对方充了值让他走了。

那天张望损失了 203 块，日工资也就 100 块。

大姐们说起以前充值，有俩人赔了几百块。新人的心在滴血，问如何才能弥补损失。

大姐答："除非你收了人家钱，不给人充值。但那依旧是不可能的，认了吧。"

我跟小商发誓，一定把零头看准，绝对不赔一分钱。什么新石器考古的硕士，生态农学的硕士，留洋回来的英文硕士和文博硕士。学啥都没有不赔钱重要，数钱比给论文加注释还要认真。

第一天之后，张望又遇到过类似的事情。两位中年男子一起过来办理 200 元年票，付款环节需要对方输入支付密码后，张望再给他们充值。

在这个过程中，负责支付的游客 A 只重复一句话："你先给我办。"游客 B 一直问张望各种各样的问题，一会儿问他多出来的 3 块钱是怎么回事，一会儿问他 200 元年票都能去哪里。

与此同时，张望发现对方一直未能支付成功。"没有充上，您再看一眼手机。"

游客 B 继续问他各种各样的问题，比如冬宫的开关门时间，樱花潭能否滑冰，其他景点的年票办理是不是没有时间限制。

此时，拿着手机的游客 A 仍在重复一句话："你先给我充上钱，先开卡再说。"

张望忽然觉得有些不对劲，他停下手中的动作，一字一句地说："请您先支付，我这里才能给您充卡。"

他与游客 A 四目相对，游客 A 不敢看他。那二人倒是很有默契，再不说一句，掉头就走。

他们不知道的是，张望在第一天已经亏了 203 块钱。他永远记得，一定要先收钱。

卖票多了，我头都抬不起来，脑中一片空白。

这时，一位大爷过来充值，顺口问了很多事。待他的声音消失于大厅，抽屉里的钱红成一片，我才发现我不知道收没收他钱。于是，按照规则和程序，我摆出"暂停服务"的小牌子，立刻追出去，可门外哪儿还有那位大爷的影子？

我垂头丧气地回到小桌子旁，对面前的另一位大爷说："不好意思，我这儿需要点一下账，您先去我旁边充值吧，我同事空出来了。"

小商就在我旁边坐着，她面前已经没有游客了。大爷瞬间如原子弹爆炸，头顶腾起冲天的蘑菇云，氤氲多年的烟嗓成了绝佳的共鸣腔："他 × 的排这么半天，你告诉我不收了！那你他 × 早说啊！"我只好连连道歉，之后他继续骂，我保持沉默。在很多时刻，钱都比尊严重要，这就是为什么很多一线工作能够维持下去。

好在做过加减乘除后，我发现刚好能对上 POS 机和抽屉里一堆零钱的账。这才长舒一口气，立刻支起卖票的小摊。

小商把愤怒的大爷招了过去，冲我摆摆手让我别难过。

那天，一位大爷问小商："第一年开卡已经收过 3 块钱工本费，为什么第二年还要再收 3 块钱？"

"因为您这张卡是新办的，政策规定新办的年卡有 6 块钱工本费，分两年收，每年收 3 块。收够两年，第三年就不收了。年票背面也有关于 6 块钱工本费分两年收的说明。"小商按要求详细解释了一遍。

人们大多不看说明和告示牌，这就需要我们一遍又一遍地解释，大多数人都是理解和支持的。

可无论小商怎么解释，大爷都沉浸在自己的世界里，扶着桌子对她疯狂输出了 10 多分钟。"你们凭什么这么收，哪条规定？跟谁说了？"

小商一边手里的活儿不停，一边对他解释。旁边的大妈实在看不下去了，帮她说了几句话。然而大爷依旧不依不饶，最后主管过来解释他才罢休。

还有一次，小商照常向游客解释关于电子支付的问题。队伍里一位拿着现金的大爷着急了："你们不收现金可是犯法的啊！"

她赶紧大声澄清："谁说我们不收现金？我们收现金！不收现金是违法的，您别误会！"

节假日的一天，有位文博专业的同事连续解释了 20 遍"为啥要再收 3 块钱"以后，突然情绪崩溃，抹起了眼泪。有人来替了她，她出去散了散心。

隔天，一位大爷看排队人数过多，不想排队，便大发脾气，挥起孔武有力的胳膊，大步流星地走来走去。"你们这儿到底有没有人来维持秩序！"据我多年观察，一线岗位的女性更容易被人欺负，男女之间有着力量的悬殊和内在攻击性的差异。有的男性气不过会反抗，但年轻的女性怕被投诉，大多有一颗恒久的忍耐之心。

出于害怕和自保的心理，小商想出了一条妙计。"我不管，只要他一碰我，我就倒地。"

我和大福笑倒在地。"你倒地上还不行，还得拉住人家。要不对方跑了，你上哪儿找人家去？"

我们一直提心吊胆，好在到最后，我和小商也没有挨过打。

卖票时唯一的喘息时间便是吃饭之时，那时我们铁青的脸才能回点儿暖。

上午 10 点多，大福骑着板车穿过马路去食堂拉饭，从大桶里打出汤，一碗碗分好。有时，汤的淀粉浓度过高，女孩们怕胖不喝，他知道了就不盛。如果汤里没有淀粉，他便像得了宝似的，快乐地拉回来，嘱咐我们多喝几碗。

每天的午饭都会附赠一兜馒头，大家可以按顺序轮流拎一兜馒头回家。有时我不在，大福会特意帮我把馒头留好。看我不开心，他便把馒头扔到我桌上。"哼！你的馒头！"

之后他昂着头走开，拿眼睛瞥瞥我，艰难地抱着穿棉军大衣的胳膊，装作生气地哼几声。

下了班，我们数完钱，如果没问题，便长吁一口气，立刻挎包飞奔出去。

关了门，大福就把桌子拼起来，盖上大衣，睡在几张桌子上，刷着抖音入睡。

我很震惊："真的吗？真的吗？难道不硌得慌吗？"

他说："当然啦，我不愿去宿舍，就是这么睡的！"有时，大福扬扬得意地跟我们炫耀："过了年我就不干了，我要回家放羊去。"

见我去卖年票，最高兴的是我爸妈，因为我能带馒头回家。当我在北风中奋力地蹬着共享单车，车筐里放着一兜圆滚滚的馒头时，我感觉我回到了 20 世纪 80 年代，一人带着全家的口粮。

"可算带了干粮回来了。"我爸眼边笑出两朵菊花，"我们咪噶猫同志终于有点儿出息了，知道带馒头回来了！"

我的确没想到，上班这几年，最让他们开心的竟然是我能拎着一兜馒头回家。好歹也是高知，在他们眼里，碎银几两竟不如一兜馒头实在。过去在公司上班，过节啥也没有，我妈质问我怎么连月饼也不发，就好像我是老板。

吃饭时，父母又抹豆腐乳，又蘸辣酱，连声夸冬宫的馒头好吃。我咬了几口，确实蓬松软糯，回味有甘，可能是因为没刷饭卡吧。

　　还有一天，夕阳都快落了，天特别冷。漠漠从香香阁下了班，穿着挂了几个毛球的羊羔毛外套，背着沉重的包，从香香阁拿了我的东西，走了快两公里，送到延旭宫门的年票站。小格格平时只要能坐车绝对不走路，我感动得不行，小商也羡慕坏了。

　　和小商一起分配到碧霄殿的小周，只有在职工联谊活动的时候才能想到小商，他故意在群里逗她："商，帮你报名了，不用谢！"

　　当时，我还在准备考试，一边卖年票，一边在平板电脑上看复习资料。有的游客会惊讶地窃窃私语："嚯！这售票员还会背英语单词！"大姐们问了新人学历以后都笑："无论什么学历，现在咱们都一起卖票，殊途同归。为什么想来这儿？这儿有什么好？"

　　我们的统一口径是："企业太累，只想养老。"

　　大姐们面面相觑。"这儿也不养老啊！"

　　而小商对人生没有什么大的规划，一切凭兴趣使然。人生走向有点儿像《火影忍者》里的奈良鹿丸，自由、懒散、怕麻烦，只向往平静的生活。

　　从小，小商就喜欢看科教频道的考古、盗墓之类的纪录片。高考报志愿，家里人觉得学考古出来不好找工作，就让她选了除了文博和考古之外的其他专业。谁知分数出来，小商阴差阳错地被分到了文物与博物馆学专业，她妈妈心都凉了。上大学后，小商发现自己的生日和世界博物馆日恰好在同一天，她觉得这是冥冥中自有天意。

　　大三暑假，她跟着领队老师在南方某个城市的周边发掘文物，主要发掘的是汉代的瓦片、陶范、玉器装饰品和人体骨骼等。一日，两位作家要来工地考察，他们想为自己的新书寻找灵感。而领队老师以为他们是来免费宣传历史文化的，十分热情地接待了对方，并拉上了学生们一起吃饭。

　　在那个远离都市的小县城里，两位作家开着一辆炫酷拉风的经典款跑车驶进了他们的工地。

　　学生们看呆了。

　　席间，两位作家很客气，以茶代酒，频频举杯，他们聊了聊彼此的工作。

　　老师问学生们认不认识他们，他们笑笑："可能不是一个时代的，不太认识。"小商她们上网搜了搜，发现对方写的小说是宇宙风流邪神系列，还很有名，只是她们都不好意思念出来。

　　待在卖年票的屋子里，接触大量的人以后，人会抑郁。我经常拉着小商一起买星星咖啡，凑满减，每天一杯。咖啡因促进多巴胺分泌，我们能快乐一些。

　　小商有时候会拒绝："一天就挣这么点儿钱还都买咖啡了，你是拉我犯罪。"我一点冷萃，她又对天发誓："星星咖啡的冷萃，我这辈子不会喝第二次。"

　　硕士时，她在余姚的田螺山遗址干了半年。田螺山遗址属于河姆渡文化，小商是她导师带的最后一个研究生，因此村里的工地上只有她一个学生。小商、导师和技工师傅们都住在遗址边一个拆了一半的废弃厂房里,小商独享一间小屋。

每天早晨,专门给工地做饭的奶奶会站在楼下,用中气十足的余姚话喊她:"小姑娘,起床吃早饭了!"这让她一次懒觉也没睡过。

田螺山遗址发掘了十几年,奶奶就在工地做了十几年的饭。小商听不懂奶奶的南方口音,每天只能对奶奶尴尬地微笑。奶奶爱喝白酒,每天都要从塑料大桶里舀白酒喝。

吃完饭小商就去工地,抄起锄头、铁锹是为了发掘到文化层,一层层地揭开地层。拿起小铲、小刷是为了清理出土文物周边的泥土,相对比较精细。遇到遗迹现象,小商就圈出遗迹范围,判断好叠压打破关系后,进行二分之一发掘。之后,她清理相关文物,进行拍照或测绘工作。她发掘的基本都是破碎的陶片,也有部分相对完整的小型石器。

工地老师给她买了一顶向日葵图案的小花布帽子,她戴在头顶上,防雨透气。有时挖水塘能看见很多小蛤蟆,她就拿玉米棒把小蛤蟆赶到挖出来的探方里。有时还能挖出好多小龙虾,当地的村民便带回家烧了吃。

下大雨的天气不能挖土,小商便独自在库房整理文物。一次,她刚拿起一个陶罐,陶罐底就突然掉了,她气血上涌,几乎吓晕过去。

她导师当时正在市里开会,她做了很久的思想斗争,还是决定给他打电话。

　　她导师在电话那头很稳："不要慌，那个陶罐底本来就是掉的。下午我来教你怎么进行修复。"

　　为了将器物修得平滑完整，需要好多步骤。有些首先要去污，再用化学试剂粘到一起，缺少的部分还要制作石膏补配。修复的工序相当复杂，她只学会了比较粗糙的文物修复。但就在那天下午，小商对文物修复产生了兴趣。

　　村里没有什么特别的娱乐，小商只能吃过晚饭后去村里走一走，看看田螺山和田野间盛开的油菜花。春天的绵热慢慢下去，清风带着奇妙的甜味拂过脸颊。她经常去村头的小卖部转转，买点儿零食吃。小卖部是每个乡村孩子的美好心愿，也是驻扎在工地的小商最常光顾的场所。

　　五一到了，她导师给她放了假。她立刻收拾东西，搭上了去往高铁站的公交。两个多小时后，她终于从余姚的小村庄来到了梦寐以求的大城市——杭州。

　　高铁到站后，小商走进星星咖啡想品尝一下久违的城市滋味，恰好看见店里新出了一款石榴冷萃。她兴奋地买下来，拍完照一尝，立刻放下杯子，推门就走了。小商就是如此拿得起放得下。

　　"我在工地上待了几个月，好不容易坐车进城喝一口咖啡，居然这么难喝！"星星咖啡的冷萃从此上了她的黑名单，过几年想起来，小商还是心有余悸。

　　她在杭州待了几天，约朋友吃饭，过了生日，去西湖玩，逛博物馆，还去了浙江省文物考古研究所。之后她坐车去了绍兴，住进古琴主题酒店，吃了黄酒棒冰。饭馆里，有一只小狸花猫坐在她对面，陪她一起吃排骨饭，这才稍稍平息了她的冷萃之痛。

6月初，小商继续去海宁达泽庙遗址挖掘，她满怀期待地拍了一张厂房照发到朋友圈："新的工地，新的开始。"然而，自7月开始，小商就需要凌晨4点多起床，5点上工，中午12点下工，只能上半天班。因为一旦到了中午，田野气温高达40多摄氏度，人体难以承受。向日葵帽子已经不管用了，小商戴着面罩、帽子，穿着防晒衣。衣服反复被汗水打透，防晒霜涂了好几层，一出汗马上就干，她一下工地就去洗衣服。

很快，她在朋友圈更新了一张热到崩溃的悲伤蛙表情包。"夏天的考古工地，非人类所能承受之热。"施工结束后，她晒黑了好几度，鼓鼓的脸蛋黑里透着红，如熟透的西瓜。她独自站在地里，挥舞着铲子，驱赶跳进地里的蛙。

研究生毕业后，小商去深圳应聘中学教师岗位，但那些中学都收了师范院校的毕业生，拒绝了她。之后，小商又去了苏州、杭州、郑州、广州和厦门，有的是笔试没过，有的是疫情期间在家网上交简历，面试了好几轮还是失败。她去南方几个城市都玩了一圈，只当旅游。

小商回到北方，又考了几个单位，都是能引进优秀人才落户的。冬宫首先给小商打了电话，小商便放弃了家乡的公务员面试，来了冬宫。

小商说完这些，又哈哈笑起来。她说自己短时间内不想重新考试，主要还是因为懒。

当然，小商卖票也很卖力，碰上高峰期，她自己一个人就能收七八万块钱。有天下班对账，小商有一笔钱对不上，机器出了故障，她一边哭，一边趴在桌子上，算了 20 多分钟。

我和小商一边收钱一边讨论学术问题，我说看文献上的魏晋风骨和啥子现代性分析，小商说她的心很累，再也不想学习，只想回家刷剧或出门逛街。

看到我们卖票这么较真儿，每天玩游戏的大福也有了新想法。"我想回老家学门技术或手艺，以后好找个工作。你们说学计算机怎么样？我去报个程序班。"我们举双手赞成。"好啊好啊，你还这么年轻，干什么不行！"

我问小商："去过那么多考古工地，你现在有什么想法吗？"

"挺好的，工作以后都用不上。"小商一本正经。

我笑得不行。"感觉起伏大吗？"

她拍拍我胳膊。"能有啥起伏。咱服务行业就这样，想开了就好。"

我又问："那你还有什么梦想吗？"

她愣了愣，歪歪头，说："我还梦想有天能去学文物修复。"

西伯利亚来的大风快撕掉大门的那一天，我从停车场走到延旭宫门，1 公里的距离，风刀刮着我的面皮，差点儿把我腮帮子给削掉。职工们泼水到井边，一秒成冰，麻雀们扑过来啄冰饮水。我想起庄子说："今吾朝受命而夕饮冰，我其内热与？"

我捏了中午剩下的米饭，撒给铁门内的小麻雀。等我再次经过，发现米饭被寒潮冻成了冰粒，麻雀们奋力地啄着那些冰粒，不时聊着天。我回去取了热水，给地面泼过去。米饭软了，麻雀们惊散开。但就在麻雀们重新聚拢的一刹那，米饭又迅速地冻成冰粒。

我守在门缝下，一遍一遍地泼水，麻雀们一遍一遍还复来。

张望说，每天中午都会有个穿着破棉袄的老太太来收集剩饭，她细心分装好，去喂家周围的流浪狗。她不拿辣的饭菜，因为小狗吃不了辣。

经历了那么多冲他嚷嚷的老头老太太，张望总觉得，希望是在孩子们身上的。孩子们永远戴着口罩，给他递卡时都双手递上，说话非常有礼貌。有的还会主动问他："您方便找零钱吗？不方便的话我可以给您微信支付。"

我们一起蹲在地上看麻雀，做点儿泼水的小事，是为数不多的快乐了。

年票季结束后，我们又像台球一样四散而去。

春天终于到了，宫里开始举办高级讲解培训班，每个新人小组都必须派出三个人参加。小夏和小周嚷嚷着，把报导游的三个人推了出去。于是这次的人选变成了小灿、漠漠和我。那一夜，我们三个人彻夜无眠。

检票和站殿虽然辛苦，但心情自由，更不累脑子。但讲解培训需要背词和上台表演，要求极为严格，更是没有老员工愿意去，只能从新职工里拉壮丁。曾经，香香阁的一个姐姐去参加比赛，同事故意在台下逗她，那个姐姐讲解时忽然笑场，一下台大家都认识了她。

小灿作为组长，一直不停给我俩道歉："梨姐，漠漠，真对不住了！让你俩去参加这个，我是真不好意思……"

不幸的是，芝芝和张望也来了，这冬宫里的选秀，一场都没放过他们。唯一庆幸的是，好歹我们还能聚在一块，下课时聊聊天。有时我没饭吃，芝芝还负责在地铁口帮我带早餐，啪地冲进门，把三明治拍在我桌子上，很像校园剧。

经历了几天枯燥的课程之后，我们终于迎来了一位传奇老师，人称石狮桥之王。

石狮桥之王德高望重，职业生涯获得无数殊荣，培养出了几个优秀人才，经常受邀前来讲课。第一次给我们上课，他便因为早高峰迟到了半个多小时。

老先生被人搀两把上台，小眼睛在镜片后发射着精光，开口抱怨路远又逢早高峰，见满座无人理他，突然提高声调："你们都是一帮文盲！凭什么让我起这么早来讲课？路上堵了半天车，你们就以这种精神状态来面对我吗？"

台下的壮丁们垂死病中惊坐起，全都精神了。

老先生随即开始痛陈他的革命家史，说自己早年间是北京知青，去陕北插队，后来靠着写材料杀回北京，走上了人生巅峰。若干年后，他地位提升，资历颇深，去过 8 次日本，4 次卢浮宫。他说，如果他当年有我们的条件，一定是清华北大的栋梁之材。

老先生每次开口，必说自己认识路遥，说路遥当初不讲卫生，脸也不洗，牙也不刷。

当时从北京去延川县的北京知青有两千多人，也不知道路遥认不认识他。

到了回城的日子，这位老先生因为没背景、没关系，是那些北京娃娃里最后一个回京的。待他历尽风霜归来，看别人都觉得是关系户。在他眼里，北京人都是啃老族，爸给买房子，妈给买车，得天独厚的地理条件让他们不知上进。

说白了，你能进来肯定不是靠自己，你奶奶肯定是动物园里喂大象的。

之后他大喊一声："都给我站起来！挨个读一遍这段话！一个一个念！"

自然，我们刚念完就被他痛骂一顿，需要立刻去考普通话谢罪。

"为什么外地孩子都比你们强？因为北京孩子不知道上进！大浪淘沙啊同志们！没有志气！"老先生又说起他的光辉历史，"我凭什么要留在石狮桥啊？我们家在中瓜村啊！后来我为什么留下来了呢？"

"噢！因为当年，他们说如果我留下来，就给我分房子！"

老先生的念白，正宗西皮腔，抑扬顿挫，豪情万丈。

他介绍完自己意犹未尽，还挨个问每个新人家住何方，学历如何，是否重点，若住海淀，就详细问到高中，颇有点儿《送东阳马生序》的意思。

当他问到张望家住哪儿时，张望站起来，说："我家在石狮桥。"

我们哄堂大笑。这是南城人最后的坚守。

老先生倒也面不改色。"哦，对对，你们拆迁的地方就是我们分房的地方。"

为了督促我们开口练声，石狮桥之王以南城人说话有口音为例，让所有人都练好普通话，每个人都去给他考普通话一级甲等证书。

大部分时间里，石狮桥之王都在进行自我演讲，将福柯的自我技术表现得炉火纯青。我们就像捉气泡似的，在那慷慨激昂的空气中，闪躲那些带刺的话语，抓住它们并哈哈大笑。

"你们可比我们级别低半级呢，我们正的，你们副的，你们单位就是大锅饭！"

"你们都招的什么人？一个个歪瓜裂枣的样子！"

"你凭什么敢在我面前打磕巴儿？"

"软咕唧唧的！"

"就你这样当什么讲解员？念的什么玩意儿？"

"昨天定稿，你不睡觉也得拿下！"

"太不满意了，根本不成，绝对不成。"

"没选上？好中有优啊！"

"反思！写日记！"

"什么？本科毕业？感谢冬宫吧，还能给你们一口饭吃。在我们那儿，你们都是社会化，没有编制的。我们那儿现在都是研究生起步。"

"什么？研究生毕业？你有什么唱歌跳舞的爱好吗？学播音主持最好，声音优美，气质优雅。我们去年获奖的第一名就是播音主持专业的。"不知道的，还以为大内又选秀女了。

石狮桥之王的威严不可小觑，第一节课上完，一个同事立刻把头发从绿色染回了黑色。

与此同时，重点大学毕业的漠漠紧张万分，好学生都不愿意丢人。漠漠脑瓜极灵，高考数学只错了一个步骤和一道选择题，离满分只差7分。跨方向考研那年，漠漠觉得现当代文学史太无聊，翻了两下书就合上了。考试那天，她在考场上睡了一觉，醒来后把所有题背了下来。

疫情一来，她所任职的旅行社倒闭了，只好入了宫。

每天早晨，漠漠都在地铁里夹着书包跟人左摇右撞，每天一进教室，把包往桌上一放，痛苦地抱住头。"我说，这个培训不是谁想来就来吗？为啥一定让我们来？我真的是不懂了。"小灿又赶紧赔罪："把你们俩都拽过来，真是对不起……"

在石狮桥之王的鞭策下，漠漠不得不利用上下班地铁的通勤时间疯狂背诵。到家之后，进门背一遍，洗手背一遍，吃饭背一遍，饭后背一遍，洗澡还背一遍。

家里人以为她疯了，她爸还笑她："你心理承受能力太差。"

到了舞台上，漠漠穿着白衬衫、黑裤子和小皮鞋，两臂夹着身子，略低着头，不断输出连贯的句子。

老先生评价："你这不像讲解，像背诵。"

"原来背得太熟了也是一种罪过，我昨天睡觉前为什么还要再背那一遍！"漠漠走下台，对着我们噘嘴抱怨。

入宫前，我已经做自由职业两年了，不喜欢出去社交，更不喜欢站在舞台上被人观赏。况且那百年前宫里的规矩，我实在无法奉承。当我终于把词背下来，被迫登台后，我一边发抖，一边忍不住笑场，只能定在原地半俯着背，好不容易掐着腿念完了词。

老先生评价我们组，舞台表演太紧张，太不行了。

芝芝在微信里表扬我："反正我觉得你特别好！"

我觉得她是"私我也"。他们组确实不同，张望和芝芝收放自如，气势如虹，不愧是当过辅导老师，经常出去聚餐的人。芝芝上台前，还特意叮嘱我们："拜托你们一定要跟我对视，如果我找不到你们的目光，我一定会笑场的。"

上台以后，一看芝芝那强作正经的样子，我们都像商场门口那些欢迎光临的充气人偶，趴桌子上笑得地动山摇。芝芝勉强绷住笑意，在舞台上一边走，一边抑扬顿挫地说："那就是一顿冰凉的烧饼夹肉啊！"

老先生评价她走位太多，太过放松，但表演得不错。

正式比赛之前，大家必须进行实地考察，我们一群人从外务府进宫，一边逛游一边背词。

"咱宫里是挺好的，这么多人来，我算是知道了。"芝芝在我身边，看亭台楼阁，看春花烂漫，看锦鲤团簇，忽然就悟了。

"但凡不是来上班的，看什么都好。"我甩着手里的讲解词。

到了指定地点，过于紧张的漠漠又当着大家的面把讲解词背了一遍。

而我远远地坐在花藤架子下，和另一位养松鼠的同事聊了好久的松鼠，聊起心爱的松鼠，我们变得眉飞色舞。没想到在工作单位，还能遇见一个货真价实的鼠友，我万分激动。

漠漠背完回过头，无助地看向满眼发光的我们。"我刚才背词，听见你们一直在聊松鼠，差点儿背串。"

最后一天考核，张望得了第一，芝芝得了第二，漠漠倒数第五，小灿倒数第四，我倒数第三。我们组大大松了一口气，欢呼雀跃。

张望拥有多年的讲课经验，口才台风俱佳，是当之无愧的第一。然而因为他常年把头推成圆寸，身材适中，还留着小山羊胡子，被评为头秃，形象欠佳，不适合舞台。这伤透了张望的心。

从那天起，他发誓绝对不再讲解，没有背景的他，宁可去冬瓜门检票——那是宫里最辛苦的工作。

结束后，大家穿着西服、衬衫和小皮鞋，挂着工牌在门口拍了一张大合照，看上去像冬宫保险天团。随后，我们一起去云海看吃饭，频频举杯相庆，仿佛灵魂都用 84 消毒液搓了一遍。其间，我嘲笑了无数次芝芝的"烧饼夹肉",说她在台上不像个讲解员,像是个卖烧饼的老板娘。

吃完这顿饭,大家又散了。这次谁都没有恐慌,空气中充满了快活。

夏天到了,我们迎来了下一次的岗位轮换。我们组去南蟠龙门检票,芝芝他们组被分到了冬瓜门检票。冬瓜门是旺季来临时,全冬宫游客最集中的地方。

平日,冬瓜门至多开四五个检票小口,而在疫情前的十一,由于人流量暴增,冬瓜门会将所有门打开,其时盛况举世无双。曾经专供大臣们行走的左右两侧罩门全部用作游客的入口,而悬挂着最高规格的九龙金匾,曾经只有皇帝、皇亲国戚和后宫女眷们才能进出的三扇门全部敞开,用作游客的出口。

百年沧桑波诡云谲,现代社会还是不错的,人人都能享受到皇室的待遇。

到了旺季,即使下大雨,冬瓜门作为冬宫正门,也会有举着伞拥入的旅游团,撑起的伞延成一片连绵的山脉。而那些大晴天,尤其是暴雨后的晴天,每天可接待几万人。

张望和芝芝各自站在狭小的玻璃岗亭中,像一座一座拦截人流的堤坝。"走,走,走。"

他们各伸出一只胳膊,搭在岗亭边缘,垂下戴着蓝胶手套的手,预备给游客刷卡,屏幕上映出花花绿绿的红外人像,彼此眼神交会,不发一言。很多冲击是本地小市民冲一线女职工来的，有偷拍的、耍混的、破口大骂的，甚至言语威胁的。好在冬瓜门男性较多，扛得住大部分针对一线职工的冲击。

旺季来临后，票常常一扫而空。买到票的人会嫌人多，而买不到票的人则会说："买不到票是你们的责任，是你们让我买不到票的，你们票那么少，怎么不多放点儿？"

没票的人便堵在闸机处，说他们从偏远地方来就想看一眼，被拒绝后，多会按照黑导游的指示，装作听不懂检票员说话。如果检票员不让进，他们就开始骂人和堵门。相同的场景便会在这一个旺季进入循环。

还有买了上午的票结果下午3点才来的人，到了门口刷不进去，就说是门口堵车，责怪工作人员干吗吃的。张望也不明白，怎么在门口堵车能堵三个小时。

一次，一位游客说自己不会买票，想让检票员帮忙买。张望同意了，那人便递上了自己的手机和七八张身份证。

张望说："您输入一下信息。"

对方说："我不认识字。"

有大妈说自己忘带年票，想空手进大门。"你查你们的系统。"

张望只能解释他们没有这种系统，也无法查询信息。

"那是你们的问题，跟我没关系，查不到你们自己想办法。"张望坚持原则，大妈便指着他的鼻子骂了起来。她堵在入口处慷慨陈词，身后响起一片此起彼伏的抱怨声："赶紧的吧！我们都等半天了！"

张望一声不吭，因为一旦说话便有了态度问题，可能会招致投诉。他只能用电话叫来小掌门，小掌门来了，也一样被骂。然后大妈去买了票，回来继续骂。

张望默默听着，机械地给后面的人刷卡，睫毛耷拉下来，咬住嘴唇。在那些漫长又恐怖的词句里，他似乎觉得，真的是他做错了，是他遵守规则造成的错误。

还有另一些佝偻着站在广场上的人，他们衣衫褴褛，因为实在没钱买票，票卖完了买不到票，或是不知怎么买票，只会站在远处，畏畏缩缩地看着大门。

每当那时，芝芝心里都会泛起小小的波澜。她想：你们来吧，过来跟我说一声，我就让你们进。

但那些人往往看一会儿就走了。

当然，外地的旅游团一旦多了，持老年卡的本地人准得把这一天的气都给撒了："怎么这么多人！""快点儿行不行啊！"此举倒是奏效，倒逼门区给他们开放了一个老年卡或年票入口。人一多，他们就怒哼一声，迈着轻快的步伐刷了进来。别看他们脸色不好看，心情还是美丽而优越的。

当然，还有从家属院过来的"天龙人"，他们拖家带口地过来，直接报门牌号就想往里进。当然，他们家里既没有在这里工作的，也没有退休的老家属，仅仅认为这是他们联名的后花园，便可来去自如。皇亲国戚，也是如此吗？

乾隆年间，果郡王永璨（他的爷爷是果亲王允礼、爸爸是果郡王弘瞻）受了府里苏拉六达子的蛊惑，在没有圣旨的情况下，私游藻绘堂和知春湖，前后一共悄悄溜进来六次，除了摆出王爷的威严，还每次都给掌事的和撑船的仆役一些银子和绸缎贿赂一下。

后事情败露，乾隆罚他：永璨不必在内廷行走，罚王俸十年。只给禄米。他的年俸是六千两银子，罚十年便是六万两银子，因此被誉为史上最贵游览门票。此案所有牵连人等一律被重罚，涉案的太监均被内务府慎刑司处罚，果郡王府苏拉六达子因为撑船送果郡王入禁苑，被罚戴上几十斤重的木枷站上两个月，期满后再打一百鞭，这是相当重的刑罚，基本上人之后就废了。

嘉庆上位四年，即免除了对永璨的惩罚，说他只站班先散，陪皇帝祭祀时自己先回家，私游冬宫，不过少年好游偷安习气，又不是犯法，不至于严惩。永璨还剩的那三万余两白银，全部恩免。然而此时距离永璨去世，已过了十年。

现在是人民的冬宫了，我们却从未想过，事情会走向另一个方向。

疫情期间，检票员还要轮流站在广场门口查游客的健康码。因为健康码的限制与要求，在其上做文章的人们，常常是八仙过海，各显神通。

"天天来天天查，你看出什么来了？"

"要真有病谁还上你这儿来？"

有人还会逗两句："你是大夫吗？看健康码会瞧病是怎么着？"

有试图靠强健的身躯冲过去的；有说自己没带手机的；有把手机塞进腋下闯进门的；有造假录屏，绿色的健康码一闪一闪，一查发现对方十多天没做核酸的；有问核酸不是绿色的吗，为什么弹窗不能进的；有闯进广场哭骂，随处吐痰，控诉员工不是人的。

有时我在现场，有时我在远方，目睹这一切，胃里像装着泡了七天七夜的酸豆角。尽职尽责是本分，但有时尽了责任和义务，反倒会被倒打一耙，被人辱骂甚至殴打。

做了一切该做的，我们只能沉默。

我们的饮用水水温常年恒定在 100 摄氏度，夏天没法直接喝。有时忘了带水，南蟠龙门这里没有便利店，我和小秦只能去冬瓜门的便利店买矿泉水。

南蟠龙门距离冬瓜门 2.6 公里，甩开西服摆尾，骑上那烫屁股的车，我和小秦一路向北，公交车从我们身边呜呜驶过，盛夏的感觉那么强烈。到了冬瓜门的石狮子前，我立刻打电话给张望或芝芝，希望能见上一面。

这一面就好似夕阳透着琉璃，流转出一片藻绘呈瑞。

芝芝戴着 N95 口罩，垂着眼帘，机械地刷着一张张票，看见我，微抬几下下巴。她每天都跟我说很累，累得不行，虽然如此，她却也没迟到过。

张望那时总是摇头，真的，在这里待久了整个人都会变得暴躁，整个人都高度紧张。

他说："我真的觉得在这儿一点儿东西也学不到，不如去当讲解员。"

但人们告诉他："你可以好好写稿子，但做讲解不需要你这种长相的人。"

这让张望再次明白，这是个看脸的世界，至少在他的选择范围里是这样的。他感到自己所有的努力都会被外貌所否定，这是他无法去弥补的。这是大内的传统。

大学时，他热爱音乐，便去研究架子鼓，学吉他，看着视频扒谱子。对于自己能力不够的事，他的第一反应是还能做些什么弥补。就像他在那次培训中，每次下班回家都对着镜子练习。但是这些都没用。他长得不够漂亮，不合规矩。

张望一边说话，一边摇头，浑圆的脸上小山羊胡摇摇摆摆，有些像看穿了晚清运势的算卦人。

我们安慰了他们几句，给自己买了乌龙茶和矿泉水，给他们买了冰激凌，便骑车回去了。

这三年复习求学，遇到诸多人，发生诸多事，付之一炬也很好。

至少，还是在那个6月，我带大了一只北京雨燕的雏鸟"黑麦"，并将它送回了天空。北京雨燕是世界上飞得最快的鸟之一，一生几乎不落地，人工育雏很难，但是我们一家做到了。

雨燕"黑麦"从北京出发，去往中亚和南非，次年再沿着这漫长的航线回归，我的希望在这遥远的迁徙线上振翅疾飞。相信未来，我告诉自己。

8月，一个茂密又多雨的月份，水汽丰沛，烟波浩渺，北京变得像南方了。一下雨，冬宫不得已会关门，我们坐在昏黄的票房里，面对风雨如晦的窗外，守着地动山摇的知春湖。那沸腾的湖水，震天的雷鸣，让我无时不惦记那只飞走的雨燕。

就在那个雨季，我赶忙连上一周班，攒了个双休，打算和芝芝去密云玩。我开车去冬瓜门接上芝芝，我们买了炸鸡和咖啡，一路高速都很顺畅，我说我很开心，她说她也很开心。那是我们第一次一起出游。

雨差不多停了，我们驱车去密云水库。经过某座古老的桥，我看见桥洞墙壁上的旧红标语，是方正的新魏体。"要像爱护我们的眼睛一样爱护密云水库。"

我念出来："又是被老密云笑到的一天。"

芝芝认真起来。"是呀，密云人为水库付出了太多。"

若干年前，给撑船的村民一些钱，他们就可以把你带去水库中的小岛，在上面野炊烧烤，还有人会溜进去钓鱼。密云水库也好，怀柔水库也好，都拥有北京城里见不到的深阔，哪怕是冬宫的知春湖也不能比。更何况，知春湖中的水，正是从密云水库里来的。

午后起了大雾，两侧矮小的青山进退两难，水面静得可怕，站在不见天际的雾中，一种阔大的空旷冲入体内，猛然感觉腹背受敌，只求抓住水中的枯枝，求一时稳定。

天色已晚，我们先去放行李。她订的高档农家乐，长得像苏州园林，有只可爱的小黄狗在转来转去。一进门，这美丽的房间便臭味扑鼻。我捂住鼻子表示抗议："王芝芝，怎么回事，你订的农家乐这么贵，还有臭味！咱们挣那俩钱容易吗？"

她埋在枕头里笑嘻嘻："哎，你第一次来密云，我想给你留一个好印象来着！没想到啊！"

那时我才知道，无论多高级的农家乐，因为排水的问题，房间里都弥漫着一股臭味。芝芝让我将就点儿，说："这儿就是老农村，别看挺高级，屋里都这味道。"

半晌，枕头那边飘来一句话："哎，我跟你说了吗？我很快就要走了。"

我吃了一惊："你什么时候走，要去哪儿？"

这才得知她考上了乡镇公务员，在等政审的消息，很快就要回密云了。新单位虽然离家也远，但有班车接送，再也不必像以前那样披星戴月，坐无限列车。

我虽然为她高兴，但没想到这天会来得这么快，也没有做好思想准备。从此，这宫里再也没有人是我的老密云靠山了。

我们步行去云蒙山边的板面面馆，那是附近唯一一家小面馆，吃了两碗热面，我俩很是满足。我穿着海魂衫，她穿着花衬衫，走在将暮的云蒙山下，一切呈现出迷人的蓝，空气难得湿润，大概是靠着水库的缘故。周围空无一人，偶尔有大货车呼啸而过，过后是清脆的蛐蛐儿叫声。

隔天，张望从城里过来，我们一起去吃了超咸的铁锅炖鱼和玉米贴饼。饭后路过老板养的小鹅、小鸡和种的丝瓜藤架，准备去爬云蒙山。山里水雾迷蒙，绿得像丝绒，似乎咬一口这座山，就会满口都是软糯香甜的植物香。我们去的时候是工作日，一路上几乎没什么游客，隐没在树梢的山雀都有些吵。我们拍了很多照片，可惜下午时间不够，我们最终没能登顶。我说我下周还来，芝芝高兴地答应了。

随后北京立刻进入了暴雨季，云蒙山不是发布暴雨预警，就是关门。就这样，又一年过去，我终究没有再去。

实习结束开总结座谈会，新员工都得发言。

我说起之前差点儿被游客威胁殴打的事情："咱们怎么干活儿都可以，但我觉得咱不能受欺负，最起码的尊重得有吧。"

小商则说："咱们能不能把这 3 块钱的问题给反映反映。卖年票的时候一天说八百遍，真的到哪里我都要谈这个问题。"

新人们埋着脸，笑倒一片。

今年春天，小商熬过了一年多的站殿，终于去了她梦想的地方，跟着老师傅去学文物修复。而我结了婚，放弃所有的考试，开始自己的新生活。

张望和漠漠定岗去了冬瓜门，虽然辛苦，但奖金会多一点儿。现在的冬瓜门，气氛非常好，张望在岗下敲鼓唱歌，他们组了一支小小的乐队。他说："我拿了这份工资，就肯定得好好干。"

只是，张望一直管自己叫"大秃望"和"张秃子"，他到处跟人这样介绍自己，很光彩似的。

我让他别这么说，真的很烦。他垂下眼睛，叹口气，脚尖在地上移着。

半晌他又说："冬瓜门，这个名字我很喜欢，听着跟我的头发似的。"

于是每次聚会，小灿还是会说："上次让你俩去那个培训，真是不好意思。"大家都在寻求一种方式，治疗那些诡异的小事，反复诉说，去解构词句，进行体内排毒。

芝芝回了密云，找了老密云男朋友，去密虹公园约会，在乡镇办公室工作。山里信号不好，她经常需要值班。疫情一封，她不能再回北京城里了。到了冬天，大雪封山，他们就要拿着吹雪机去扫雪了。原来兜兜转转，她只是换个地方继续扫雪。

我又想起那句逗她的话："当保洁你开心坏了。"

然后我们哈哈大笑，眼睛都眯成了月牙儿。

大福早就回了老家，我们再也没见过他。去年冬天，我停在延旭宫门的十字路口等红绿灯，看见他穿着军大衣，抱着两个橙箱子去送饭。

我摇下窗户使劲喊他，可无论我怎么喊，他都没听见。

然后，绿灯亮了，我得走了。

香看两不厌

1

香香阁伫立在寿桃山的顶端，是冬宫的心坎。宫内的建筑以它为中心呈对称排开，形成了众星捧月的格局，统领冬宫、圆明园与畅春园。香香阁有八面三层四重檐，这也就意味着，无论从哪个角度去看，它都长得一模一样。香香阁通高41米，坐落在20米高的石台基上，内部用八根铁梨木擎天柱支撑，历经几次大地震依然完好无损。

香香阁的本意是"佛陀众香之阁"，意为人们求神拜佛的心愿飘到了天上，神明便知晓了一切。前些年，在香香阁的几块匾额后面，还住着五种不同的蝙蝠。在古代建筑艺术里，无疑有着"五福捧寿"的吉祥寓意。可惜，它们很快就随着时代的变化，消失于天际。

第一次听到香香阁的真名，我笑得不行。香香阁第一层牌匾"云外天香"也那么逗，仿佛这匾挂在这里，是要无时无刻不向世人宣告这座小阁是香的。冬宫咖啡馆里的招牌，那个拥有白、蓝、粉、黄等各种颜色的香香阁奶冻，也是软嫩鲜滑，入口即化。若遇到朋友或者服务员说"你们那座塔"，我一定纠正，这是阁，不是塔。

我活了 28 年，竟然从来都没有听说过香香阁，没想到一来冬宫就被分到了香香阁。

香香阁的小船姐睁大了眼睛，简直难以置信。"什么？它不是特别有名吗？北京还有人不知道香香阁呢？"

我仿佛进入了另一个时空。

2

在进冬宫之前，北京对我来说，只有长城、天坛、故宫、北海、景山和圆明园。父母很少带我出去玩，他们忙于工作，疲于奔命。况且，他们的词典里就没有"冬宫"这个词。他们对北京的认知只有动物园，因为它离我们家最近，小时候每周六他们必带我去动物园看猴儿。他俩不会开车，长城又太远，亲戚来了也往动物园赶。

于是，在来冬宫上班以前，我只来过两次冬宫。

第一次是大学时做暑期兼职，我带一家意大利人转北京。妈妈带着两个儿子来北京玩，需要一个北京本地的导游兼翻译。他们个个人高马大，都是米兰医院的医生，称"胡同儿"为"虎童阁"（拼音"hú tòng"结尾的"g"按照意大利语的发音准则必须发出来，跟汉语拼音里的"g"发音很像）。

紫禁城里，我们经过某个殿门时，有个陌生男人忽地冲到那家意大利人的大儿子面前，昂起头，怒气冲冲地盯着他，恨恨吐出一句："八国联军！哼！他们又来了！"

隔天，我们去了冬宫，这个曾两次受到英法联军和八国联军侵略、盘桓和抢劫的地方。毒日头把我晒成了干柳叶，那家意大利人晒得白里透红，直摇着手叫"Acqua Acqua"[1]。一说喝水，我也开始喊："阿瓜阿瓜。"

我们爬了香香阁，但我将它忘得一干二净，恍惚记得有位菩萨，没想到菩萨从那时就惦记上了我。走到山门处，看看波光粼粼的知春湖，迎面吹来的风擦掉汗粒，游船在湖面上很清凉。

我想起，很久很久以前，我在冬宫划船，松鼠果仁儿握着湖边榆叶梅的树枝拍了照，满满的瞳仁看向我。我脚踏着小船滑向十七孔桥，果仁儿在我膝头，看着偌大的湖面，它有点儿害怕，我和香香阁合拍了一张模糊的照片。湖面上的风很凉，带着水草腥味的香，温柔地拂过果仁儿的毛。

这就是我关于冬宫的全部记忆了。

3

香香阁坐落在寿桃山上，寿桃山的前身是瓮山，因它长得像一口倒扣在地上的瓮而得名。耶律楚材很喜欢这儿，给自己取号叫玉

---

[1] 意大利语的水，音似阿瓜阿瓜。

泉老人，临死也想回到这里。

1261 年，元中书令耶律楚材之子耶律铸遵照父亲的遗愿，将耶律楚材及其夫人合葬在瓮山东南麓，并为其修墓建祠。24 年后，耶律铸夫妇葬在了耶律楚材祠的东南侧。后来，耶律楚材的祠堂被痛恨元代统治的百姓给毁掉了，其墓不知所终。

1750 年，乾隆在瓮山的圆静寺旧址修建大报恩延寿寺，工匠在瓮山脚下挖地基时，发现了耶律楚材的棺木。乾隆赶忙下谕重修耶律楚材祠及墓地，题诗，塑像和竖碑，好好地夸了一下耶律楚材。著名作家叶广芩小时候管耶律楚材的塑像叫"白大爷"。如今耶律楚材祠被迁移到了紫薇阁里，属于文物修复的部门，经常有游客闯进去，想一探究竟，进去以后才发现啥也没有。

乾隆第一次南巡，就看中了杭州开化寺六和塔，十分想拥有。六和塔是北宋开宝三年吴越王建的，塔身高约 60 米，平面八角形，周围有十三层木构外檐。回京后，乾隆以为母祝寿的名义下令，仿照其形制，要在寿桃山修建一座高九层的延寿塔，取"殿宇千楹，浮图九级"之意。

不料，1758 年 9 月 10 日，工匠们修到第八层，延寿塔即将建成时，塔身却出现了坍圮迹象，工匠们只能奉旨停建。

乾隆忽地写了一首《志过》，发誓永不建塔，觉得这是上天在明示他"自满福召祸"，大概有点儿不可高声语的意思。他命令工匠把建好的塔给推倒，仿杭州六和塔与武汉黄鹤楼的形制，取两者之精华，重新造了一座阁，并取名为香香阁。

就这样，前后历经十五年，初代香香阁终于面世，它只有三层，依旧保持了平面八角形的格局，外檐四层，内檐三层，屋顶为八角攒尖顶。

1860 年，英法联军火烧冬宫，木质的香香阁被烧毁，其中供奉的千手观音铜胎佛像一并被毁，寿桃山上只剩下了香香阁的残骸。直到 1891 年，慈禧挪用了北洋水师 78 万两白银，按照原样重修了香香阁。三年后，二代香香阁正式上线。

1900 年 8 月 15 日早晨，慈禧和光绪从紫禁城出逃，中午到达冬宫，在乐乐堂内用膳休息，从冬宫逃至西安。当天下午，沙俄军队首先占领了冬宫，英军与意大利军也相继进驻。

11 月，八国联军统帅瓦德西进入北京，随后下令准许军队抢掠，冬宫内陈设文物遭到洗劫，无梁殿和多宝塔两处墙壁上嵌砌的琉璃小佛头也被砍下带走。随后，联军们在冬宫里盘踞了近一年，带走了所有能带走的文物。唯一庆幸的是，这次大部分建筑主体得以保留，二代香香阁逃过一劫。

1976 年，唐山丰南地区发生里氏 7.8 级地震，波及北京，冬宫震感较强，香香阁、德乐园、仁政殿、乐乐堂、山色湖光共一处、听莺馆等皆有损坏，宫墙倒塌 126 处 1008 延长米。经过整修后，冬宫依旧照常开放。

4

在我眼里，香香阁可爱又敦厚，是神的孩子。

初冬，我们小组要进行主要殿堂的轮岗分配。我和数学天才漠漠开玩笑："寒冬腊月的，万一给咱们一竿子支到香香阁，那每天不都得爬山吗？"

我们还没笑完，就在接下来的宣布声中听到了："香香阁：扈漠漠、杜梨。"

没想到笑了半天，要爬山的竟然会是我俩。从此我和漠漠约定："以后在宫里，咱可千万不能说任何关于工作的事了，这也太准了，谁受得了？！"

漠漠在一个多月以后就去了冬瓜门检票，躲过了"如果在寒冬，一个守阁人"的命运。

我和漠漠在德乐园的小侧室里盼来了当时香香阁的总管——风掌门。风掌门的短发齐耳，烫的金黄慢慢褪去，小波浪卷在脸边游荡。她没有像其他殿堂的掌门那样热情客气，只用两只眼睛瞟了瞟我们，略带叹息道："走吧。"

风掌门是东北人，在如今遍布老北京的冬宫里，她一口东北话很是稀罕。她早年是体工队的篮球运动员。如果当初正常发展下去，她应该去当篮球教练。

时局变化，她转业来了冬宫，给皇帝看大殿。她个子很高，一头短发烫染适度，喜欢漂亮包包和美甲。风掌门家境不错，为人仗义，做事很严谨，喜欢亲力亲为，有时容易着急。还有两年，她就要退休了。

早些年，风掌门凭着极为认真的工作态度，荣升为山下碧霄殿的掌门。从碧霄殿，二宫门，金水桥到国华台，无一处草木不经她亲手照拂。岗位调动后，她去了碧霄殿之上的香香阁，主管香香阁、转轮藏和珍云阁。前几年，香香阁大修时，她们三个负责人顺着脚手架搭成的楼梯，登到41米高的阁顶，三人环抱，才能将将围住那颗圆润的金顶。人在金顶边，不过如一撮一捻。

风掌门告诉我，在20世纪的传说中，一天夜里，香香阁的夜班师傅定点起来打更，看见一个白胡子老头站在香香阁的金顶边，对他说："不许你再到这儿来了。"

他觉得莫名其妙，不知如何是好。

第二天他继续打更，白胡子老头又出现了。"你不许再来了。"

第三天，夜班师傅辞职回家，说什么也不再回来了。

我猜，那个白胡子老头是耶律楚材。

5

香香阁的办公室在转轮藏对面，走进去，是一条一人宽的走廊，左手边是个小矮冰箱，上面放了同事的摩托头盔。右侧的小屋属于风掌门，屋里有一张盖着玻璃板的木桌子、一把木椅子和一张陈旧的小床，夜班师傅有时住在这里。墙面上有乌突突的污渍，充满20世纪的余韵。

我们小组的其他人都在山下的主景区，掌门们交代两句就打发他们回家了。而风掌门带我们上了山，让我们在小黑本上写了整整一页的注意事项。从告诉我们如何应对各类游客到在大殿里该穿多厚的鞋。

风掌门一再强调："要记住，咱们是站立式服务，没事不要靠着柱子，也不要躲菩萨身后去。"

然后她又嘱咐我们千万不能招游客投诉："咱们就在阁里的窗口站着，游客也进不来，咱们不直接接触游客。如果这都能招投诉，那也挺能的。"

我俩哧哧地笑了。

风掌门问道："咱们香香阁每天都得爬山，干活儿啥的都需要体力，你们行不？"

我说："我可以，我常年健身跑步，我最爱爬山了。"

风掌门一脸吃惊，眉梢带着喜悦，她希望来人帮她在山上干点儿活儿，最好是男孩，毕竟爬山、做清洁和搬东西都需要体力。

末了，风掌门又问我们是哪儿毕业的。我们自报家门，风掌门很是吃惊："你们知道来这儿是干什么的吗？咱就是服务员，就是服务员啊。你们读那么多书，那么高的学历，不都浪费了吗？"漠漠回答："我们的旅行社倒闭了，找个单位稳定一些。"

我有点儿难为情："我写小说活不下去，五险一金交不起了。"

风掌门转身穿好大衣，拿起她的小饭盒，瞥我一眼，长叹一口气："可是，妹妹啊，写作哪儿有那么快啊，你得等啊！""你们肯定受不了这儿的工作，这儿不适合你们这些有文化的人，站殿容易把人给待废了。"

我们嘻嘻笑着："为人民服务。"

她重复了一遍这句话，缓缓地说："你们马上就知道什么叫为人民服务了。"

她在我们身后关上小门，跟夜班师傅打了招呼，我们便一同下山去了。

6

香香阁曾地处大报恩延寿寺的第四进，之下有一石砌高台，有100级八字蹬道，修得极为陡峭，大概是工匠有意为之，意在突出求神拜佛和西天取经的艰辛。

每逢初一、十五，大报恩延寿寺会供饼一次，用苏拉两名。苏拉是满语中对宫廷内务仆役的称呼。1757年的五月初一，京内差遣了两个苏拉来冬宫送供饼，外加一个苏拉念经，四个苏拉送取铜、锡、瓷器等家伙什儿。

这一年，是苏拉给大报恩延寿寺送供饼的开始，也是苏拉送供饼最频繁的一年。过了这一年，苏拉就很少过来送供饼了，可能一年才来几次。宫中颇阔，少人看管，自然偷窃频发。有个叫康宁的宫户偷了大报恩延寿寺的铜环，按实犯死罪例斩，锁送去刑部监候，秋后处决。乾隆时期苛察得厉害，史书中多有佐证。

除了喇嘛们偶尔会过来，皇帝和皇太后很少登高，后世的官员也很少上来。1780年，班禅额尔德尼就坐着插有绣龙旗的喜龙舟，坐船过貅漪桥，前往大报恩延寿寺去烧香礼佛。

乾隆每次来，听听政，乘轿游览，去大报恩延寿寺拈香，去岛上的广润灵雨祠祈雨拈香，在知春湖上坐杉木船玩，似乎从没爬过香香阁。乾隆又曾对天下发誓，此生不在冬宫过夜。所以他都是上午在冬宫玩一阵，中午再坐着轿子去圆明园。去了圆明园，他先喂金鱼池里的金鱼，再回九洲清晏歇息用膳。

而嘉庆爱去广润灵雨祠拈香，还给龙神的"安佑普济"的神号下加了"沛泽广生"这四个字，并规定仿照黑龙潭和玉泉山的礼制，每年春秋都要来知春湖祭拜龙神，供奉同等规格的食物。

嘉庆二十一年（1816 年）七月初七，嘉庆本来约了英吉利的使臣斯当冬和马礼逊见面，并精心为其安排好行程：七月初八去圆明园正大光明殿赐宴颁赏，再去同乐园用膳；七月初九来冬宫的寿桃山玩；七月十一日在太和殿颁赏，赴礼部筵宴；七月十二日再派人将他们送回英吉利。

不料，七月初七那天，俩使臣到了宫门，为了不向嘉庆下跪，都说自己病了难受，走不动路。嘉庆都快走到大殿了，听到这借口气不打一处来，立刻将他俩遣回了英吉利。随后，他给英王写信抱怨："朕可从来没见过这么没礼貌的人，您以后可别再派使者过来了！"

后来，咸丰在位的时候，也因跪与不跪的问题多次拒绝了英吉利派使者的建议。

道光、咸丰也是例行公事，去广润灵雨祠拈香，遣官致祭"安佑普济沛泽广生龙王之神"。而慈禧在碧霄殿过万寿庆典，常在德乐园听戏，每次都要求光绪和官员们作陪。

因此，香香阁从古至今都堪称全冬宫最香的地方：风景好，领导少，天高任鸟飞。

7

不同于冬宫里其他任何一个殿堂和门区，香香阁作为全宫的顶端，我们每天都要比其他人提前半小时到地铁站或停车场，从德乐园或北鸢门、北灵芝门三个方向冲上山。

刚上班没几天，我就因为想抄近道而在前山迷路了。清晨，大雾弥漫，经过管弦老年合唱团，洪亮的歌声逐渐变得缥缈，我也被歌声推得越来越远。山上信号奇差，导航在乱跑，我眼前是乱石的尽头，再看看右手边成群的柏树和光秃秃的山石，想起风掌门的严格要求，不得不连滚带爬地翻上去。

刚翻过了一座山，又在岩石上狠磕了一下。想起之前那句"我最爱爬山了"，我觉得这是香香阁故意看我笑话。

我一瘸一拐地走到北小门，给香香阁的小参事凌凌打电话，让他开门。

弹跳的脚步声敲击着山石，小凌凌一溜烟地从屋里跑出来，忙叫着梨姐，笑嘻嘻地开了门。

凌凌只有23岁，是殿堂区年龄最小的员工。他从小就跳了级，19岁英语本科毕业，看到冬宫的招聘就来了。他是个漂亮男孩，眉似柳叶，眼如甜杏，鼻梁挺直，皮肤细腻，白得发光。他见人就笑眯眯的，干活儿认真靠谱，有种小葱刚从地里蹿出来的活泼。

几年前，凌凌还很瘦，白玉似的小人儿站在后山检票，有经过的小姑娘透过岗亭看见他，向他要微信。他刚好赶上交接班，立刻抱歉地摆摆手，头也不回地冲进休息室。好看的员工总会被人注意，但在宫里长得好看不是什么好事。凌凌绝不冒险，他对很多事都充满了谨慎，放在桌子上的水过了夜就绝对不喝。疫情期间，他除了吃饭喝水，总是戴着口罩。

一来冬宫，凌凌就被定在了香香阁。起初他很高兴，没有被定在最苦的冬瓜门，冬瓜门是冬宫的正门，一到节假日，客流量犹如洪水泄闸，压力也堪称全宫之首。

山下的外务府和德乐园经过翻新装修，有长方形的玻璃灯、白如新雪的墙壁和光洁的木头桌子，给了他很多幻想，他觉得香香阁的休息室也差不了多少。

一进门，凌凌的心就凉了半截，休息室的墙面涂着山水画般的污渍，墙角落款似的印着霉斑，他还以为墙至少都应该是雪白的。后来凌凌才知道，这两间休息室是由20世纪的洗手间改建的，自然也分了男左女右。

每次迎接检查，风掌门都会带着我们从香香阁干到休息室，把领导发的心灵宝典放在最高处，报纸抹布乱飞。可惜无论怎么擦，那两间小休息室还是黑的，为此，我们从未得到过表扬。

20世纪，香香阁的休息室里连暖气都没有，靠生炉子取暖，每个员工每天上班都要拎蜂窝煤上来，男员工两摞，女员工一摞。进入新时代，终于有了集中供暖，小屋里装了一长条扁暖气片，怕失火，温度调得也不热。下了岗，大家都围绕着它坐，恨不得将它揽入怀中。空调很少开，开了怕忘关，造成安全隐患。

休息室分两间，左侧的那间有冰箱、饮水机和洗墩布的水池，里间有一张被同事睡塌了的沙发、一张灰黄的床和一排柜子。右侧的休息室是我们常待的地方，两扇小小的横窗，露出后山的斜坡，时不时一些猫猫冒出头，喵呜喵呜地看着屋里的人吃午饭。

8

小船姐喜欢那些猫猫，家里养不了，就把碗里的饭都给了它们。野猫都怕人，鼬哥招安了一只小猫，这只小猫让摸让抱，鼬哥给它买猫粮。

冬瓜门的小安姐自掏腰包，雇人去抓猫做绝育，她尽量给宫里的流浪猫都做了绝育。做绝育对科学控制流浪猫的种群数量来说，是非常必要的，既能延长猫的寿命，提高猫的生活质量，也能减少很多流浪猫惨剧。控制流浪猫的种群数量，对宫中的鸟、鱼、鸭子和松鼠来说也是件好事。野猫是取之不尽的，平时它们都缺吃少喝没人管，再生一窝小猫，天寒地冻，一只也活不了。小安姐是个热心肠，来过山上几次。

有只特别漂亮的小白猫做完绝育回来，发生意外死了，可能是被其他动物咬伤了，也可能是其他原因。但香香阁的人们觉得是做绝育的错，从此将小安姐彻底拒之门外。

小安姐又前去几次，做了几次工作，都无功而返。

曾经有两只隼在香香阁的牌匾上做了窝，孵了六七只小隼，因喂食和排泄，争渡争渡，惊起一相投诉。无奈之下，工作人员经过请示，只好搬了梯子将鸟窝挪走，并将它们送到了野生动物救护中心。

从此那两只隼，每日都飞来香香阁盘旋，一圈一圈地寻找它们的孩子。风掌门看了，委实于心不忍。过了一个月，隼们终于放弃了，再也没回来过。

我一直觉得，古建上最迷人的部分，不是那些精致的雕绘和五色的油彩，无论是旋子彩画、苏式彩画还是和玺彩画，都不及瓦檐上长出的野草、牌匾后的蝙蝠和筒瓦里的雨燕，后者才是古建活着的、呼吸的部分。总会有游客怪鸟粪玷污了红墙，有碍观瞻，拿皇家园林的帽子狠狠一扣，指点江山。可是经过技术人员化验，鸟粪对古建并无半点儿腐蚀性。

当代的城市居民注定无法住进这深宫大院，但看见这些动植物还能陪着古建，就嫉妒起这些生命来，想拿些冠冕堂皇的借口来驱逐它们。古建永远比人要宽容很多，很多。就算是最破败的庙宇，也有小耗子的一席之地。

9

每天上早班，需要开阁门和开窗户，把高挑的顶门杠从门边窗棂处抱下来，方可打开门窗。阁门直对山门，山门宛若取景框。

有时大雾弥漫，一池三山迷失在云雾中，正是古代帝王所神往的蓬莱、方丈与瀛洲，乘云气，御飞龙，而游乎四海之外。有时天光极好，湖水的颜色分了松绿、浅蓝和湛蓝三种颜色，伸手探去，仿若浸入一片柔软的凉玉，沁入心肌骨缝。

入冬后，湖水开始结冰，大块的寒冰结出不同的纹理，从高处看过去，成片的白冰截住未冻的湖水，有永昼极地的味道。随着风一日日寒吹，湖变得坚不可摧，仿佛一方巨兽进入冬眠。很快，便会有小人儿在湖面上走，测试冰的厚度，看看能不能开始滑冰。

疫情第二年，湖面上都插起了小旗，试冰的小人儿走了好多天，盼呀盼，冰场也没能开放。

疫情第三年，冰场终于开了。骑冰车从鸭先知码头到西之堤，横跨知春湖面只需一眨眼。仰头看香香阁近在咫尺，当下便觉得自己仿佛来自"安佑普济沛泽广生龙王之神"的家族，可以像虾兵蟹将一样在湖面上横行霸道。

10

古建需防火，所有殿堂一律不许有空调暖气等设施，只能靠物理保暖，我们靠单位发的大红棉袄、黑羽绒裤、厚底靴和小热水袋过活。同事菲菲总觉得冷，甚至同时穿两件齐膝羽绒服、两层毛裤，戴两顶帽子和厚棉手套。她又瘦，远远看过去，像大棉袄自己在走路。

发工服的时候，大家都要选比平常大几个尺码的，里面才好塞毛衣。可惜，到了我们那届，常穿的三合一防风衣只剩了尾货，给我们瘦子发的都是没人要的小号工服，里面塞件毛衣都紧绷。

羽绒裤虽然大了几号，但套上以后，膝盖打不了弯，像大清的僵尸。为了防滑，羽绒裤的下端还有健美裤似的踏脚带，姿态别提多美。大家品鉴道："也就咱冬宫能干出这种事！"

冬天的一些时候，我们站在大开的窗子边，在寒潮过境那些天，睫毛都会结冰。大家在窗边侧着站，头微微倾斜，勉强让窗框顶顶风。为此风掌门鼓励大家聊天或者在阁里打扫卫生，这样就不会冻僵。如果两人在阁里互不交流，她还会问凌凌，同事之间是不是闹矛盾了。

正值购物节，我趁打折买了两麻袋暖宝宝和一麻袋暖鞋垫，当我幸福地将鞋垫塞进鞋里以后，才发现鞋垫根本不热，脚趾依然冻成冰豆儿。我看着这一麻袋鞋垫，陷入了沉思。至今，两年过去了，我也没用完这些暖宝宝和鞋垫。

看我背了两兜子不中用的鞋垫，小船姐又笑得不行："啊，怎么会？我买的鞋垫都烫脚，有时烫得受不了，只能背靠着窗台，把脚稍微立起来才行。"

小船姐非常爱笑，经常说着话就乐。参加全宫的讲解比赛，台下同事冲她挤眉弄眼，她扑哧笑出声，不得已下了台。我们只要一挨风掌门批评，菲菲便说："今儿又挨呲了吧，天天呲成大呲花。"

仅仅"大呲花"这三个字就能让小船姐笑半个月。

小船姐从柜子里给我拿了两双鞋垫试试，烫倒是不烫，我总算是活下来了。

大家站岗都穿着松糕底的厚靴子，像唱戏的皂靴。她们说，如果长期在阴冷的环境下站岗，可能会影响女性的生育，体质差的女性，生理期都会被冻乱。

我想，假如我有天要离开冬宫，绝对是因为这儿太冷了。一个避暑的地儿，冬天来真是疯了。

11

寿桃山上，唯有一个人不怕冷，那就是鼬哥。

在众人都开始裹紧棉袄时，鼬哥依旧穿着白衬衫，挽起袖子，在山上跑上跑下，仿佛夏天只为他一人而存在。他说自己抗冻，几乎没有穿过羽绒服。

他早先在北鸢门轮岗检票，北鸢门向北，检票亭在阴影的风口里。最冷的那些天，北风如刀，像切西瓜似的切倒一大片人，鼬哥只穿着白衬衫和长棉袄站在风口处，面不改色地迎接挑肥拣瘦的大爷大妈，那长棉袄只有一层外皮，他把里面的瓤儿给卸了。

自此，他在北鸢门一战成名。

鼬哥大我 3 岁，整个人像行走的楷体，清瘦有力。一双猫头鹰似的大眼睛嵌在脸上，面容清秀，他看起来仍是个日本漫画里走出来的少年。他每天早晨 5 点准时起床打羽毛球，打两个小时羽毛球，收拾妥当后直接穿工服来上班，中午固定吃一顿黄焖鸡米饭。下班后直接飞奔下山，开着那辆炫酷的"铸就你的梦"奔上四环，和妻子吃饭散步看电影，晚上 10 点准时入睡，过着很多人梦想的生活。

鼬哥看上去很安静，很少主动跟人说话。只要他一说话，就好像是拆开了一袋彩虹糖，不仅有丰富的视觉，还有不断变换的想法。我问他："游客会找咱们吗？都会问什么？"

他说："放心吧，他们一定会找你的，而且会叫你'服务员'。"

风掌门居然说的是真的。

很巧的是，我和鼬哥的初中门对门，高中的名字也很像，甚至高考分数都差不多，上的都是外国语大学，都考了英语的专四和专八，都喜欢玩手办做模型，人生的梦想都是过上平静的生活，平时坚持运动和健身。他当过英语辅导班的老师，起初很认真地做辅导教材，发现培训机构太过压榨人，索性考来了冬宫。而我是混遍了大小媒体，觉得实在没意思，也考来了冬宫。

我当他是香香阁里的另一个我，加强抗冻版的。

不站岗时，鼬哥或窝在小沙发上倒头休息，或带着游戏机玩单机游戏。天气好的时候，他就拿一把小椅子坐在外面，对着满山的柏树吃饭。阳光极好，天也很蓝，等饭的喜鹊、上班的乌鸦、啾鸣的麻雀团和嚓嚓的柏树枝。他对着山，猫在不远处盯着他，馋得口水直流。

虽然站岗很无聊，但和外面的工作一比，他还是觉得很幸福。

他只想在香香阁里度过一生，不参与这世上的任何纷争。

今年秋天，我回香香阁探亲，鼬哥笑眯眯地从菩萨旁边旋出来，对我说："我今年过敏得特别厉害，有点儿那个……"

"你哮喘了是不是！"

"你怎么知道！我就是突发哮喘！"

"因为我也是突发哮喘！"

我们都在这一年捡了一只宫猫，也同样在秋季因各种原因突发哮喘。命运的齿轮也不知怎的，竟这样诡异地相似。

我们就像一颗花生里出现的两只果仁儿，在宫中像三维弹球那样四处奔走。

12

鼬哥和凌凌都是散淡的人，不受野心的折磨，就像香香阁上偶尔生发的野草。

每当上面想把凌凌和鼬哥借去机关时，他俩都会立刻推辞："谢谢您的信任，我还是在基层再锻炼锻炼。"

实际上，鼬哥去过很多岗位借调，他不喜欢加班，也不喜欢写材料，还是觉得站岗最香。凌凌虽然年轻，但在风掌门和同事之间，总能将一碗水端平，游刃有余，滴水不漏。

凌凌曾经也报过全国导游考试。他跑了很多次手续，才将材料办齐送过去，对方却临时改口，说一定要冬宫的总管签字。他又跑回来，总管恰好不在，隔两天才能回来。

他彻底失去了那次机会，他再也不去考了。

说起这些，他还是笑眯眯的。"凡事折我一次，我绝对不会去第二次。"

那时香香阁还要售票，他们得从冬瓜门拖板车，把票运到后山。门票像小砖头似的堆一车，几个男同事一起，连拉带拖地拽上山。票虽卖不了多少，但每周还是得去拖。没有小骡子和小毛驴，他们只能过一个台阶，搬一个台阶，往往要一个多小时才能上山。

这对不爱运动的凌凌来说，简直是酷刑。

有段时间，主景区还有志愿讲解，每天半小时一次。无论寒暑，他们都要拿着大喇叭站到古建前喊一声："有要听免费讲解的游客吗？"

一开始是用喇叭，被大爷大妈投诉后，又只能靠人力喊，打掉的牙往肚子里咽。有时凌凌一天需要讲很多遍，哪怕嗓子发炎都要喊。有一天，他发着高烧，还得站在阁前讲解，声音嘶哑，没有任何一个人来替他，有游客大喊："大点儿声！听不见！"他感觉天旋地转。

好在电子化时代来临，志愿讲解终于取消了，得知这一切结束的那天，凌凌欢呼雀跃。

凌凌说，来宫里的第一年，他还会换衣服上下班。现在他索性穿着工服坐地铁，再也不讲究什么花里胡哨。他笑眯眯地评价自己："油腻得不行不行的。"

13

现在回想起来，香香阁的冷是入了骨头的。早晨阳光只进来八九点的，千手观音的脸上稍稍有点儿光亮，转瞬即逝。这尊菩萨名为南无大悲观世音，铜胎镏金，现在已经剥蚀得很厉害了。它诞于明代万历二年，高五米，重万斤，有十二面、三十六只眼、二十四只手臂，脚踩有 999 朵莲花的宝座，有极乐净土之意。

依照乾隆最初的摆放，初代香香阁里，有一尊千手千眼观音，跟承德普宁寺菩萨出自同一尊蜡样。当时香香阁中层未封，那尊千手千眼观音应高 12 米以上，有统领千佛众神之意。1860 年，佛像焚于火海，往极乐去了。

而在二代香香阁的一层，慈禧安置了泥胎接引佛阿弥陀佛和他的两位从神——阿难和迦叶。1900 年，迦叶被联军推倒，两个外国士兵摸着阿弥陀佛两侧的袖子，拍了张照片。"文革"期间，阿弥陀佛身上贴满了大字条，正中央的是"对它判处死刑"，它被推倒后不知所终。香香阁也在那时改名叫"向阳阁"。

因着历史变迁，香香阁送走了很多佛爷。如今这尊观世音菩萨是 1989 年人们从鼓楼的万寿弥陀寺里运过来的。万寿弥陀寺在鸦儿胡同小学里，"文革"时，鸦儿胡同小学教师陈长庚等人冒着生命危险将菩萨封在了万寿弥陀寺的墙体里。

1989 年 9 月 15 日，官方商量好了将观世音菩萨移运到香香阁的事宜。23 日，菩萨从二环的大悲殿启程，4 天后，它终于来到了西北郊的冬宫。当天夜里，300 名职工用杉篙支搭马道，人们徒手接力，将菩萨从山脚运上了香香阁。

2006 年，冬宫又从万寿弥陀寺里拿回了菩萨身体里装的佛脏 28 袋（箱），里面皆是明代佛经、铜镜等珍贵文物，也一并入了馆藏。

如今菩萨的体内，已是五蕴皆空，不知是不是这阁里太冷的原因。

14

我佛度众生，却独独忘了我。我在阁里很冷，我看菩萨更冷。有时我甚至怀疑，菩萨是否向我彰显了神迹。我绕着菩萨一圈一圈地走，地板上有历年走动磨白的痕迹，从窗口处慢慢踱步到菩萨身后的原色地板，光线越来越暗，我踏入了循环的一个圈。

我开始明白动物们在笼舍里的刻板行为，它们想从笼舍里逃出去，甚至不惜因此受伤，如果实在逃不出去，就只能重复着同样的行为。它们一定还拥有很多想象，很多冲破高墙的想象。

前来拜佛的人倒是很多。从早年开始，大家都一直传这菩萨很灵，不停地往菩萨身上扔钱，往布施箱里投钱。为了保护菩萨，现在不允许大家进阁投钱了。

香香阁内部还开放时，风掌门坚决不碰菩萨一分钱，同时严格要求下属不要动一分一厘。有些时候，香香阁里满地都是人们扔进来的零钱，人们只管扔，我们捡起那些有零有整的小钱卷，从须弥座边捡起叮叮当当的硬币上交。

有外省市来的拜佛小团，大多由一个中年妇女带领，整齐划一地祝祷。每人手里都有糖，许完愿后吃掉。领头的妇女硬要给菩萨供糖，风掌门就让我们把糖放在香香阁的抽屉里，如果有低血糖的游客，就拿出来给他们吃。

更多的游客，会直接将各种水果和零食铺在阁门前，小砂糖橘从袋子里滚出来，滚进了青石板的沟里，苹果和梨也不甘示弱，带着人们朴素的心愿，咕噜咕噜地冲进阁里。

有天，一个戴墨镜的年轻女孩打着伞，夹着一大束鲜花，拎着两兜子水果，气喘吁吁地爬上来，兴致勃勃地来问我，才发现香香阁不接受供奉。

"啊！我还带了这么多水果，太沉了，我不想带下去了，怎么办哪？"女孩无奈，有些局促，笑起来像风铃。

"您要不送给其他游客看看？"

女孩道了谢，连忙发起水果，还热情地塞给我几根香蕉。我把香蕉给了两位拿了橘子和苹果的老太太，老太太们高兴地下山了。

等我再转了几圈回来，女孩已经拜完，将那一束香水百合放在廊座上，下山去了。桃色的花瓣热烈盛放，它们让这座阁再次香了起来。

15

山顶没有洗手间，站岗一次一个半小时，工作人员只能找人短

暂替岗，去半山腰的洗手间。这时，我就只能向嬷嬷姐求救了。不
多时，我就能从阁子的窗口，看见嬷嬷姐从后山急匆匆地颠下来。

　　嬷嬷姐有一头黑亮的短发，在耳边荡来荡去，单眼皮大眼睛。
她近视，有时看远处的物品就眯一下眼睛，动作慢悠悠的，有一种
老北京的沉稳和体面。她除了开车以外，坚决不戴眼镜。她觉得上
班不值得她戴眼镜，她不想将这世界看得太清楚。

　　嬷嬷姐上班的时候，我习惯性地依赖她。她性格好，脾气顺，
看见我们因各种事生气，总是眨着眼睛，劝我们别生气，说那人在
欺负自己呢，好让我们宽心。

　　嬷嬷姐以前在冬瓜门做副掌门，一到旺季或节假日，整个广场
就像一袋破了皮的黑芝麻，洋洋洒洒全是人。凌凌也补充，每年十
一，香香阁的景观也颇为壮观，台阶就像长城一样，栽满了郁郁葱
葱的人。

　　据嬷嬷姐说，疫情前的手撕票时代，他们和保安一起检票撕票，
散客都是一人撕一张，碰上团体便撕一整本的票。一整本有 50 张或
100 张，成本成本地撕。

　　有带散客的各路黑导游，利用年票带着游客多次硬闯，被抓住
以后绝不认账，常常企图翻杆而逃。被烈日咬破的汤圆大巴里，黑
芝麻馅汩汩地流出来，不断有人冲击闸杆、逃票或者装作听不懂：
"什么？要门票？不知道？啊？"

　　嬷嬷姐作为负责人之一，必须能扛下各种事。门区总是不够人

手,她只能早连晚,从早晨6点一直工作到晚上7点。这直接导致了她身体机能失调,有时一下班就得去医院连输三天液,有时甚至忍着剧痛站在门口检票或者调解纠纷。

最后,她的身体不能支持她的工作,她的工作也不能再支持她的身体。医生下了最后通牒,让她必须换工作环境。

经过一番艰难的申请流程,她来到香香阁,重新做回了普通员工。嫣嫣姐的心思都在家庭,她觉得能有个编制,将孩子平安带大,便很满足了。

我们一同站在窗前,我像上海半导体那样给她讲各种动植物故事、社会工作传奇和平常遇到的奇葩事,她捧哏捧得恰到好处,总能激起我的抑扬顿挫。有次,我看着刚回北京的雨燕,跟她讲了很多看来的动植物冷门故事,把她逗得直拍手。

她说:"你应该去动物园工作。"

我说:"我今生的一个最大的心愿就是去给大象叉干草。"

16

下岗时被大爷大妈抓住,是件顶恐怖的事。有些大爷大妈非要进入不开放的区域,从后山下去。山阶陡峭,安全隐患极高,冬天下雪结冰,我们都在山石上摔过。三年前,疫情伊始,出于各种安全原因,后山封闭了。然而,至今仍有无数大爷大妈会来堵门、投诉和打电话,试图通过各种手段穿过去。

　　每当工作人员换岗回休息室时，总有概率被大爷大妈拽住，他们试图通过激烈的辩论，穿过那道小门。而此时正是我站了快两小时岗后，最想去洗手间的时候。女员工被大爷抓住的概率更高。有时碰见凌凌，他还能帮忙抵挡一下。

　　最严重的，当数遇到 ×× 协会那次。那天，我和嫣嫣姐下完最后一岗，正准备松口气回家。突然就被一个穿军绿色冲锋衣，戴着眼镜的大叔拦住了。他呼朋引伴，一群人气势雄浑，质问为什么不给他们开后门，凭什么不让过。说他们是 ×× 协会的，这个处长那个主任的，试图以此来引起我们的重视。

　　我的灵魂出窍，像看一幅浮世绘。

　　我们做完解释，对方根本不听，开始说自己年过 50 岁，不想从前面下山。

　　随即，冲锋衣大叔在石台上开启疾走，不断挥舞着胳膊对我们指点江山："你们到底有没有领导？有没有管事的人了！我们可都是老北京！"

　　我从未遇到过这样的人，不知道该怎么办，尤其是不明白为什么有人会在这种当口说自己是老北京。

　　后来结实的售票小哥沉卿也遇到过很多次这样的事，早年间有很多想逃票的人，站在窗口跟他磨："我们老北京！从小就来！怎么现在还要票了？"

　　沉卿耐心地解答："老北京？就算是老外地也不行啊！没有票，无论您是老北京还是老外地都不让进啊，您说是不是？"

正值风掌门休假，主事者只有凌凌一人。我开始录音，怕矛盾激化，保留一切证据。

嫣嫣姐见状，赶紧给春和殿的凌凌打了电话，又跑下山去找他。

凌凌接到电话，正从春和殿往上跑。几个大叔呈围攻之势，见我形单影只地守在小绿门口，连正眼也不瞧一眼，像一枚变幻的折纸老虎。"怎么你们领导还没来！耽误我们时间了知道吗！耽误我们时间你们赔得起吗！"

几个人开始叫骂，拍着大腿，此起彼伏。冲锋衣大叔边笑边嚷。"耽误时间赔钱！让他们给赔钱！赔三倍！再把我们八个人一起开小车送出去！"顺便回头关照，"李主任呢？"

"李主任已经从前面下去了！"一个大叔回复。我很感谢这位李主任。

凌凌皱着眉头，大步流星地来了，他果断地和他们交涉，又请示了半天，最终也不了了之。

我感到恐惧，这种恐惧最终吞噬了我，甚至贯穿了我去检票、检查健康宝甚至接电话的所有时候。

每每看见站在东南西北四个检票口的大姐们，她们在岗亭里一站，散发那股无时不昭告天下"一夫当关，万夫莫开"的气势和威严时，我都由衷地感到敬佩。

我常常想，一个女孩要吵多少架才能变成一个叉着腰站在门口的大妈呢，我什么时候可以拥有那种神威呢？

17

如果上晚班，最令人惆怅的事，莫过于清山。每当到了规定的关门时间，那些爱好摄影的人绝对不走，一定要寻找好最后的角度，拍上几十张在我们看来一模一样的照片。金光穿洞的时候，香香阁常常得持续性地加班。

姐姐们不理解："这金光穿洞到底是怎么火起来的？"

"这一年四季不都穿呢吗？咱们不是天天看呢？"

"真不明白。真的，我不懂。"

香香阁不是最惨的，最惨的是山下的碧霄殿，碧霄殿的人必须等所有的游客出来，关上大门才能离开，更别提金光穿洞的时候了。

无论怎么提醒，有些拍照的游客都不肯离去，像打游击似的在廊院里走，四处按着快门。有时我只能放着单位要求的学习强国，一圈一圈地转。

有时游客会想出各种古怪刁钻的话来骂我们。凌凌往往绷着脸，站在山门处，一声不吭。

碧霄殿提前半小时才止票，很多外地来的游客不知道几点关门，可能到达的时候，菩萨就关门睡了。如果没有按时为菩萨关门，属于违规。

有次，一位本地大姐爬上山后，发现大殿已经关了，她强烈要求必须开放，反正今天必须看。凌凌只得一遍一遍地给她解释，古建关门后，要贴上封条，如无紧急情况，再开属于责任事故。那位游客不依不饶，一定让他赔钱，他便给她赔了钱。

此时，距离关门时间已经过了半小时。游客要求加凌凌微信，说以后还来找他，这才下了山。

凌凌一直等着那游客再来，等了几年，她也没再来。

乐乐姐住在香山，容貌古典，一看她我就想起燕国人，一双飞扬的丹凤眼，鼻梁极高，细致又端正，行事比凌凌更为谨慎。她总会在晚班时按时关门，同时也让我严格执行这个标准，怕那类事故再度发生。"你的未来很美好，我不允许你遭遇这种事。"

我怕很多外地来的游客来晚了看不到菩萨，岂不是等于白来。于是，我常常提前半小时下到山台处，一遍一遍地提醒他们，上山下山来回跑。最早下那台阶，我还得扶着墙小心翼翼，最后我就像学会了轻功，穿着沉重的羽绒服，端着小喇叭，下那山阶如履平地。

外地来的游客们都很配合，甚至可以说令人感动，他们往往听到关门的消息，便一下来了兴致，前呼后拥地往上走。往往我回到山上，还能听见游客们的赞许之声。白天看菩萨，人们除了朝拜，也看不太懂，往往觉得兴味索然。快关门时看菩萨，越看越舍不得，香香阁的菩萨在入睡前，总能获得比平时更多的心意和热爱。

后来，大家都提前下到山台处提醒游客，这样就避免了很多问题。

夜班师傅是个精瘦的大爷，被晒成巧克力色，常年穿着红秋衣或红背心，外面套着一件有点儿年头的小黑夹克，白天必去香山跑一圈，再爬上寿桃山和我们一起清山。

凌凌说，早期的夜班师傅更逗，他是个练家子，每天穿着绸缎裤子，总夸是上好的料子。清山时，他对着知春湖，将腿一搭，一面压腿，一面清山，见者无不称奇。

18

休息室面朝北面，小白炽灯泡摇摇晃晃，光线不充足，大家一下岗就想抱着暖气片睡觉。我看着考博的复习资料，眼皮也经常打架。

忽然有一天，新的大领导来了。她是讲解员出身，受过铁与火的淬炼，多年前曾在香香阁提过蜂窝煤，颇有香香阁情怀，说当年她只用了16天就背下了《寿桃山知春湖记》，20多年也未敢忘怀，对我们更是寄寓颇高，说自己以后会常来。"咱们同事是不是觉得，下岗后睡睡觉，刷刷视频，就可以了？咱们一定要有些上进心，比如可以背背石碑上的《寿桃山知春湖记》。"

大家面面相觑，转轮藏都没开，隔着外廊窗棂，连那块石碑上的大字都看不清，背这《寿桃山知春湖记》有何用啊。

风掌门让我赶紧做了《寿桃山知春湖记》的古文注疏和中文翻译，并带着大家从头到尾朗读一遍，有人抗拒，有人无奈。我用一个中午做出来，风掌门夸我厉害，我唯有苦笑。

在大领导的要求下，每个人都要考香香阁的讲解。我老笑场，胡乱发挥，每一遍背得都不一样，风掌门气不打一处来。考前一天，我站在镜子前连续背了五遍，风掌门才让我下班。结果，一站在菩萨身边，凌凌和我的声音都像尖叫鸡。我只能摘了眼镜，怕同事们对我挤眉弄眼，目光放空背完，几乎笑场了两次。凌凌见状，背过身去对着窗外偷笑，大领导的镜片闪着寒光。

老同事们如八仙过海。菲菲虽然一个字也没有背过，但她考古专业出身，对冬宫了如指掌，很多词看两眼就能背下来。她拉着大领导在缂丝图前足足讲了快半个小时，大领导大吃一惊，佩服得五体投地。

大领导隔三岔五就来爬香香阁，就是乾隆也没来这么勤，简直是历史性的突破。

在我之后轮岗的小瞬荣幸地赶上了这个时期，隔着一整个知春湖，他一边蹲在地上刷地毯缝，一边对我发出叹咏："如果你以后做了领导，能不能不要老上香香阁，求求了，真的。"

19

风掌门做事极为细致，即使膝盖有旧伤，每天也必须从春和殿爬 100 级台阶上香香阁检查，风雨无阻。每次虽然只有一人，却有千军万马的气势。她上山以后，你是看不见她的。她先避开前窗的视线，在香香阁的回廊走上几圈，才从背后绕到窗前，吓你一跳。

她狡黠地盯着你，藏在口罩下的，是一个洞悉一切的微笑。她盘问几句，又轻哼几声，再交代一些她的要求。

风掌门每次开会都能开一个多小时，到点她也不让下班，继续举着小黑本念。哪怕都下到半山腰了，她也能一个电话给你拽回来。徐姐和乐乐姐就遇到过一次，半个小时后才下班。

"到哪儿了？"风掌门问。

"下班了，后山上厕所呢。"

"来，回来吧，咱们交代一下会议要求。"

她俩灰头土脸地从厕所里出来，总结道，就不应该说自己在厕所！应该说已经下山了！

有次，我和嫣嫣姐实在不想开那个会，我俩准备一下班就跑。风掌门有时会从后山回来，因此我俩决定从前山的碧霄殿下去。

到了下班的点，我们夹着小饭兜子，瞬间飞下了那100级悬阶。从山台到春和殿之间，还有最危险的转轮藏，风掌门随时可能会推开侧面那扇小门，对我们喊："别跑啦，开个会！"

我俩贴在山台边看了看，确定无危后，立刻像复仇的子弹，旋进了春和殿。正值周一，春和殿的正门没开，我们便从两侧罩廊的搓衣板路下山。山两边的两条登山步道大概是专门给苏拉们走的，凿得像搓衣板，我们都叫它搓衣板路。

我俩一前一后地飞快下山，脚步笃笃，廊间回声阵阵，那斜着的长廊极具镜头感。嫣嫣姐的蘑菇头在前方有规律地晃动，我俩彼此沉默，一言不发。我以为我俩正在拍《卧虎藏龙》，不由得扑哧笑出声来。

到了碧霄殿，大门不开，我想，我命休矣。到底是老员工，嫣嫣姐不慌不忙地推开了远处的小门，招呼我出碧霄殿，并让师傅锁好了门。我俩快步走在知春湖边，心脏狂跳，感到湖水从未如此静谧美丽。

风掌门给嫣嫣姐打电话的时候，我俩已经快到紫薇馆了。

那是我最快乐的一天。

20

每逢周一闭馆，风掌门必带我们大扫除。沙尘暴袭来前后，不仅要将周边院子冲洗一番，还要爬到香香阁二三层打扫和除尘。有时还要把防尘的罩布抱到院子里，用高压水枪冲洗一遍，再拉着大家一起扫水，把整个庭院打扫得像乾隆刚建成似的。

香香阁内部的台阶陡峭狭窄，台阶快有小腿那么高，仅容前脚掌，幽深漆黑，还没有任何照明设施，独自走上去觉得心惊胆战，更何况拖着东西，从上往下俯瞰都眼晕。凌凌从台阶上摔下来过，他从不娇气，只是忍痛继续干活儿。

我们都害怕从台阶上滚下来，于是，每次嫣嫣姐便主动去香香阁二三层，一手扶着拖把，一手抵着墙，在漆黑的台阶上踱步。每当周一大扫除时，她就拖着沉重的拖布，在凌凌的手机打光下，一步一步地挪上去，就这时候她还是不戴眼镜。真不知道当年那些穿着长袍的喇嘛是怎么上下的。

嫣嫣姐说起一次拍节目，节目组要登香香阁。有位明星刚登上几节楼梯就下来了，不知是害怕还是心情不好。两个摄像师蹲在香香阁外面，一脸惆怅："这还怎么拍呀？"

对此我们表示理解，那真有些黑得恐怖。

二层只有一片落尘的防水布，罩着零星的家具。三层的顶层则画着敦煌的飞天，有升极乐净土之意。夏天，一只雨燕趁打扫时闯了进去，赖在了香香阁顶层，不走了。人们冲它呼唤，又在下面挥了半天抹布，也无济于事。过了些时候，雨燕缓过来神，自己飞走了。

最早我觉得新鲜，喜欢去香香阁顶层掸尘。那时只觉得自由，那时的景致和心境，与在一层的菩萨面前受冻，全然不同。我拿着鸡毛掸子，立于亭台之上，扶栏眺望，延续冬宫小苏拉的往事。右手侧的建筑物上有千佛琉璃，浅黄、青瓜绿和柔紫，琉璃独有的温柔光芒和冰凉的触感，仿佛就在鼻尖。

我的身后便是转轮藏，在英法联军侵占冬宫时，转轮藏的建筑主体和那块刻着乾隆御书"寿桃山知春湖"六个大字的石碑一起逃过一劫。除了因为它本身是琉璃建筑之外，寿桃山的土方也阻隔了山火。

转轮藏旁大多是当年挖知春湖时扩出的土方堆叠，一摞一摞地呈阶梯状放着，在真山上堆叠假山，渲染出佛寺本身的宏大气氛，做成盘曲的蹬道来逐步递进，烘托出皇家的威严。这假山内藏有洞穴，连接这蜿蜒曲折的走道，将香香阁、转轮藏、珍云阁和无梁殿连通在一起，僧人和太监们在山间暗道行走，不至于惊动佛爷。

以前也有违规翻山的游客，他们翻过转轮藏的栏杆，企图攀上山石，爬上香香阁的山台外廊，甚至翻到后山，走向千佛琉璃大慧海。凌凌发现后，立刻开门劝返，把那些人轰进香香阁。

在上方的石台上面有一座二层正殿，正殿上立着"福""禄""寿"三星，中间为老寿星，额头极像寿桃，正应了寿桃山的美誉。这福禄寿本是道家的神仙，落于为帝后祈福的转轮藏之上，别有一番风味。冬天落了雪，三星身上便有掸不掉的积雪，神仙亦变得可爱起来。

据文物学家分析，这三星是光绪年间重塑的，2005 年大修缮，三星原件给送到了文物库房保存，现在在转轮藏上的是仿品。无论从哪个角度看，"福""禄""寿"三星都很小。凌凌却说："梨姐，你看福禄寿那三个小人儿，实际上它们得有 1 米多高，老寿星比其他两位还高 15 厘米。"

一逢大展览，"福""禄""寿"三星准得被请出来，给大家拱拱手。这让我想到了燕郊的天子大酒店，41.6 米高的"福""禄""寿"站成一排，进了吉尼斯世界纪录，是一种跨越 100 多年的后现代审美碰撞。皇帝要福禄寿，民间也要福禄寿。

正殿两旁有以游廊相接的两座彩亭，彩亭分为上下两层，有木制彩油 4 层木塔贯穿其中，木塔上放着经书和佛像，中间有轴和机关，每次都需要太监下去推动机关，转动木塔，就起到了诵经祈福的作用。帝后前来，只需用手轻轻一扶，即可得到神佛庇佑。正如我前面所说，帝后总有偷懒之道。万历身着青服，从大明门走到天坛去祈雨这种事，早已成了过往。

再望向遥远的知春湖，湖水被吹成一头柔软的水兽，鳞片泛起金色的光，冰凉的风，明耀的光，站在高处，阳光将身体蒸得暖洋洋的，和一层的昏暗阴冷形成鲜明的对比。我总想到空中楼阁这个词，甚至觉得在这阁楼外可以再待一百年，静坐观山，读书打坐，喝咖啡喝茶。

但我只能拿着鸡毛掸子，站在这儿发呆。

21

一次傍晚，夕阳裹在云里，整片天阴了下去。风掌门忽然来了电话，她说她在转轮藏，看见了游客故意贴在回廊外沿的透明金色贴纸，贴纸正迎着夕阳闪着金色的光。

那一刻我以为她成仙了。几十米的高度，她竟然能从半山腰看见那些透明贴纸。回廊外沿是封闭的，可以亲临山中，游客无法进入，有人会把手从窗棂里伸出去，乱扔垃圾或乱贴东西。

我进了后山，走到香香阁山台的外回廊，行走在悬空的回廊上，没了窗棂的遮挡，如武林高手，飞檐走壁。依据风掌门的指示，我沿着东西回廊各走了一圈，检查并清理了那些游客偷偷粘的贴纸和随手扔的垃圾，甚至还有一柄儿童小花伞。

当我走到山门边时，游客们隔空投来了羡慕的目光。在他们眼里，我是飞檐走壁的大侠，脚下人流如织。

待我检查完所有外墙，高大的她站在转轮藏前，浓缩成一个小小的人儿。我觉得好笑，给她拍张照，冲她挥挥手，她也冲我挥挥手。

每年我们都要例行检修满山的锁头，前一天风掌门带着漠漠和菲菲去东侧的转轮藏，后一天风掌门带着我、凌凌和鼬哥去西侧的珍云阁。我们需要重新给每一只锁上油，包保鲜膜，以防锁头锈烂。

僻静的西边，珍云阁的楼梯下，风掌门手里握着一板圆形的老式钥匙板，上面长满了密密麻麻的钥匙，还有两三个银色的钥匙箱，箱子一打开，满满两面钥匙，每一把都有明确的标记。

风掌门招呼凌凌打开箱子，我仿佛看见了当年的大内总管，眼前欻一片都是宝殿的秘匙。她说，当年这些钥匙交给她时是一本乱账。她爬遍春和殿、转轮藏、珍云阁和香香阁的大殿小门，把所有门都检查了一遍，给每把钥匙都找到了相应的锁孔，一一贴上了标签。

从前车马都很慢，一个人，能检查很多把锁。

打开门，眼前是坐落在汉白玉须弥座上的珍云阁，象征着须弥山，殿内供奉释迦牟尼佛，周围缭以回廊周匝。有东南西北四大配殿，象征着四大部洲。四偶位还有配亭，代表的是珍云阁上的佛、菩萨所居住的分位。

珍云阁铜殿是现世仅存的几座铜殿之一，高7.55米，重207吨，重檐歇山顶，其飞檐斗拱、柱枋门窗的精致程度，与木结构建筑不分上下。珍云阁铜殿全部构件采用我国传统的"拨蜡法"和"掰沙法"工艺铸造，大概是用蜂蜡雕出局部构件，再以耐火泥料包裹住其空芯，外部包裹上泥制外范，待定型后使其受热，内部的蜂蜡因此融化，形成了空腔。此时，将高温的铜水浇进泥铸模型中，待冷却后，敲掉里外的泥壳，就可以得到精美的铜铸件，拼接完成即可。

每一尊大铜宝殿面世时，都应是金光闪闪的，经过多年的风吹雨打，珍云阁现已变成了蟹青冷古铜色。那种美似被冰冻，被凝固在了某个时空中，与周边的暖色琉璃一相照，像是突然的降临，外星的造物。珍云阁的四角悬挂着古老的风铃，风一吹过，满山都听得到那醉人的铃声。我爱站在山巅，听珍云阁唱歌。

每逢初一十五，喇嘛们都在此为帝后念经祈福，在北面配殿五沧阁前的大石壁上，悬挂着密宗的一面"威德金刚护法变相"的巨幅绣像。英法联军火烧寿桃山时，将铜殿内的佛像和其余铜制品洗劫一空，珍云阁因是铜殿，大火烧不坏，也得以幸存。

八国联军来后，连十扇铜窗也拆下来运走了，剩下的窗子不得已入了库。殿内就只剩了一张重 2 吨的铜铸供桌，日军侵华时因战争需要，掀起了一场"金属献纳"运动，一切铜制品通通列在《金属类回收法》的清单之中，这张铜桌被拖走，运去了天津。1945 年，日本投降时，这张铜铸供桌才回了家。

当时，日本人盯上的不止珍云阁这一座铜殿，河北承德避暑山庄珠源寺宗镜阁，建于乾隆二十六年，三间四方，重檐歇山顶，斗拱上下檐都用五踩重昂，整体用铜 207 吨。日军用大锤砸，用炸药炸，把零件按大小装箱打包，装车后用苫布盖住，铜件大小不一，有长有短，被秘密用火车运走，如今不知所终。

就这样，珍云阁变成了一座四面透风的亭子，里面孤独地放着一张供桌，不明真相的人们叫它"铜亭"。十一假期，我在香香阁巡视，偶然听到一位大爷向一群大妈炫耀，20世纪，他们一行人故意把铜桌从珍云阁里抬了出来。工作人员看见，无力阻拦，也没敢说什么。

等他过段时间再回来看，铜桌又回了家。

大妈道："那人家肯定得搬回去呀！"

大爷回："那也不知道他们是怎么搬的！那个可沉了！反正我们20多个年轻小伙子才搬得动！"

大妈答："那人家肯定也有办法呗！"

1993年，美国工商保险公司董事长格林伯格花51.5万美元买了那十扇铜窗，无偿送了回来。1996年，法国又送回了一扇铜窗，至此完璧归珍云。

珍云阁上有"大光明藏"这四字匾额，硕大的蛛网已蔓延了半扇飞檐，在空中颤抖。珍云阁和转轮藏一样，都在修缮，不对外开放。这里没有人，只有偶尔经过的大白猫，凌凌管它叫老鳌拜。老鳌拜腮边的白毛向两边飞着，往山顶一卧，有戴翎子的气势。后山的几只野猫，各有自己的名字，看见陌生人便一骑绝尘。香香阁的人一唤，它们才出来。

老鳌拜走在凌空的假山石边，渐行渐远。鼬哥跟凌凌说："我想来这儿站岗，这儿没有人，谁也不会来烦我。"

凌凌觉得这儿确实不错，但如果白天一个人待在这古旧的楼阁间，委实觉得有点儿瘆得慌，再加上打雷下雨就该吓坏了。

鼬哥很坚定："我不害怕，我就想一个人待着，永远没人来打扰，多爽。"

穿过西侧的回廊，进了西配殿，攀上浮土沉积的扶梯，窗户皆用锁链锁着，透不过光，一股久败的沉木味，一片檀黄的阴霾。凌凌微笑着打量这个二层小阁楼："这儿打扫一下做办公室不错！鼬哥可以过来了。"

风掌门笑笑："不可能的，孩子，别想了！以前这里倒是有夜班师傅看着门。"

我们从小屋折出去，从北面随山势往上走，有一长条山石铺出的叠落廊，能爬到五沧阁。五沧阁内是一间平平无奇的四方小屋，我刚觉得无聊，风掌门就开始解锁隐藏地图了。"来，丫头开开眼，今天就给你们看看这个著名的悬崖高窗。"

说罢，她拧开窗户，检修完毕，推开那扇齐门高的小窗，蟹青色的珍云阁出现在眼前，这个位置脚下凌空，几层楼高的断崖，走出去就摔下山了。行到山穷处，坐看云起时。风掌门让鼬哥拽住她背后的衣服，她探出身去张望。随即我们一个拽一个，都探出身子去看了看。

南向的阳光洒进来，烘得很暖，风吹过来也柔软，抚摸我冰凉的脸。

22

风掌门虽然要求严格，但她体恤保安保洁，很少让那些大爷大妈去危险的地方。

保洁师傅们来自第三方的合作公司，大多是外地来务工的大爷大妈，工作极为认真负责。比如冬瓜门的洗手间，人流量很大，常年配备两名清洁工，一大爷一大妈，穿着发白的浅蓝保洁服，身形晃荡着，眼角的皱纹入木三分。每次去厕所，大爷大妈都神情严肃，手撑在池子上，看向洗手间外的世界，一边的杂物间，是他们的休息室。镜面和水池都一尘不染，一有人出来，他们便紧随打扫，间或二人有交谈，或去松树下走一走。墙面上贴着意见本，写着负责人和清洁工的名字。负责人的名字居然叫光绪，倒是很符合冬宫的角色。

香香阁后山的洗手间很窄，只有五六个小小的隔间，非常干净。保洁阿姨竟在一个厕所隔间里休憩。靠墙的地方堆着一系列清扫工具和卫生纸卷，旁边放着一把常见的栗色小圆凳，撑着四条细长的黑腿，她坐在上面吃饭、休息和刷视频，偶尔给家里人打打电话。旁边隔间里传来流水声。这是我怎么也无法想象的。每次见我们，保洁阿姨都会笑笑，说天气好冷，问我们工作如何。

这洗手间唯一的好处就是空调吹得很暖，冬天冻不着。

而香香阁的保洁要负责半个山，春和殿、珍云阁、转轮藏、香香阁和几间休息室，山上山下，从左到右，积雪落叶，这些活儿全都指着一个老大爷。有时夜班的看家狗馋得不行，会翻我们的垃圾桶，大爷上班后还要扫。有时垃圾桶没盖严，那狗将垃圾翻了一地，我上早班还以为遭贼了，赶紧挥起巨帚将其打扫干净。

香香阁的保洁师傅深藏不露，他年纪很大，头发花白，瘦小白净，衣服罩在他身上像个壳，他小小而有趣的灵魂躲在里面，平日温柔热情地跟大家打招呼，山上山下一肩挑。我在悬空巡检时，师傅还帮我拍照录像，调整角度。

疫情期间剪不了头发，他网购了电动推子，让乐乐姐帮忙理发。他还爱跑马拉松，经常去跑比赛，向乐乐姐打听："听说有个叫亚必士的鞋跑步很好是吗？我也要买一双。"

23

入了冬，风掌门想清空假山上的落叶，她不愿让大爷去爬转轮藏，怕他有什么闪失，便号召我、凌凌和貂哥去打扫。假山上落了整整一个秋天的落叶，伏着最后的秋老虎。风掌门率先爬到一堆山石上，用柳树枝扎的大扫把将落叶都扫到山石下，漫天落叶和尘埃。身后的古建在缤纷的落叶中影影绰绰，寒风也被这一树的武功击溃，旋成不同片的黄沙秋色。

等她把高处的落叶扫掉，我们便钻进假山。凌凌和貂哥上到山顶，把石台上的落叶扫下来，我再舞动这洪流般的落叶，让它们流淌至山边。树叶越扫越多，也不知黄袍怪到底使的是什么法，早知道我就不该洗头。四五个小时后，夕阳西下，我们清出了十几包落叶，几个人的肺都沉甸甸的，被黄土埋了半截。我们灰头土脸地从转轮藏出来，风掌门给我们一人递了一罐饮料。

那天，风掌门非常开心，终于将落叶扫净，仿佛买斧破竹，清除了胸中块垒。我也很高兴，这比站殿有意思多了，整个人都盘活了。此次扫转轮藏的人，竟然都考过英语的专四、专八，也不知是不是寿桃山想报八国联军的仇。

风掌门的较真儿碰上北京人的随意，自然发生过不少冲突，大家常常苦不堪言。碧霄殿出来的姐姐后来对我说："怎么样？跟着风姐，老得有活儿干吧？国华台的花总是搬来搬去。"

初春，又是一次大扫除，风掌门安排我和乐乐姐把嵌在后山砖缝里的碎叶扫干净，扫不干净不许下班。那一刻我希望我聋了。

我们拿着断了的扫把头，用扫把尖一点儿一点儿地把碎叶扫进山坡。老来吃剩饭的大喜鹊看了，嘎嘎笑着飞过，它并没有像灰姑娘的鸟那样，邀请众鹊一起帮我们扇一扇翅膀。

不久，鼬哥和凌凌再一次扫完转轮藏后上来，看见我俩正像斑鸠一样从地缝里找碎叶，几乎惊呆。鼬哥看了一会儿，说："我实在受不了了！你们真的太认真了！你们歇会儿，我来帮你们！"

话音未落，他挥起那扫把头，疯狂起舞，大片大片地将碎叶往山里扫。

虽然我们很感激他，然而大部分碎叶还是落在了砖缝里。最终，我和乐乐姐还是像蚂蚁搬家似的将碎叶扫完了，地面如虹吸般干净。

小船姐她们上岗经过，笑眯眯地看热闹："怎么着？还不如站岗呢吧？"

"那你以为。"乐乐姐平静地说。

24

喝水在全冬宫都是一个问题，夏天没有冷水，冬天只有 100 摄氏度的水。山上只有那种老式热水器，近些年才换了全自动式的接引水。早年间，师傅们用脸盆接自来水直接往里泼，那个盆可能还会用来洗脸。为此，凌凌每天从家里带两瓶水，坐一个多小时地铁，就算这样也舍不得喝。

山上吃午饭也困难，点外卖都要上下山去北鸢门拿，那边下山陡且快，来回只需二十五分钟，还得掐准"骑士"到来的点，要等很久。只有星星咖啡的速度超乎寻常，星星咖啡有两个"骑士"大姐，名字像侠客，骑车也如万箭齐发。刚下单没几分钟，大姐就能风驰电掣地将咖啡送到。

好几次我刚准备下山，大姐就已经到了，只能拜托她放在北鸢门的休息室，我再硬着头皮去敲门。总麻烦人家也不是办法，我只能再掐掐时间。于是下一次，我奔到山下，到了北鸢门的石狻猊那儿才下单。结果，那天我在北鸢门前等了半小时，大姐才南征北战过来。

要是休息时间短，可以直接去冬瓜门外的便利店买个玉米或关东煮，来回半小时。有一次买饭，我顺便送资料到仁政殿。小灿刚好在仁政殿的休息室，见我来，让我吃了饭再上山。

知春湖在一边起伏，窗外的游客来来回回，我一边啃玉米，一边听他给我讲以前见过的案子。比如，一男子入室将一女孩子杀死，将尸体放在滚筒洗衣机里，用快递车运到了荒郊抛尸，发现尸体的时候，已经过了很久。

有时他会去死刑现场，行刑后，书记员必须确认犯人死亡，才能结案。他的老同事还经历过枪决现场，不过现在基本取消了枪决，都是注射死刑。以前的工作压力大，经常要熬夜加班，小灿变得越来越内敛，聚会时他经常沉默，撬出几个故事不容易。

吃过饭我就上山了，休息十多分钟，继续上岗。

大部分时间，我们都自己带饭。爸妈给我做好健身餐，小船姐只带几个饺子，乐乐姐每次都吃得很丰盛，风掌门的小饭盒里也是山珍海味。凌凌存了一些泡面，中午将就着吃，吃了几年油腻的泡面，原来的瓜子脸变成了珍珠脸。

而鼬哥每天必带一份黄焖鸡上山当午餐，因此被誉为"全冬宫最爱黄焖鸡的男人"。每天他都吃着同样的午餐，还是吃得有滋有味，就像在香香阁的生活，九九归一。"香香阁哪个男人不爱黄焖鸡呢？"

嫣嫣姐就不同了，她和爱人都在冬宫，因早起要照顾孩子，没时间做饭。俩人也很少点外卖，有时候去父母家带点儿，经常要轮流下山，走路去几公里外的食堂打饭。这一来一去就是一个多小时，基本就没了休息时间。这是最不划算的午饭，也是最划算的午饭。

我有时候站岗，经常看见她拎着打包的饭菜和馒头从碧霄殿爬上来，将头探出山门说："今儿饭菜不错，可以带回去给孩子吃。"

25

那个春节假期，我们一天都没休息，连上很多天班，鼬哥为了照顾我，特意和我换了个晚班。菲菲从二环艰难地开车过来，给我们带了一个旺旺春节大礼包，徐姐每次都会带来几包金鸽瓜子，嫣嫣姐从山姆买了牛奶钙片，乐乐姐和小船姐也带了点心和零食，真是过年了。

我们坐在昏黄的小休息室里，不断地嗑着瓜子，我才知道金鸽瓜子居然这么好吃。碧霄殿和香香阁的疏导喇叭不断地喊："请游客戴好口罩，保持安全距离，注意脚下台阶，山门处请不要停留……"

全宫停休，宫内的停车场全满了，一个停车的地儿都没有。大年初一，我从山上整整跑下去三趟，不停地给各个岗位的人挪车，创造了香香阁员工的单日下山记录。

很多游客为了拍照，不断跳上外延的悬壁，脚下便是陡峭的台阶。如果摔下去会砸一片人，咕噜咕噜滚下去，后果不堪设想。我实在担心，就不断跑到山门处，提醒大家注意安全。

不领情的大哥会说："这里哪儿有牌子，哪儿说不让站了？"

"我这不是来提醒您了吗？"我条件反射，脱口而出。

嫣嫣姐心疼我，说他们都是成年人了，应该学会对自己负责，让我别太挂在心上。

我说："不行啊，我还是担心，能说一句就说一句吧。"

那个春节，我为了攒点休息，连上了十六天班，每天拿着喇叭，几乎累得半死。

我在宫里干活儿尚且如此，那些抗疫的一线人员呢？应该比我还辛苦一万倍。在庙堂之中的人大概也永远无法感受到那种心酸和美丽。

不料，刚过完年，我们就迎来了延时的噩耗，据说是一些游客嫌开门太晚，耽误晨练，又嫌关门早，耽误遛食儿。

坐在休息室里，大家都很沮丧。嫣嫣姐说："待遇也没说涨，工资也没说涨，这不能黑不提白不提的，就这么着了？"

我们越聊越不开心，抱怨声此起彼伏："这还怎么干啊，干不下去了！"

很快，嫣嫣姐又把双手相叠一拍，睁大眼睛，哭笑不得："还干不干了？还得干！咱还指着这个吃饭、养孩子呢。"

26

很快，香香阁被人盯上了，要求阁外必须有人巡视。我开始走更大的圈，绕着回廊走，一天下来能走三万多步。那时我想，只要我跑得够快，大爷大妈就追不上我。

山上冷，人们就像鸟一样，在能晒得到太阳的地方，背着风对着墙，挤挤挨挨地坐成一排，而阴影的另一侧空无一人。人真的是很有意思的生物，他们背着大包小包的食物，爬上寿桃山，进了香香阁，转一转就坐在回廊边，拿保温杯倒一杯热茶，拆一包玉米小香肠，有滋有味。

有人在寒冬投湖，湖的冰心便因此破碎几块。天渐渐暖了，湖边的巨冰会发出深邃的破裂声，春雷自冰下隆隆响起，水底绽放冰晶的烟火，鱼又游了上来。

守阁6个月后，我终于从香香阁离开了。香香阁有两只大猫的后腿不知被什么动物给咬掉了皮肉，鲜红的肉沾着泥点儿，颤颤悠悠地走过去，低头嚼着米饭。猫咪们从不让人靠近，忍着痛苦，一言不发地走在寿桃山上。

有只猫咪跟鼬哥很要好，有次它死活缠着他，不让他去接岗。他只好打开柜子让猫咪住进去，很快，猫咪分娩，在他的柜子里生了几只小猫。山上没什么条件，小猫体质也很差，大概是近亲结婚，一只也没活下来。

小瞬赶上了一年一度的换灭火器，山上40多个灭火器，都要靠香香阁那几个人更换。他们从春和殿、转轮藏、珍云阁和香香阁搜集完毕，搬着灭火器爬上山，再拉着小车去冬瓜门进行替换。女员工每人搬四个，男员工搬得更多。

这对凌凌来说，又是一次酷刑。

27

几个月后，风掌门因为过于操心出了纰漏，被革职成了普通员工，此时，她就快退休了。她再也不用气喘吁吁地爬上香香阁，为香香阁的风吹草动而担忧，心里总怕香香阁出事，为它夜不能寐。

她有时会想起老一辈人给她讲的白胡子老头，以此来安慰自己，觉得香香阁让她走，是为了保护她。

我逗她说："那个白胡子老头是耶律楚材。"她一本正经地问我："为什么，确定吗？"

我笑嘻嘻地跟她说："当然啦，他就葬在这儿。"还给她讲了讲寿桃山的前世今生。

她恍然大悟："所以说，我喜欢你们这些有文化的人，你看我又跟你们学到知识了。"

我想起她刚刚扫完落叶，气还没喘匀，就跟我说："丫头，所以你知道我这个掌门是怎么当的了吧，就是干上来的呀！"

她也知道，孩子们早已不是这样想的了。

凌凌又重新站了大殿，他很高兴自己不用再写材料了，但也会怀念风掌门的时代。

风掌门最后悔的事，是让凌凌干了那么多活儿，却没能把掌门的位子传给他，永成遗憾。

冬宫定岗后，部门拉壮丁考全宫景点的讲解，我也在其中滥竽充数。到了香香阁下的春和殿，我张口就来："拜佛时帝后行至此处，出于劳累进行沐浴更衣。"

查讲解的老师们又好气又好笑："山上哪儿来的水，在大殿里能洗澡吗？"

我睁着眼狡辩："可是拜佛就要焚香沐浴更衣啊！"

讲解员老师们拂袖而去。

考核完，我再次回到香香阁，姐姐们在岗下绣花或种花，鼬哥照旧睡得迷迷瞪瞪，大家都处在一种迷蒙的幸福中。凌凌见我来了非常高兴，拿出一盒速食的兰州拉面，殷切地泡给我吃，一片冰心在玉壶。

后来我把复试考完，却因为政策原因没能上岸。写了篇关于冬官的小品文，文章莫名其妙地大火了，虽然冲淡了些许心酸，到底意难平。我可以切肤地体会到，古代诗人们那失意的心情。我吃着爽滑的兰州拉面，跟乐乐姐说起此事，依旧感觉万箭穿心。

乐乐姐又流露出那种风萧萧兮易水寒的宿命感："小梨，你现在已经很好很好了，你的生活一切都很顺利，即使不读博，你也很优秀。为什么一定要读博士呢？"

我说："我放不下执念，三年的努力，哪吒都生出来了，我居然还没上岸。"

她说："现在都有人来香香阁问起你。我们打算把'云外天香'的牌匾换成'杜梨故居'。"

我这才稍微笑了笑。

她又说："小梨，命运给你什么你就要什么，可能是还没到时候，你先别强求，要知道你已经很厉害了。"说罢，她塞给我一块香山的冰箱贴，是圆灵应现殿的牌匾，沉甸甸的九龙金匾，珐琅蓝底，上面四个烫金大字：圆灵应现。

　　我也像风掌门那样安慰起自己来：云外天香，圆灵应现，原来
是香香阁舍不得我走。

　　　　　　　　　　2022 年 6 月 24 日 18:40 二稿于海淀家中

　　　　　　　　　　9 月 27 日 14:10 三稿于颐和园

长号与冰轮

雨雾交替的北京，像是华北平原喝得太醉，睡进混沌的梦里。疫情终于干净，温热的 7 月，我再次见到了冰轮。我惊讶地发现，可能是穿了短袖的缘故，他显得越来越胖了。

然而冰轮坚持他没有太胖，是我记忆出了问题。他说，人上了年纪就是这样，何况他还天天健身，只不过不忌口。冰轮年近 40 岁，还是单身，时间没怎么刻画他，只是多了一点儿黑眼圈，白头发都没几根。

我对他抱怨："再这样下去，你就要失去你的美貌了。"

他丹凤眼上挑，折出一道细褶。"谁没有年轻过？年轻过就行了！"

我想，世界上最遗憾的莫过于美人迟暮，而冰轮不止这一点可惜。

"我们上次见面是什么季节？是夏天、秋天，还是冬天？我不太记得了。"他残留的艺术触觉在这番话里飘忽着。

岑冰轮在南蟠龙门干了整整 15 年，依旧是一名普通员工，每天平静地检着票。

在南蟠龙门内的一排职工照里，大家都穿着白衬衫和黑西装，照片下贴着服务宣言。而 23 岁的冰轮眉清目秀，眼神桀骜，无论怎么看，都不太属于这儿。我无数次经过，都会想，年轻时的冰轮一定有很多小姑娘追。

蟠龙是传说中蛰伏在地而未升天之龙，龙的形状盘曲环绕。在古代传统建筑中，一般把盘绕在柱上的龙和装饰桩梁上、天花板上的龙均习惯地称为蟠龙。南蟠龙门的名字，似乎就是为了冰轮而生的，他始终未能如意。

冰轮有一双北方人常有的丹凤眼，说起话来连绵不绝，眼神上探 45 度角，中气十足。我用手撑着头，感觉像环绕立体声，音高而醇亮，在我周围织成密不透风的网。

我像个点头哈腰的小弟，基本没有插话的机会，只有捧哏的份。"大哥，你这不愧是吹长号的，你这声音太高了，肺活量是天生的吧？"

他说："肺活量都是练出来的，越练越好。我们要说谁吹得好，会评价这人气不错。"

我又问："长号的声音为什么这么低沉？"

他回答："我不想聊艺术，我们还是聊聊人生吧。"

我后来才知道，长号的气息消耗极大，吹低音时尤甚。

1993 年，冰轮还住在鼓楼，在胡同里的后广平小学读书，父母都是企事业单位的普通职工。那时，几乎每个北京的小学生都要培养出一些兴趣爱好，只要家长负担得起，都愿意送孩子去上一门兴趣班。学什么呢？画画吗？他不太感兴趣。游泳吗？他母亲在白塔公园工作，他掉进过水里，对此充满恐惧。

校乐团的老师来招学生，学乐器比较贵，在当时比较冷门。老师首先看了看孩子们的手指，又挨个看了看嘴唇，让几个小孩跟着唱一段旋律。听完后，那老师劝他父母，说这孩子嘴唇厚，节奏感不错，非常适合吹长号，如果不学长号，真的可惜了。

无论是铜管还是木管，每种唇形都有自己适合的乐器，而冰轮恰好就适合长号。很多年以后，冰轮想，也许是老师怕收不到学生，赚不到钱，才会这样说吧，毕竟总共也没几个小孩。

但像每一个被管乐团挑中的小孩一样，他们一家怀揣着美好的心愿，抱着试试看的心情交了钱。很多小孩都有学西洋乐器的经历，但没多少人能坚持下来，大家都抱着陶冶艺术情操的心愿进去，很快就放弃了。

冰轮是老北京，家里没有任何人懂音乐，但他偏偏有天赋。上课的时候，老师会夸每个小孩，但夸他夸得最多，甚至他每吹一个音都要夸他。老师说他气息饱满，吹出来的节奏很稳，从来不会因各种原因赶拍子，这是难得的天赋。

为了学得更多，到了四年级，家人专门请了乐团出身的秦老师来家里教课。秦老师每天从西单骑着那辆二八大杠，到鼓楼的小胡同里来给冰轮上课。家里人问秦老师要喝茶还是喝汽水，秦老师倒也很诚实，他只喝酒，啤酒就行。于是秦老师一边喝酒，一边给冰轮上课。

秦老师喝燕京的罐装啤酒，整提整提地喝，脾气也因此变得暴躁。冰轮只要吹错一个音，秦老师抬脚就踹他屁股。有时打得特别狠，他一边哭一边吹，此时也不能错，不然会继续挨打。有时秦老师喝醉了会睡着，还是能听出他吹错了音。

这对冰轮来说一直是个谜，一个人怎么能在睡着以后还能听音准呢？

在秦老师严格的教育下，他进步得很快，基本功练得很扎实。那时他离学校也近，每天放学写完作业就吹长号，那时他的学习成绩不错，一家人从没想过走专业这条路。

到了初二，冰轮家附近要拆迁。20世纪末的北京平民，大多很听话，很少有钉子户，也不太会谈判。他们觉得胡同的平房能换两套楼房，已经很不错，无法预见之后的经济腾飞，甚至都没有考虑过距离远近。来人敲门，挨家挨户通知拆迁，一纸合约递来，他们就签了字，从二环的鼓楼搬到了四环外的石景山。

上了初三，冰轮的户口还在新街口，学区划片和工作地点都不能换，冰轮和他的母亲要早晨五点起床，挤一个半小时的公交和地铁，一个去地安门上课，一个到白塔公园上班。放学后，冰轮再夹在晚高峰里回家，写完作业还要吹长号。第二天上课睁不开眼，他很快就跟不上课程进度，从前几名被甩出很远。再想去追，精力完全涣散，只有长号他还在坚持。

冰轮始终觉得，那是他人生的一次重大转折，他从此走向了完全不同的路。

到了中考，他们一家人各处翻学校，秦老师给他们指了一条路，著名的Z乐团下属有一所定向高职，是个私立学校，在大院里租了片地，由乐团里的老师亲自教。好好学三年，就能考进Z乐团，有一份稳定而体面的职业。

1999年，冰轮进了那所高职，原本以为大家是来积极进取的，结果没有几个认真学习的。有些人家里开公司，日后继承家产，不考虑就业问题。20世纪末，网游刚刚兴起，没有多少男孩能经得住诱惑，他们每天去网吧玩到地老天荒，别说练琴，上课都没几个人。

学校的学费很贵，乐理、视唱和练耳，冰轮每一节课都上得很认真。当时他们的教材只有中央音乐学院的考级教材，还有一些国外的练习曲，一般人根本拿不到。老师那边有资源，他们便轮流去复印谱子，少的几十张，多的几百张，一张一张复印，如获至宝。20多年过去，他一直留着板砖似的一摞乐谱。

练习曲最重要的是练技术和基本功，音阶、琶音和泛音，大到24个大小调，一些乐曲的困难片段。老师让几个认真学的学生住在一起，互相促进，不要受外界影响。冰轮和派特都是吹长号的，属于同一声部，也被分到了同一宿舍，逐渐成了朋友。

派特的父亲痴迷于古典乐，嗜听古典乐如探寻生命之光，最大的心愿是让儿子走上古典乐之路。小学一年级，派特的父亲便托人带派特去大师门下学习小号，大师看他的外在条件并不符合小号的要求，也许是嘴唇偏厚的缘故，拒绝了他们。小号的号口小，要求唇形偏薄一些。两年后，派特父亲同事家的儿子开始学习长号，派特这次跟着一起去，唇形和手指合适，顺利学了长号。这条专业道路让他痛苦，学校的乐团要求严格，每天他都要花 2 ~ 3 个小时进行专业训练。父亲每周都带着他去河边，让他对着河面吹一下午长号，自己钓鱼来打发时间。孩子的天性都爱玩，但父亲的严格监督让他不敢有丝毫懈怠，逐渐声色动人，弥远悠长。鱼被音波推着游，不知道游去哪里，湖面不断泛起涟漪，鸟隐入林间，啾鸣缀舞号声。

当年西城区小升初语文、数学一共200分满分，派特考了196分，靠特长生跨区选调，成功进入了海淀区的一所重点中学。这所学校的北京市中学生金帆交响乐团是全北京最早也是最好的金帆艺术团，它的实力和水平远远超出了很多北京的学校乐团，甚至可以媲美中央音乐学院里的专业乐团。当时，海淀区学校的英语水平遥遥领先城八区，海淀学生从小学就开始在课外班学习英语，而派特却是正经从初一才开始学，老师们教课速度都很快，他完全跟不上英语课的节奏，学习考试总有一门拖后腿。最终，派特一家决定支持他到底，直接走长号专业。初三毕业，他也来了这所音乐高职。

工欲善其事，必先利其器。既然决定走专业道路，首先就该换乐器。老师有渠道帮忙挑选乐器，还可以打折。央音乐器的标配是美国的巴哈牌，派特花了21500块买了一把。而冰轮则买了台湾合资品牌杰普特的长号，原价9000多块，到手价8760块。当时，北京市人均工资千元左右，冰轮父母怕拿太多现金去琴行不安全，便专门去了老师家里，将一兜现金亲自交给老师，从老师那儿拿到了乐器。冰轮很羡慕派特，派特当时用的各种乐器都是进口的，派特非常勤奋，技术也好，虽然两人同一届，他却尊称派特为师兄。学长号的同学也有女孩，吹得也很好。事实上，世界上有很多女性长号演奏家，吹得都非常好，而在铜管乐的故乡德国，很多长号手都是女性。

每天早晨起床号响，一周两节课，老师一对一教课，其余时间上午自己练，完成老师给布置的作业，他们声部的人比较少，偶尔一起排练重奏。下午是文化课和乐理课，他们一起上。

练琴是件辛苦且枯燥的事，在派特看来，毫无乐趣可言。外面的名曲吹得再风光，哪怕用长号可以吹出《野蜂飞舞》也只是炫技，只能听出快，并不能听出每个音准不准。真正的技术在苦练基本功，比如长号的泛音，甚至是吹得越慢，越能听出音准不准。他们练习的时候必须卡着节拍器，每个音都要特别准，不能快也不能慢，每天要练够半天到一天。

冰轮的乐理学得很好，节奏从来都很准，只有一点，他耳朵不好，听音听得不太准，这也是小时候总挨揍的原因。此时我正支着脑袋昏昏欲睡，听到此处一跃而起。"什么？你耳朵不好？你耳朵不好还学音乐?"冰轮一本正经地看着我:"我说我耳朵不好,那是跟我同专业的人比。你要跟我比,那你没法比。"

高职的老师们崇尚交响曲那磅礴豪迈的气势,长号适合演奏雄壮乐曲中的中低声部分,也是乐团中常用的乐器之一,因此老师们对号手们很器重。少年时候的冰轮对法国号十分感兴趣,为它的柔美声调所着迷。

法国号又叫圆号,是世界上古老的乐器之一。虽然圆号和长号一样都属于铜管乐器,但长号是 C 调,而圆号是 F 调,这也就意味着圆号不仅能够演奏出铜管嘹亮的声音,也能吹出属于木管的柔和音调,它是一种介于铜管和木管之间的乐器。圆号的声音丰满柔美,与木管和弦乐都能适配得很好,是铜管乐器中音域最宽、运用最广泛的乐器。在这所高职里,吹圆号的女孩多,男孩很少。

冰轮听着法国号的音调,不知是不是从那种柔美而宽广的音域中触摸到了那些想象中飘浮的按键。有时当你习惯于某种乐器时,行走在枯燥的训练中,总会被其他的声调所吸引,然而这依然是一种隔空的遥望。长号学了这么多年,唇形和指法很难再变,再喜欢,冰轮也只是想想而已。况且,老师严禁他们触碰法国号,容易把气质带偏。

每个月冰轮都有一百块零花钱,除去两盒烟的钱,费用基本都花在了周六下午的网吧。网吧三块钱一小时,为了能多玩一会儿,每周放学他都从香山附近步行回石景山,来回一共五个多小时,可以省下四块钱的车费。

网上冲浪时，冰轮认识了东城区一所重点高中的长笛首席，两人很聊得来。有天女孩说，他们高中要在中山公园举办一次演奏会，有一张票，问他去不去。

冰轮欣然前往，让他感兴趣的不只是这位少女，他还想听听他们学校的演奏水平如何。作为普通高中的乐队，他们的水平已经很好了。音乐会结束后，他们就在一起了。她喜欢听港台的流行音乐，而他很不喜欢流行音乐。在一些学古典乐的人看来，流行音乐将古典乐那些复杂的和声、配器、对位法之类给简单化了，而且很多做流行音乐的人基础乐理都没学好，写出来的东西有很多错误，这就导致大部分的流行音乐过于简单。

为了恋人，冰轮主动变换口味，听了很多港台流行音乐，尽可能去多听多了解，上网四处搜集新歌，陪她去街边买卡带。那大概是他这近 40 年来，跟流行音乐走得最近的一段时间。他觉得，恋人对音乐的喜欢就是玩闹，可他很愿意陪着。

大概过了一年，发现女儿在偷偷谈恋爱，对方的父母坚决反对，冰轮的初恋和平告吹。初恋是唯一能跟他正经聊音乐，跟他有很多共同话题的人。那个年代大街上只有唇膏，而她想办法送了他一盒唇油。大概是因为北京太过干燥，吹号多了，嘴唇容易干裂。20 多年过去，唇油的盒子仍然放在他的抽屉里。

2001 年，临近毕业，派特因为在 S 市的音乐学院认识熟人，作为 2001 届的应届生，提前去 S 市的音乐学院进修，顺便补习文化课，最后顺利考去外省。冰轮家在外地没有亲戚，作为北京胡同里长大的孩子，他不愿意去外地，人生地不熟，他本能地对陌生的环境感到恐惧。这时，校方说似乎要把他们学校从高职转成大专。冰轮一听不错，高职毕业，依旧算在校生，就在学校继续待了一年。

北京的学生们把各大音乐学院简称为中央院（央音）、上海院（上音）、沈阳院（沈音）和天津院（天音）等。网络发达之后，听过各种演出，大家对各地音乐学院的水平都有所耳闻。更何况，当时音乐类的一本院校也不多，很多人都认定，很多外省市的音乐学院，能力、水平和氛围都无法与央音相提并论，要上就一定要上央音或上音等。

冰轮记得后来在央音进修时，遇到过外省市的音乐学院要评选教授，需要中央院老师的评级，可是负责评级的央音老师也不过是个副教授。他记得当时央音老师的鼻子都快气歪了。

一筹莫展之际，他的长号老师强烈要求他考 Z 乐团，他的长号老师是 Z 乐团考试的评委团成员之一，觉得冰轮天资和水平都不错，绝对没问题。这让冰轮有了些底气，大雾逐渐退去，他的眼前星光点点，跳跃闪动。

距离艺考还有半年，他禁不住外面的诱惑，想先出去赚点儿钱，再准备 Z 乐团的考试。

家里人为了给冰轮交学费已经倾尽所有，他没闲钱出去玩或吃饭，每当看见别人接到呼机上的来电，再出去回电时，他都很羡慕。

"现在想想真挺傻的，你接到别人的来电，你还得花钱自己打回去，是不是？"

正巧，刚毕业的一些同学无处可去，学校便集体给他们介绍到了一家中介公司，公司负责外包婚礼、剪彩、开业和开工奠基等需要乐队演奏的地方，给他们几大本名录，让他们自己打电话去联系，有谁需要就去打一竿子枣儿。

有同学给冰轮介绍的工作还不错，在北京游乐园的艺术团里演出，负责人看他专业出身，给他算二级工资，一个月1200元。在2001年，对刚独立的少年来说，已经是不错的收入。况且，冰轮看中北京游乐园的工作，也是因为有大量的自由时间，每天他都有充分的时间来练自己的东西，准备年后的重要考试。

北京游乐园曾坐落在东城，是北京最早的一处现代化游乐园，也是中日合资经营的一所大型园林式游乐园，更是很多人的童年记忆。2010年6月，北京游乐园正式停运，随后被拆除，许多人在断壁残垣上画满了纪念的涂鸦。

不知是冰轮母亲在白塔公园工作的缘故，还是冰轮第一份工作就在游乐园的缘故，好像一种预言，将冰轮的生命音轨牢牢地刻录在游园的枯燥幻梦里，任它一圈又一圈旋转。

夏天每天演出三场，歌舞团跳些现代舞和流行舞，乐团为歌舞团伴奏，有实习的小姑娘每天从舞蹈学校赶来上班。每天演出前，乐团都从流行歌上现扒谱子。冰轮对此很不喜欢，对他来说，扒流行音乐的谱子实在太过简单，他从中学不到任何有助于专业的东西。

况且流行音乐的节奏变化很多，非常随性，不像古典乐那样稳重，流行音乐不需要音准，音乐越乱气氛就越热烈，越能激起人们的狂欢气氛。他很怕这种排练会带坏古典乐的节奏，影响明年的考学。平时工作结束，他再坐车回家去琢磨曲子，卡着节拍器，苦练基本功。

到了十一，冰轮他们赶上了节日嘉年华，整整七天都没有休息。每逢嘉年华，北京游乐园里都有盛装彩车游行表演，九个方阵，八辆彩车，从北大门出发，途经极速酷酷熊滑行车、大荡船，之后从空中单轨列车轨道下穿行而过，沿激流勇进、旋转秋千、螺旋滑行车前进，最后大家会集在北翔剧场。前面是满载着节日气息的漂亮花车，五十多个卡通明星在前面走，跟人们打招呼，玩游戏，合影留念，狂欢巡游。

冰轮他们戴着高帽，穿着嘉年华的演出服，走在花车后面，奏响狂欢乐曲，到了北翔剧场，歌舞演员们在音乐的伴奏下翩然起舞，将全场的气氛推至顶峰。铜管乐器的声音较为洪亮辽远，在游行队伍或是节日狂欢中总能激起情感的共振。

冰轮父母带着他姥姥，跟着游行方阵一边走一边听，姥姥很高兴。冰轮学乐器这么多年，他的家人终于看到了一场真正的大型表演，这是他们最扬眉吐气的时刻。这甚至算不上正经的演出，只是他用来赚外快的渠道，也是他生命中凤毛麟角的满足时刻。

到了淡季，表演不再像以前那样多，早晨管弦乐团穿上玩偶服装，站在门口揽客，和游客合影，晚上再去演出。他说："这帮日本人就不能让你闲着，领导都一样，生怕你不干活儿。"

我说："咱宫里不就这样？"

他说："嗯，咱们还是好一点儿。"

在北京游乐园干了五个月，算上黄金周的加班费，除去吃穿用度，他攒钱买了一部诺基亚8310，花了3799元，比大多数手机都要贵，这终于圆了他的呼机梦想。这部手机他用了8年，直到智能手机时代来临。

2002年初，冰轮开始全心全意准备考Z乐团，他想，凭自己的实力和长号老师的背景加持，考试一定如探囊取物。过了年，沙尘暴和艺考一起到来，遮天蔽日的沙尘打在身上，一张嘴就是一口沙子，吹号之前还得洗把脸擦擦。冰轮的干劲很足，他眼中的清澈还没有蒙上沙尘。

一试那天，他走进考场，拿起长号，扫视了一圈教室，才发现本该出现在评委席上的长号老师不见了。老师竟然消失了。他稳定心神，吹完三首曲子后走下台，向其他专业的同学打听，没有一个人知道发生了什么。

冰轮一家慌了，他们难以相信，努力多年后，这种电影般的剧情，竟然会发生在自己身上。不偏不倚，就发生在冰轮考试当天。考完一试，父母带着他四处打听，学校里每个办公室和老师都找了个遍，无论怎么好言相求，老师们都闭口不言。一家人又去老师的小区打听，门卫不让进，他们求了半天，说孩子考学实在着急，只想知道到底是怎么回事。

门卫叹了口气，请示以后，让他们登记进去。

到了老师家，早已人去楼空，任他们怎么敲门都无人回应。冰轮爸妈的敲门声引来了隔壁邻居，她拉开门，冷冷地看着他们一家三口。冰轮至今都记得那人嫌弃的眼神，仿佛他们一家三口是明代运河上皇船里腐败的贡鱼，恨不得他们赶紧消失。

邻居说："××老师不在这儿，他不会回来了，你们以后也别再来了。"

三人仓皇回到家中，吃了一头一脸的黄沙，心如投河的沉石，茫茫不知所终。直到很久以后，有人觉得冰轮实在可怜，才告知了他实情。近20年过去，冰轮再也没有见过那个老师，也没有他的任何消息。眼前的星光如陨石般冲向少年，重重砸进他的生命，划出长长的血痕，有什么东西被永恒地夺走了。冰轮一闭上眼，就回忆起考试那天慌乱的感觉，仿佛棕熊的爪子重重地拍在胸口，根本喘不过气，长号开始刺痛他，多年后已经长出新肉的皮肤，仍在发痛。

这个老师不在了，他们又慌忙去找另外的老师，希望还有机会。他们请新找的老师吃饭，花了3000多块钱，老师眉头也没皱一下。

5月2号考完二试。冰轮侥幸地想，他的演奏水平还是在的，他就要凭自己的实力，谁也不靠，看看到底能不能录取，最终，当然是败北。学校承诺的大专文凭也没兑现，他还是以高职毕业，彻底错过了应届生这个身份。

人们谣传，有人考试时在桌子上拍了一把车钥匙，那是个疯狂的年代，雾里看花，水中望月，谁也不知道真假。冰轮想想自己那顿饭，简直小巫见大巫。这时，派特已经去了 S 市的音乐学院读大一。

新老师于心不忍，推荐他去另外一个派系门下。他向在那里的学长打听了一下前途，发现也没有什么上升的空间，只得拒绝。

秋天，冰轮去一家著名的培训学校挂职上班，做音乐代课老师，教长号和乐理。他去北京各个地方上课，最远的地点在良乡。早晨6 点多，他坐上公交，抱着自己的长号和乐谱，看着窗外的繁华景象逐渐失色。到了学校，学生们也不好好学，纯粹是混课堂，他觉得了无生趣。晚上天擦黑，他再坐着公交往城里赶，看灯火一点点燃起来，到家已经晚上 8 点多。

21 世纪初，良乡附近大片荒地，西北风卷起秋天，露出无尽祖露的黄土地，枯枝败叶追着车打转，车上只有他一个人，他坐在最后一排，想到这些事，号啕大哭。可那时他还不知道，他还会遇到更多离谱的事。

冰轮抽了根烟，脸上依旧没有什么表情。"这么多年，我多次跟别人提起这个故事，说到最后我都不信了，我都觉得像我自己编的。所以到了现在，我根本就不愿意提这件事。"

有一种治疗失意的疗法叫"耗尽"，只要我们反复诉说同一件事，就能消耗掉足够多的痛苦与激情。

　　大一暑假，派特坐火车回北京找冰轮吃饭，劝他不要灰心，让他准备隔年央音的考试，说自己也会去央音陪他一起进修，派特准备日后去德国进修。派特在大学里过得很快乐，他的女朋友就是管弦系的同班同学，被大家誉为"琴魔"，她不是为了读书、工作或是荣誉才去拉小提琴的，而是因为至纯的热爱。小提琴于她，是醒来后就要触摸的，就像宇宙的弦理论，是每日都要论证的公理。恋爱后，派特和女友决定一起去德国学习管弦乐，追寻最纯正的西洋音乐，学习最先进的技法，将这门技艺磨炼精湛。

　　冰轮他们那时的梦想都是能找到一个学音乐的女朋友，同样精通音律，懂得古典乐的美，可以互通有无，琴瑟和鸣，潇洒快活。吃完那顿饭，冰轮看见两人之间的差距，还是决定继续考试。

　　冰轮先去小汤山的温泉山庄里找了份工作，那里有个40人编制的乐队，每天晚上在那里演出。别人在大堂里吃饭，他们就在一边演奏，如果演奏的是古典乐，听众通常意兴阑珊，等同对牛弹琴。上了半年班，他因理念不同和指挥吵了一架，2003年初去了央音进修。艺考中有个不成文的规定，如果想去哪儿上学，就先去那儿进修一两年，学习那所院校的流派和技法。

　　央音的老师听了冰轮的经历，问他为什么要去那所高职，说他纯粹是在浪费时间。接着，老师诚实地告诉冰轮，他已经不是应届生，考央音绝无可能，况且长号这个声部的名额早已被央音附中的同学们占满。要是不想耽误自己，冰轮最好赶紧去考外省市的音乐学院。

虽然他无法在央音考试，但至少还可以在全国音乐的最高学府学习。没过两天，非典来了，央音的外省市学生全部回家，学校里只剩了一部分北京本地的学生。到央音的第一天，冰轮就跟着央音的学生们一起重新装修琴房，把每层楼的墙重新刷白，将那些音乐家的照片重新打边框装订。干完这些活儿，他才开始跟着央音的学生们一起上课。

到了周末、节假日和暑假，派特都会坐一宿火车回来，去央音陪冰轮一起上课。除此之外，派特还在新东方报名了德语班，上完课之后总是忘，便再学一遍初级，为考德福做足准备。多年后，派特自嘲他的数学很好，语文也很好，物理、化学都很好，唯独在语言上的天赋欠缺了那么一些。好在，德语的初级水平已经够他掌握日常基础对话，在学习方面不会有任何问题。

冰轮进入了更加专业化的音乐世界，在以前的高职，只要练会四升四降加上 C 大调、九个大调音阶和琶音就可以通过考试。而在央音，他们则需要二十四个大小调一起练，考试是抽选，必须全会。老师们不再限制男孩们去接触法国号，而是更全面地教给他们各种技术，带他们领略各种乐器的魅力。冰轮不再是那个听到法国号就跟着老师起哄的少年了。

闲聊时，授课老师对派特说，希望他能来考央音的研究生，看他技术不错，又毕业在即，可以过来一试。经过老师一番开导，冰轮决定出京报考。不久之后，冰轮报了班补习文化课，为全国高考做准备。

在央音上一年课后，2004 年初，冰轮选择报考 T 市的音乐学院。他想，就算出京也不能出华北平原。年没有过完，他买了火车票，打包好行李，大年初五出发，坐了几个小时的火车，来到 T 市。冰轮借住到同学的宿舍，发现那里的学习氛围竟然跟高职差不多，白天上课根本见不到人，晚上小树林里人全在谈恋爱，或在网吧里玩游戏，老师教课也是全凭自觉。

彼时的派特从 S 市的音乐学院毕业，和女朋友一起飞到德国，先去学了一段时间语言，再申请心仪的学校，经过学校三轮严格的审查后，才得到现场面试的机会，大概只有音乐类的考生需要严格的现场面试才能决出胜负。他们提前飞过去几个月，拿了考试签证做全面准备。派特和女朋友各申请了几所不同学校的管弦系，各有两个 offer（录用许可），可惜都不在同一个州或同一所学校。最后只剩了两人都报考的巴登－符腾堡州的一所大学，女朋友已经拿到了属于她的 offer，剩下的压力全部来到了派特这边。

派特申请了六所学校，巴登－符腾堡州的这所大学是他最心仪也是最合适的一所，来到了这里不仅可以和女朋友在一起朝夕相处，还可以跟自己想跟的导师学习长号。这几个月内，他从未忘记过练习，这是他最后的机会，几十个学生里，导师只收两个，他准备破釜沉舟，背水一战。

管乐类的考试仍在一起，可这次台下不仅有评委老师，还有管弦系的其他学生。派特的排序很靠前，一首古典、一首浪漫、一首现代，怀揣着爱谁谁的心情，他把三种不同风格的曲子吹奏完毕，时间冲刷过三个世纪，脑海中的音符上下跳跃，人类的文明如群星闪耀，可以听见胸口的战鼓慢慢弱了下去。他鞠躬走下台，没有听其他人的演奏，直接离开了教室。

不久后，派特和一个德国人得到了长号导师的 offer。他成功了，每一个音符都没有白吹。大学时就在一起，研究生也幸运地考到了同一所学校，那一批留德的中国学生里，和他们一样幸运的情侣不多。

派特和女朋友开始了在巴登 – 符腾堡州的演奏和学习，女朋友的导师经常去欧洲各国演出，女朋友便跟着导师一起出去看世界，而他的导师总是在德国境内演出，他也去了德国的很多地方，有时一个月还要准备两场音乐会，学习和排练压力都很大。

谁都想得到天才导师的加持，但依然要看学生和导师的契合程度，吹长号的天才不一定特别会教学，这是个普世皆准的道理，就像清华、北大毕业的高才生理解不了为什么有些孩子解不出奥数题。天才是无法理解普通人的，而天才之间的理解也需要时间。

派特的一个技术很好的学弟曾拜于柏林爱乐乐团长号首席、著名音乐学院的教授克里斯塔特·格斯林门下学习长号，然而跟导师的磨合却是件艰难的事。演奏中有个难点，学弟按照导师教的办法怎么也吹不上去。格斯林急得满头大汗："这怎么吹不上去呢？这不是很容易就达成了吗？我给你示范一下，你看看。"

说罢，他拿起了长号，音一下就上去了，看起来那么轻松，很容易就达到了完美的音准与和谐。

在派特看来，有的人就是天才，他吹一个音就是比别人轻松且精准，永远不会出错。有的德国同学嚼着口香糖就能将一首曲子完美演绎出来，不出半分差错。

德国学音乐是严进严出，如果达不到导师的要求，就很难磨合成功，或是看起来距离毕业遥遥无期，就要面临着被导师劝退的风险。学弟最终转去了另一个导师门下，硕士毕业后，成功读到了博士，日后一片坦途。

在派特和女朋友在德国忙于学习和演出时，冰轮依旧是漂泊的状态，连大学的门还没摸到。身边不再有派特，他拔号四顾心茫然，只有每天坚持吹号和做题，几乎什么也顾不上。

那些年，总有女孩追冰轮，拼命给他打电话、发信息约他出去吃饭。他谈了恋爱，依旧特别忙，一面补习文化课，一面练专业技术，一排练就是几个小时，根本顾不上回女友的信息，总是她发很多条，他只能回一两句，根本无暇顾及恋爱。

更恐怖的是，他因为学习长号生活穷得叮当响，每次女友约他出来，都是她请他吃麦当劳。女友比他大一些，已经工作了一段时间，在他最艰难的时候，总是陪着他。异地恋更辛苦，他根本顾不上女朋友。

6 月高考完，冰轮在 T 市边玩边等成绩。结果官方根本没有出排名，他不知道成绩，不知道名次，更不知道录取名额。紧接着，冰轮接到了 T 院主考老师的电话，老师别的什么都没提，只是告诉他交五万块钱赞助费就能上。他打电话给考上 T 院的同学，同学说，在 T 院没有排名，大家考完试，如果这个系报名的人多，那么交赞助费的人就可以上，如果这个系只有一两个人报名，那么就可以直接录取。

冰轮收拾好行李，坐火车回到北京。到家以后，他跟父母形容了一下 T 市的音乐学院的气氛，又说了交五万块钱这件事。本来他对于出京上学就充满了抵触情绪，再加上对方不出排名的做法，让他更加生气。多年来，家里为了供他学音乐已经花了很多钱，他不愿意为了上学再花钱。见识了央音的氛围后，他更不愿意去将就。

从 T 市回来后，冰轮决定先找个工作，再找机会准备明年的考试。考完试，女友问他关于未来和结婚的问题，这一年冰轮 20 岁，女友比他年长几岁，想快点儿结婚，可冰轮还在暗淡无光的考学中挣扎，实在没办法许给她什么。两人因此分手，嗟情人断绝，信音辽邈。

直到这时，冰轮还没有放弃，最后在 2005 年又努力了一把。当时，与 R 大合作的某艺术学院开始招音乐系的学生，挂靠的是 R 大，又在北京，他决定试最后一次。他按部就班地考完一试二试，觉得这次总该没问题了。

可艺术学院的老师回复，说管弦系招不满，收的人太少无法独立成班，让他换专业，考虑考虑民乐或声乐。

冰轮一听，简直是滑天下之大稽。西洋乐、民乐和声乐分属三个不同的体系，连最基本的乐理、乐谱和演奏方法都不同，不可能说转就转。况且，他怎么也不可能自废武功，半路出家，去学另一种乐器。

多年以后，那所艺术学院被 R 大正式收编，成为 R 大的艺术系。如果冰轮成功入学，为了这个文凭而学习，如今也可以说是 R 大毕业的。但冰轮永远不会这样做，他就是不会。也正是从那天开始，家里人再也不提长号考学这件事。

过了年，派特从德国回来，俩人吃饭时聊起德国的铜管乐，派特说德国的中老年乐手很多，肚子托着圆号或萨克斯，气息饱满，腔调悠长。派特的德国同门没能毕业，而他则经历了严格的训练，付出了足够多的努力，终于得到导师的认可，顺利成为一名长号专业的研究生。此时的派特眉宇间更加开阔，举手投足游刃有余，而冰轮还在四处教乐器，没有任何正经学历和职业，他成了一名真正的长号浪客。

冰轮的心从那一刻彻底碎裂，那些星星扎进地里，变成一枚枚哑弹，在每一次午夜梦回中让他一次次经历恐慌和爆炸，让他有口难言。他想，如果再在长号这条路上走到黑，他很可能会变得不食人间烟火。但冰轮不想那样，他还想赚钱，继续生存下去。

我问他为什么没想过搞乐队，为什么没有坚持下去，转念一想，他是学古典乐出身的，本来就讨厌流行音乐，更别提摇滚乐队，他不愿意去做些似是而非的事。对坚持某种理想或者是坚持某种标准的他来说，一次次被伤了心，他绝对不会回头。

他回答得很干脆："长号太过小众，派特去了德国，没人可以再和我一起聊音乐。音乐这个东西，一旦没了知音，就索然无味。"

2007 年，冰轮考来冬宫，一待就是 15 年。自从来到这里，他再也没有碰过长号，也没有再听过古典乐。这么多年来，他学会了如何去欣赏古典乐，但最爱的却是轻音乐。曾经最讨厌的爵士和摇滚乐，因为作曲家祖坚正庆，他爱上了所有曲风。

刚刚进宫的时候，冰轮觉得枯燥又无聊，明明自己学了十几年古典乐，最终却和妈妈一样来检票站岗，似乎怎么也走不出这个怪圈。当时的新人们都想被分到护宫小分队，主要的工作是查抄小商贩的烤白薯、冰棍和饮料，如果混熟了还能吃块热地瓜。

领导宣布冰轮被分到南蟠龙门的那一刻，他的小伙伴纷纷转过头来跟他说，那边闹鬼。

在南蟠龙门上班的第一天，冰轮就和套票的黑导游打了一架。站在南蟠龙门的大门口，水道送来一船又一船的游客，冰轮既要检票，也要管船，还要分辨每种导游团、各种账目和大小船票，耳边变成了喇叭声，忙得晕头转向。艳阳之下，他收票收得都没了知觉。

一些老师傅中午吃完饭喝酒，有时喝多了睡一下午，或者下午去洗衣服，他就自己站一下午岗，没人来替。好在疫情之前的旺季，因挨着水道和船运的关系，他们的收入颇丰。

每逢休息日，他都尽量跑宫里来干活儿，几乎大包大揽，指望这样能提个小掌门，日后好给家人增光添彩。系统中的老人们彼此相识，都是在各个皇家御苑里上班的，谁不认识谁？按照年轻一辈的话来讲："我得给我们家人长脸。"

风雨无阻地干了几年，本来有提干的机会，也因为他学历和身份等种种问题没能成功，似乎某种属于长号的运气永远地凝滞在了他身上。他平静地接受了这一切，认真辅佐新干部，整整10年，俩人配合得都很好。他每天骑一个小时车上下班，去健身房健身或去游泳场游泳，满身大汗，再吃一碗面条，什么也不想。

15年来，他看着不少人在河道里出过各种意外，别人进宫是为了赏乐，他进宫则看了很多沉浮。唯一让冰轮感到奇怪的是，当他年轻，一分钱没有，背着长号，累累若丧家之狗，满北京地练琴、考试、演出和教课，没时间去跟姑娘恋爱，甚至连消息都不回的时候，身边总有女孩追他，怎么推都推不掉。自从进宫以后，赚了钱又有时间，他却再也找不到合适的女朋友了。

我歪了歪头："可能是人家看不上咱们这检票的工作吧，觉得不体面。那时候你不是吹长号吗？尘埃未落定的时候，还让人家觉得有很多希望。"

"嗯，无论怎么说，我就是失败了。每当我跟别人提起这些时，他们都会说是我不够努力。"冰轮掐了烟，"如果是这样，我就不再跟他们聊了。"

"我理解你，你很努力，但这与努力无关。"

"我有时候会想，如果当初坚持一条道走到黑，从拿起长号那一刻起我就决定走专业道路，那么是不是一切都会改变？"

其实，音乐这碗饭，吃不吃得上，大多靠运气。其实，即使苦练多年功，也并不一定要终身从事音乐事业。我有个朋友毕业于茱莉亚音乐学院，又曾师从著名指挥阿巴多学习指挥和作曲，多年来苦练弦乐，最后也不再演出，而是跟着家里人一起做影视，过得也很快乐。冰轮过去的那些同学，大多改了行，逐渐失去了联系。

派特和女友回国后，很快举办婚礼并相伴至今，一对爱鸽，从未与彼此和音乐失约。两人都成了专业老师，教各个学校的孩子学习长号和小提琴，时不时会去国内和国际的演出，总是发朋友圈。派特已有11年没说过德语，而他的妻子和导师的关系很好，每年都会回德国学习几个月，跟不同流派的老师学习更多的技法和内容，疫情时期便通过视频连线，一丝不苟地完成每次的课业内容。派特的妻子完全沉溺于小提琴所带来的纯粹的快乐和幸福之中。莫说相公痴，更有痴似相公者。

冰轮的确一生襟抱未曾开，这并不是一个一万首歌殊途同归的故事。他看着派特的朋友圈，清楚地知道，他们已经是两条路上的人了。即使相见吃饭，冰轮也尽量不提以前的事，连长号这两个字说出口都嫌烫嘴。

派特劝他："其实你看，有个编制也不错，有份稳定的工作，生活不也很好嘛。"

那天落了雨，天气并不热，两栋商厦交会处的隧道里勉强伸进点儿出口的光，我们坐在卖冰激凌的小桌子边，暑气慢慢地洇到皮肤上。过往的车辆非常吵，恰好与冰轮的声音完美混响。旁边有个穿背心的老流浪汉，在这条隧道里走来走去，忽然伸过胳膊，管冰轮要了一支烟。

我想起一首小诗，冰轮影里山河见，玉鉴光中星斗明。万象主人收拾尽，一樽酬罢一诗成。冰轮吹长号和检票的时间几乎一样长，他也从那些或欢乐或痛苦的协奏中，体会到了磨炼这两种技艺的纯粹乐趣。其实，学习弦乐的第一步是要把姿势练熟，第二步是练空弦，第三步是练音阶。在检票口也一样，要熟练地拦住逃票的游客，要在凌晨和傍晚守至无人，要在人流密集的时刻学会掌握大小调的调控。当我在岗亭里一面接待各地旅游团，听遍酸甜苦辣的乡音，一面追出去把逃票的人追回来，甚至从南蟠龙门追到知春湖，甚至追到露陈座时，同时穿行的两个我，不比四重奏来得更轻松。

而冰轮大哥会站在岗亭里，看着我从露陈座跑回来，微微一笑："票不能这么检，会把自己累死的。"

世界上有那么多吹长号的人，但只有一个长号手会检票。柏林爱乐乐团只有140年，而冬宫历经了两毁两建，已过了270余年。能进柏林爱乐乐团的都是世界顶尖的乐手，如果在演出时吹错一个小节，那也就不用再来了。冬宫也不是谁都能进的，若是在冬宫失手打碎了一件文物，也会被发配到偏远的地方。无论冰轮去柏林，还是留在北京，他所演奏的都是大部分人无法比拟的乐章。

　　冰轮让我再也不要跟他提长号，我答应了。他说估计自己那把长号的铜都已氧化，如果谈了恋爱，他就会搬家，然后就把它扔了。

PART 2

家
里

如果把中华人民共和国比作一个巨大的钢铁巨人，这个东方巨人的每一个举动，
都需要有无数小人儿在其中工作，让其运转，
钢铁巨人向前迈动的每一小步，都需要耗费无数普通人漫长的一生。

你好，我是核三代

如果把中华人民共和国比作一个巨大的钢铁巨人，这个东方巨人的每一个举动，都需要无数小人儿在其中工作，让其运转，钢铁巨人向前迈动的每一小步，都需要耗费无数普通人漫长的一生。

最初人们烧煤使蒸汽发动机运转，钢铁巨人才能冒着咝咝的蒸汽向前运动一小步，再后来，到了某些历史的关键性节点，钢铁巨人长出了钢铁双翼，发动机内填进了核燃料，头顶爆发了蘑菇云，才摆脱了周围虎视眈眈的阴霾。

在祖国两弹一星这个巨大的荣耀光环下，我的家庭就是巨人步伐间带起的小小的尘埃，我的祖辈和父辈都为共和国的核工业发展做出了微小的贡献，因此家族一直在迁徙，其中产生的裂变和创伤几乎都与核工业有着密不可分的关系。

在我度过童年的核工业家属院里，有个神奇的定律，那就是：无论你大学学什么专业，最后都会被家长叫回来，被安排到工地上去。

虽然我是核三代，但我并没有像父辈一样成为建筑工程师，而是成了一名作家，核的威慑力只能体现在我的作品里。

中国第一颗原子弹爆炸在 1964 年，而我们的故事要推回 1954
年，第一颗原子弹爆炸的 10 年前。1954 年 9 月 29 日苏联代表团访
华，那是苏联自成立以来，最高领导人第一次访华，也是赫鲁晓夫
第一次出国访问。

在会上，赫鲁晓夫突然提出，西伯利亚地区足有 1200 多万平方
公里，苏联只有不到 2 亿人，没有苏联人愿意去那儿劳动和生活，
而中国人口有 6 亿多，中国可以派劳工到苏联的西伯利亚地区去，
一举两得，当时他的提议是中国向苏联输送 100 万名工人，突如其
来的建议把双方都吓着了。

中方想起了远东华工的悲惨遭遇和百年屈辱史，觉得伤害了民
族感情和自尊心，认为对方有些侮辱的意味；苏方以米高扬为代表，
觉得 100 万名工人到了西伯利亚，有可能以后就占领了西伯利亚。
那次会议不欢而散，双方心里都有了块垒。

那年我爷爷只有 16 岁，还在山东临朐县的山里，是个健康活泼
的少年。早年家里闯关东，他 9 岁刚从东北回来，进山就坐在地上
哭："这个地方这么穷，我们回来做什么？"

谁也没想到，就是那次中苏高层不甚愉快的会面，改变了遥远
山村里一些青年的命运，大人物的蝴蝶效应，往往对小人物起到了
决定一生的作用。

后来中苏经过多次沟通，赫鲁晓夫方面又反悔推托了几次，一

直到 1954 年 5 月 4 日，才同意中国派 1000 名从河北选出来的工人先去西伯利亚。1954 年 9 月 13 日，中国军事代表团来到了苏联核演习的托斯克地区，观看代号为"雪球"的 4 万吨级核爆炸军事演习。当蘑菇云升起时，冲击波一直冲到了几十公里外的观看台，竟然掀掉了中国代表团团长彭德怀的帽子。但彭德怀一动不动，没有人知道他那一刻在想什么。1955 年 1 月 15 日，一次决定中国核武器发展走向的绝密会议在中南海召开，听完了李四光、钱三强等科学家的汇报后，毛泽东说："我们只要有人，又有资源，什么奇迹都可以创造出来！"

于是，在 1956 年 7 月，中国又往苏联派了 1000 名从山东、河南选拔出来的工人，这其中就有来自山东临朐、已经 19 岁的我爷爷，他和我奶奶的大哥一起被选了出去。中国支援 100 万人建设西伯利亚的计划最终不了了之，从始至终，在 1954 年—1963 年间，只有 2000 名工人去了西伯利亚。

他们坐了四天四夜的国际列车，自山海关出关，一路向北直奔西伯利亚。火车上有黄油和大列巴，似乎坐上了那辆开往远东的列车，他们就与过去贫瘠的生活划清了界限，过上了足以解决温饱的共产主义工人生活。

事实上也是如此，爷爷在那边生活得非常快乐，年轻而瘦削的青年们在伊尔库茨克重工业基地里当工人。那时他就已经参与苏联保密工厂的建设了，平均下来月工资 26 卢布，最多 30 卢布，那时候卢布对人民币汇率大概是 1∶1.2。

当地的中国青年们相处得都比较融洽，在异乡很快就找到了同乡好友，无论是在那里培养的业务能力，还是青年们的革命友谊，都为后来为核工业服务的几十年打下了深厚的基础。

中国工人和苏联工人的工作关系也比较单纯，斯拉夫人的性格直来直去，相处起来比较简单直接。大家都是共产主义的螺丝钉，哪里不对拧哪里，相处也算融洽。工厂宿舍楼里还有苏联女工，她们和一些单身的中国男青年在朝朝暮暮的相处中产生了爱情，最后双方结为了夫妻，后来那部分中国工人都留在了苏联，仅我爷爷奶奶住的那栋楼里，留下的中国青年工人就有 30 个。

1989 年，有个中国工友回国探亲，还帮我们用外汇券买了一个抹茶绿的电冰箱，冰箱质量过硬，我们用了许多年都没有坏。

西伯利亚的冬天来得很早，10 月后就开始变冷，次年 5 月才缓缓迎来春天，他们早上 8 点就要准点到单位上班。太早了没有电车，只能早晨 6 点起床，徒步走一个多小时到郊区的保密工厂上班。伊尔库茨克的大雪常下到大腿深，他们穿着工厂发的厚棉袄，戴完毛绒手套再戴塑胶手套，把头用厚厚的两条围巾围起来，只露出眼睛，到了工厂，身上结了一层厚厚的冰碴。

他们下午 4 点下班，排队坐电车回来。零下几十摄氏度的严寒中，他们穿着厚棉袄干活儿，人被冻得像冰雕。在赫鲁晓夫楼式的红砖宿舍里，中央暖气烧得足够暖，只用穿一层薄薄的秋裤，喝着啤酒，摆上列巴和黄油，吃些油炸花生米，就可以度过长达 7 个月的寒冬。

爷爷在苏联的单身生活过得很快乐,相形之下,我奶奶在山东的生活过得水深火热。家里重男轻女,她作为长女,从小就要干许多农活儿重活儿,落下了严重的腰椎疾病。她父亲不让她上学,导致了她终身的文盲。

大哥去苏联打工以后,她正好赶上大跃进。临朐县从1958年5月28号开始修冶源水库,从全县30个乡调集民工11000人,筑坝所用的土石,大部分靠人力小推车、肩挑和人抬运送。乡里的公社大队轮批派人去山顶修水库,奶奶从1959年正月开始,被派去山上搬运沙石。

那年她19岁,凌晨4点起来和大家一起列队喊口号、唱歌、跑步,然后再去干活儿。爬到山顶上,像把太阳背在了肩头,人被晒成了煎饼。他们跨入弥河,在水里搬石头,鞋袜浸得濡湿,滚滚泥浆沾满了双腿。每天干到夜里12点后方能歇工,她只能把湿袜子塞到贴身的棉袄里,揣着湿袜子睡。等她第二天早晨起来,袜子才将将被体温捂干。

本来大队规定她在上面干满一年,才能挣到相应的工分。然而,她干了半年就实在不想去了。快到割麦子的季节了,她宁可每天回家扛麦子,也不愿意再看见弥河了。她向大队长提出申请,让她爸爸来替她。

大队长自然不愿意放青壮劳力回家。"一天扛12垛麦子,你干得了吗?"

"干得了!"年轻的女孩运足了中气,大声嚷道。大队长无奈之下，同意了她的请求。奶奶满心欢喜地回到熟悉的村子，开始翻土，播种，收割，养蚕，推磨，摘棉花，在农活儿里收割了四季。

在那个他们拿高粱秆做筷子的年代，冶源水库仅用了一年多就修建完成了，水库总计完成土石方 418.5 万立方米，用工日 604.8 万个，建设社会主义的速度总是惊人的。

转眼到了 1960 年腊月，奶奶骑着一头毛驴翻过一座山，嫁给了回乡探亲的爷爷。这媒是奶奶的父亲牵的，他觉得我奶奶干活儿多，饭量又大，如果不送出国，家里孩子多，怕饿死在家里。

那时，爷爷作为家里的老大，逢年过节会给家里寄 50 块钱，但都被拿走给弟弟们盖房了。到他自己结婚时，家里一分钱也没有剩下，连间房子也没有，他的心里不是滋味。他可以申请带着家属一起去苏联打工，在遥远的伊尔库茨克，他们会有一间温暖的小宿舍。半年后，奶奶通过了出国体检，可以去苏联了。

去苏联之前，奶奶和同村的人一起坐火车从山东来到了北京，他们在北京的招待所里住了一周。爷爷在奶奶上车前给她寄了 100 卢布，为此她特意去王府井那边，买了人生第一件新大衣，有着小翻领和金边纽扣，去中国照相馆拍了照留念。奶奶和同行的姑娘们都不认识字，央求领队的村民带她们在北京转一圈。

领队的村民把她们带到天安门广场，让她们几个在原地等候，推说自己要去办事，就带着自己的妻子进了天安门。

姑娘们不知所措地站在广场上，足足等了一个上午，被太阳晒得头昏眼花，怎么也不见他们从天安门里出来。她们饿得蹲在地上，抱怨他们怎么还不出来。直到午饭的点，两人才从城门里慢悠悠地晃出来。

她们问为何去了那么久，那个村民骗她们说："去办事了，办大事。"

下了火车之后，奶奶提起在北京的事，爷爷很无奈："他们根本不是去办事，而是抛下你们去故宫玩了。"

那是奶奶离故宫最近的一次，之后虽然她定居北京，但缘分参差，她从来没有去过故宫。今年她82岁了，身体原因，她再也没有机会去故宫了。

奶奶在车上把钱都用来买吃的了，下车后只剩了几卢布，爷爷问她："听说大家都在挨饿，我怎么看你没变瘦，反而挺胖乎的？"

她说："钱全被我花了，车上的大列巴，我一天吃三个！"

奶奶在冰天雪地里做体力活儿，拿厚重的苏式铁锹砍砖、搬砖、砌砖，而爷爷因为心脏问题干不了重活儿，便在当地学会了开车和骑摩托，做一些相对轻松的驾驶工作。去过北京的苏联工人学会了"豆腐"这个词语，一见到他们就大嚷："Китаец（中国人）！Doufu（豆腐）！Китаец！Doufu！"女工人们觉得被骂豆腐不是好词，纷纷回以热烈的国骂。

奶奶每次看到这种场面都会哈哈大笑："你们骂他做什么？"

隔年，奶奶怀孕了。怀孕了，她也坚持上班，下班后她去百货店买食物，排队的苏联人看见她挺着大肚子，让她排到了最前面。

女儿出生后，奶奶每天凌晨 4 点多就起床做饭、喂奶，出了月子后，爷爷奶奶把女儿交给苏联老太太照看，之后去工厂上班，下午 4 点再坐班车回来。

不久，不知是何原因，女儿突发小儿癫痫，没办法再托人照看。爷爷只好把白班改成了夜班，借钱买了辆摩托车，白天在家看着女儿，每天下午 4 点去接奶奶下班。然后，他骑摩托去值夜班，一直到夜里 12 点多才回家。工厂为了提高工人的文化水平，办了一系列扫盲班，爷爷劝奶奶跟着去上课，奶奶便去了。有天她兴致勃勃地从扫盲班回来，隔着门却听见女儿撕心裂肺的哭声，等她进了门，才发现女儿由于无人照看从床上摔了下来。她把女儿抱上床，坐在床上大哭了一场，发誓再也不去那个扫盲班了。她永远错失了一次可能改变她命运的机会。

若干年后，她经常对我说："奶奶白活了这一辈子，就是睁眼瞎啊。"

但奶奶认识阿拉伯数字，会歪歪扭扭地写自己的名字，认得出爷爷和她三个孩子的名字，对于买菜之类涉及金钱的计算更是势如闪电。她除了不认识字，从各式农活儿、工地务工，到家务、厨艺、裁缝、绣花、游戏、人际交往，甚至是捡废品，都拥有丰富的想象力和高超的技艺。她就是我生命的底色，是我最稳定的基石，是我眼中的万能人类，比爱因斯坦还要聪明，比比尔·盖茨都要富有。人的身边都会有这种精通一切生活技能的人，他们也许没有任何社会地位，甚至靠着低保生活，但他们几乎浑身都是本领，是生活这场游戏里的王者。

在苏联的两年，大列巴成了奶奶一生最钟爱的面包，从此无论我们把多好吃的糕点摆到她面前，她都认为，只有苏联的大列巴最好吃。前几年我在捷克旅游，想起奶奶的话，于是进店买了半斤又黑又硬的大列巴，心想这可是东欧的列巴，不可谓不纯正。结果，大列巴大概是没了刚出炉的柔软度，我和朋友们从捷克吃到匈牙利，还剩了板砖似的半块。我们实在咽不下去，嗓子像过了剃刀，只好把黑列巴掰碎喂了野鸽子。

斯拉夫人以酗酒闻名于世，苏联有一喝多就发酒疯的男人，也有喝多了斗殴杀人的情况，为此，1958 年，苏联还发布了《关于加强同酗酒斗争以及引导烈酒类饮品售卖秩序的决议》。在爷爷奶奶居留期间，苏联醉汉喝多了便跑到宿舍楼里挨户踹门，叫嚷折腾一晚上，谁也不敢出去，他们撞门、挑衅、打架，甚至还杀过人。

有次，一个醉汉闯进了楼道的厕所，中国人不敢前去交涉，只能让苏联老太太给他轰出去。老太太提着扫把站在厕所门口，用最激烈的俄语大嚷了一通，把醉汉赶了出去，大家才慢慢地平静了下来。

爷爷上夜班，奶奶经常独自抱着女儿，吓得心惊肉跳，生怕醉汉闯进来伤害她们。万幸的是，小婴儿很乖，但凡她哼两声要哭，奶奶轻声哄哄，女儿也就静静地睡去了。

那场景常常让奶奶想起，她出生没多久，日本人就进军到村东岭了。村里的青壮劳力全躲进山沟里了，她的小脚母亲只好和邻居一起，母亲把她放在衣服上，拖着她藏进芦苇荡。她们在芦苇荡里躲了几天几夜，她母亲让她不哭，她也就不哭。很奇怪的是，像一种代际遗传似的，每个世代都有相似的情景。

1962年以后，中苏关系逐渐降温，工人的合同期满，大部分人都坐着火车回到了中国，行李太多带不回来，奶奶把棉被和工装全扔了，带回来几件呢子大衣和一些纪念品。回来的路上，火车绕着贝加尔湖走了一天一夜，那景色永远地印在了她心里。

爷爷却执意要带那辆摩托车一起回国，到了济南以后，他们把那辆苏式摩托车卖给了公家，挣了800块，用400块买了头驴，剩下的都借给了亲戚，补贴了家用。

我能明白爷爷对那辆摩托车的感情，还是来源于一张老照片。

在那张黑白照片上，25岁的爷爷梳着偏分，穿着写有"北京"两个字的高领毛衣、灯笼裤和高帮皮鞋。他骑在摩托车上，阳光洒下来，影子偏在西面的地上，显得意气风发。他的背后，是那座方方正正的红砖宿舍，二层的窗口探出两人，是奶奶抱着他们的女儿。阳光透过那张黑白照片洒向现在，一切都已被镌刻。

在那张老照片的背面，是他好朋友的赠言："在苏联生活是多么幸福呀。王友人，我给你洗的像（相）片不好，请你原谅我。这张像（相）片请存，万年长青，永久长青。——1962年6月9号，高星友草。"

那头毛驴被买回家后，非常听话，一直勤勤恳恳地拉磨，直到1970 年前后的一个早晨，那头毛驴被家里的亲戚拉着磨完做煎饼的玉米面，就被牵到山上杀了。驴肉被大家一扫而空，奶奶一家觉得堵心，一口也没吃。当奶奶回想起这头毛驴时，她就会说："卸磨杀驴，这个词，真是一点儿也不假。"

1962 年第二机械工业部（简称二机部，1982 年改名为核工业部）把援苏工人召回原籍，又重新下放回农村，我爷爷又去找领导申请，调到了青海金银滩的原子城。奶奶因为要照看孩子和家里的长辈，无法一同前去，独自在山东农村，承包了所有的农活儿。

爷爷到青海时，正是 1964 年春，那年他大儿子（我的爸爸）刚半岁，也就是在同年的 10 月，中国第一颗原子弹成功爆炸。年轻的爷爷万万想不到，他未来的亲家也在青海原子城的工地上。彼时，距离他们成为亲家还有 28 年。

1959 年，19 岁的奶奶响应政府号召去修冶源水库，也就是在这一年，同样 19 岁的姥爷和姥姥，也响应国家号召，去大西北支援核工业的建设。姥爷和姥姥所在的 221 厂是我国第一个核武器研制、试验和生产基地，是中国第一颗原子弹和氢弹的研发制造地，也是它们诞生前的所有模拟爆炸和冷试验基地。

新中国刚成立不久，国际形势较为险恶，美国频频对中国发出"核讹诈"和"核威慑"。1950 年 12 月，美国就曾在朝鲜半岛附近停泊了一艘载有原子弹的航空母舰，并针对朝鲜进行过模拟核袭击。[1]

1951 年 9 月到 10 月，美空军得到杜鲁门的批准后，在朝鲜半岛举行了代号"哈德逊港行动"的模拟核打击训练，目标同样指向中国。而后的越战期间，解放军炮轰金门，美国均动过发射核弹的念头，好在多被当时客观条件、盟友们和苏联阻止。

1961 年，时任美国国防部长办公室顾问，刚刚过完 30 岁生日的丹尼尔·埃尔斯伯格提出了一个问题，如果按照参联会的全面（核）战争计划行事，苏联和中国的人口死亡数量将是多少？曲线图显示在美国攻击行动开始后数小时内立即死亡的人数为 2.75 亿人，之后直线倾斜上升，直到 6 个月后死亡人数达到最高点 3.25 亿。

接着，他的另一个问题是——美国发动的核战争在全球范围内可能造成的死亡人数是多少？不仅仅是中国和苏联，还包括其他可能受辐射尘影响的所有国家。

美国参联会的评估认为，如果美国对苏联、华约卫星国以及中国发动第一次核打击，将总共导致约 6 亿人死亡。这相当于 100 次纳粹大屠杀。[2]

在这种情况下，中国开始筹备发展核工业以及核武器。1950 年前后，中国组织起了一批至关重要的科学人才：王淦昌、钱学森、

---

[1]参考《朝鲜战争：未曾透露的真相》一书，约瑟夫·古尔登著，北京联合出版公司。

[2]参考《末日机器：一个核战争策划者的自白》一书，丹尼尔·埃尔斯伯格著，新华出版社。

钱三强、赵忠尧和邓稼先等。除了这些著名物理学家和两弹一星功勋科学家等高科技人才，还有成千上万的基层施工人员和保障军队，他们也是金银滩上不可忽视的力量。

为了建好221厂，领导们率一〇三建筑公司与一〇四安装公司的10000多名职工，又从河南支援青海建设的支边青年中挑选了2000多人，用以夯实基础施工，我的姥爷和姥姥正在这些支边青年里。

姥爷的父亲是乡里有名的中学教师，大伯是国民党军官，蒋介石败退时大伯也跟去了台湾，叔叔是远近闻名的医生，一家人可以称得上书香世家。有了国民党的这层关系，姥爷一家在村里并不好过，又因家里孩子多，姥爷的父亲薪水微薄，姥爷直到很晚才念了小学，他的成绩一直很优秀。

姥爷当年19岁，还在上中学，公社里来了支援边疆的招工通知。村里一家人出于嫉妒，将姥爷的名字偷偷地写到了招工的表格上。当时，听说要到遥远的边疆支援，可能一辈子都不能回家，家人无法接受这个事实。但姥爷的名字已被报上去了，木已成舟。

接到通知要走，姥爷的父母哭成一片，认为此生再也见不到儿子了，心里虽然痛苦，但他们还是含着泪把儿子送到了公社。姥爷虽然难过，但据说那边每个月定时发工资，纵使海天相隔，他还可以补贴家用，让家里的弟弟们能够接受更好的教育，改变他们的一生。这么一想，他还是背着一捆小被子上路了。

姥爷他们一帮青年坐了几天几夜的火车到了青海，那里是平均海拔 3000 多米的高原牧区，低压缺氧。金银滩上的气候非常恶劣，一年的平均气温不到 0 摄氏度，忽而平地暴风雪，忽而天降大雨夹冰雹，一年里大部分时间都要裹紧棉袄。

工人们大多来自中原地区，他们刚刚成年，尚且懵懂，抱着扎根边疆、一辈子不回老家的决心，开始抢建 221 基地。金银滩上除了一望无际的戈壁滩和游牧民族的蒙古包，什么都没有，后期的建筑都是他们用人力建起来的。中央特意调拨了 130 辆当年苏联红军攻克柏林和志愿军在朝鲜战场用过的汽车，解决金银滩上运输力量不足的问题。

天天早晨广播一响，工人们就得起床吃饭，准备干活儿。青海的气温很低，霜冻期很长，土地是结冰的冻土，一镐头下去，震得工人们手发麻，地上就砸出一个小点儿，几枚火星。一天工作下来，工人们的眉毛和头发上都结了冰块，工人们一点儿一点儿地和大地死磕，终于盖起来一个个核试验工厂基地和生活厂房。

中苏交恶后，苏联于 1960 年 7 月 16 日单方面宣布撤回所有专家，停止供应各项设备和原料，在建工程全部停工，各种资料能带走的带走，带不走的就烧掉，并拒绝提供原子弹样品和资料。有些苏联专家认为："离开外界的帮助，中国 20 年也搞不出原子弹，就守着这堆破铜烂铁吧。"

到 1964 年 6 月，国家投资 3 个亿，占地 570 平方公里（原禁区面积 1170 平方公里）的西北核武器研制基地终于基本建成投入使用。221 厂现在被称为原子城（又名西海镇），对外称青海矿区，拥有 18 个厂区和 4 个生活区，一切生活设施都十分全面，甚至还有面积 5500 平方米，时称西北第一的影剧院。原子城的地位和省会城市西宁平级，公检法机关一应俱全。

年轻的人们经历了三年饥荒。荒原上，他们吃着青稞面和野菜，脸和腿都是浮肿的。在墙上鲜红标语的映照下，没有人当过逃兵。他们把荣誉看得比生命更重要，生病了也不舍得休息，生怕自己比别人少干什么。

最初，工人们不知道自己究竟在什么地方，做的是什么保密工程，他们只知道埋头苦干，心思非常简单。他们 4 年才有一次探亲假，为了不耽误连队的建设进度，他们陆续都把新生儿送回各自的家乡，继续奋战在工作的一线。就在那种艰苦的条件和单纯的心境中，姥爷和姥姥相识相恋并结婚了。

当时青海属于 11 类地区，他们从事的是艰苦地区的特殊工作，因此工资比较高。但姥爷他们大多把钱寄回了老家帮亲人盖房子，结果不知怎的，倒欠了一堆借款，这些借款让他和姥姥还了大半生。

1964 年 7 月，两颗原子弹从 221 厂出发，运往罗布泊的马兰基地。到了 8 月初，美国的间谍卫星"加贝特"发现，罗布泊试验场已经树立起铁塔和其他设备。美国的约翰逊政府在多次观望和协同苏联未果后，在大选到来之际，权衡利弊，最终守住了底线，没有对罗布泊进行核打击。[1]

---

[1]参考《百年潮》杂志刊发的《六十年代美国试图对中国核计划实施打击揭密》一文，作者李向前。

　　10 月 16 日，原子弹爆炸，中国终于摆脱了来自大洋彼岸频繁的"核讹诈"。想必，所有的建设者在那天都是欢喜的。

　　第一颗原子弹成功爆炸的整整一年后，姥姥、姥爷的大女儿——我的母亲出生在了金银滩上。当时的青海已经很冷了，他们住的简易窝棚里只能烧牛粪取暖。取暖条件不佳，婴儿感冒后很快转成了肺炎，住进了医院。

　　姥姥没出月子，身体虽十分虚弱，可还是坚持在风雪天里，一天几次跑到医院去喂奶。喂奶后，很快返回工作岗位，继续做工。然而，就在月子里，他们赶上了历史性的集体大搬家。

　　此次大搬家是指因为中央战略需要，1965 年 5 月 10 日，经中央专委批准，确定在四川的山区里建设代号为"902 工程"的核武器研制基地。四川的山很多，前方负责施工的铁道兵和工程兵部队用炸药炸开山洞，打开道路后，原青海 221 厂的院士，从事核试验与制造的军事工程技术人员、建筑工人及其家属陆续来到这里，前后有几万人。他们按照"边设计，边施工，边生产"的原则，开始投入试制原子弹和其他军工产品。

　　四川绵阳堪称中国核工业的心脏，那里有着包括核物理研究所在内的一系列研究机构，仅国家级的"两院"院士就有 30 人。姥姥、姥爷所在的二机部第二十四建设公司负责给核工业研发制造和核废料处理做配套的基建工作。起初他们驻扎在绵阳安县，一直跟着九院做配套施工。因是军管，被称作二四公司一处六连，后改名叫五队。

　　姥姥和姥爷带着未满月的婴儿和全部家当，随大部队一起搬到了四川山里。一切从零开始，没有厂房，他们住在当地的农民家里。四川的冬天时常下雨，房间里阴冷潮湿，婴儿的尿布怎么也晾不干。姥爷找些当地的木炭想把尿布烤干，不料有一天，一家三口全都一氧化碳中毒，三人都躺着不动了。所幸，他们被邻居及时发现，送到了医院。

　　为了让婴儿铺上干燥的尿布，姥姥把半干的尿布系在她腰间靠体温暖干，不久就累病了。婴儿出生还不到 40 天，他们实在没办法，只得将女儿送回河南老家，一直到她上小学才接回四川。

　　妈妈在河南老家长大，仗着她奶奶的宠爱，如鱼得水。小学上学要早起，她想不去就不去，躺在床上睡到日上三竿。她奶奶因其父母不在身边，倍加疼爱她，她 6 岁之前的日子，可谓快活似神仙。

　　同年，我的爷爷也跟着大部队调到了四川的深山里，一去就是 10 多年，逢年过节才得以回家一趟，奶奶在婆家常受妯娌欺负，一个人带着三个孩子在半山腰住，日子过得艰难。有时奶奶做活儿回家晚了，会有狼跟在身后，她挎着篮子越走越快，狼也加快步伐跟在她身后。直到听见砍柴的陌生人一声吆喝，对方提着小灯，拎着斧子站在山路边，对她喊："嫂子，你放心地往前走，有我在，狼不敢过来！"狼这才慢慢地隐入夜幕，不见其踪。

　　夜晚若是在家听到狼嗥，奶奶他们便早早熄灯上床。有时夜晚遇到狐狸来偷鸡，奶奶还敢一边挥手，一边跺脚，叫着"皮狐皮狐"

把它赶走。但如果是凌晨，黄鼠狼到家里偷鸡，听到鸡的惨叫声，他们会躲在被窝里，不敢起身。家里山穷水枯，姑姑和爸爸会结伴上山挖草药，逮蝎子，拾柴火，奶奶一边打发孩子们出去，一边担心他们会在山上遇到豺狼。冬天山里下大雪，姑姑和爸爸早晨 5 点起床，结伴而行，顶着山坳的星河，迈过大腿深的积雪，翻过一座山，去上小学。

由于妈妈不好好上学，姥爷一听倍感焦虑，立刻把她从河南接到了四川。

妈妈 6 岁到四川，四川的一切对她来说都是陌生的，甚至连父母也不认识。可能是有这种地域的亲缘隔离，加之在青海和四川照顾女儿时受过的那些苦，姥姥总是看妈妈不顺眼，总对妈妈提出许多要求，但她对儿子们都很亲切，这让妈妈感觉自己是家里多余的人。妈妈去四川时，只带了她奶奶给她缝的一条小棉被子。每次挨打的时候，妈妈都会抱着那条被子不撒手，哭着喊奶奶。她说那上面有她奶奶的味道。

每天晚上，她都会因为思念奶奶哭得肝肠寸断，枕头上的泪痕大片洇开。第二天就会因此被不知情的姥姥责骂，嫌她不讲卫生，如果姥爷帮着妈妈说话，姥姥姥爷就又会大吵一架。

从此，妈妈闷不作声开始干活儿。每天早起，她拿着红领巾冲到解放车上，给她的弟弟们占校车的座位，自己爬到驾驶室旁坐着，她觉得那边风景好，还透气。一次，隔壁邻居家的三个小孩扔了她的红领巾，将她的座位据为己有。她从驾驶室旁冲出去，用一条红领巾把三个小孩揍了一顿，夺回了自己的座位。

放学后，对方家长带着孩子，气势汹汹地去她家里告状。她放学后吓得不敢回家，躲在江边，转了一圈又一圈。姥爷出来找她，把她揪回去，当着对方家长的面揍了她一顿。若干年后，姥爷说，明明是对方不讲理，而且对方三个孩子都打不过她一个，还要告上门来。他本不想动手，碍于邻里情面，只能把妈妈打了一顿。

那时，姥姥姥爷在抢建工地，工作十分忙碌。他们算双职工家庭，工资每个人一个月70多块，生活应该算可以。然而他们一直在贴补双方背后的大家庭，养活大家庭里的四个孩子。山里就是乏燃料处理工厂，进山就会有辐射，他们的工作辛苦，环境和条件也十分恶劣，姥姥和姥爷身体都不太好，总是生病，靠着彼此的支撑，在四川的山里爬上爬下。

工人们每天干的都是体力活儿，姥爷的工作服里穿着姥姥给他打的毛背心，日复一日，年复一年，他至少穿了几十年。现在妈妈一闭眼，都还是姥爷下班时回到家，脱掉蓝色工作服，露出毛背心，打水洗脸洗手的样子。姥爷因为表现优异，又有文化，可以被上层提拔成干部了。就在这时，村里那家人听闻消息，立刻又写信告了一次黑状，揭发了姥爷家的国民党背景，姥爷的提干事宜也不了了之。

白天姥姥上班，晚上就给孩子们用缝纫机做衣服、织毛衣，妈妈的一条蓝裤子穿了很多年。每当裤子不够长的时候，姥姥就拿蓝布给接上，连续接了两年，最后裤子的颜色很不均匀。妈妈也不在乎，她穿着上课、跑步、打球，两条腿在蓝裤子里荡来荡去。

姥爷的连队里有个上海人，回家探亲时从上海给妈妈带了一件黄色的条绒外套，小方领翻边，一排咖啡扣。妈妈穿小了，颜色也洗白了，但并没有坏。姥姥觉得可惜，就买了颜料，在大锅里熬煮，把条绒外套染成了咖啡色，接着给大舅穿。大舅只穿了一次，当时的男性不是穿军干装就是穿中山装，穿小翻领的几乎没有，扣子是反着系的，认真看能看出是女士的，他怕别人笑话就不穿了。后来，这件衣服又传给了二舅。

工人之间的关系大多不错，姥姥姥爷热情好客，虽然自己不富裕，但对于前来做客的人从来不吝啬。每当有客人给他们带了奶糖或者饼干之类的甜食，姥姥就把这些甜食锁起来。以免孩子们贪吃把牙吃坏，她给孩子们一人分一块，他们姐弟四个把饼干放在兜里，一点儿一点儿掰着吃。过去谁家改善伙食，就算包顿饺子，也一家送一碗。

妈妈最小的弟弟比她小10岁，她的弟弟生下来后，几乎都是她在带。她每天要给弟弟洗尿布，寒冬冻得她的手都裂开了血口。小弟聪明灵动，长相颇为清秀。大家都很喜欢他，对他寄予了很高的期望，希望他日后能成为一名科学家。然而小弟5岁时和其他孩子一起去江边玩耍，不慎从江边的瞭望塔上摔了下来，满头都是血，只剩一口气。姥姥抱着他送到医院，侥幸捡回了一条命。从此，他总是生病要住院，动不动离家出走，反应变得十分迟钝。

　　基地的孩子们会溜出去看夜场电影，在白龙江里尽情游泳，在大山里追嬉戏。我的小舅在上高中时，和家里发生了点儿小矛盾，便离家出走了。他随便搭了一辆火车，准备浪迹天涯。中途到了西安站，他睡醒一觉，迷迷糊糊地下了车，被铁道旁的流氓抢了钱，还挨了一顿揍。他蹲在火车站边，被铁路警察发现，送回了河南老家。他浪迹天涯的计划就这样戛然而止。

　　姥爷找了他两天就不找了，姥爷说，他爱去哪儿就去哪儿吧。

　　如果生活就这样平静地过下去，虽然不富裕，好歹是双职工家庭，依然能够安稳度过。

　　然而，就在1986年，也就是切尔诺贝利核泄漏的那一年，姥姥正在高层作业，在没有任何防护措施的情况下，不慎一脚踩空，从几层楼高的地方掉了下去，当场去世。这件事情上了通报，让其他的工人引以为戒。不多时，那个核电站被叫停施工，原因是内陆城市不适宜建立核电站。

　　姥姥去世时，身上还穿着那套破破烂烂的蓝色工作服。家人们翻遍家里的衣柜，也找不到一件像样的衣服，还是老乡帮忙在外面现买了一套秋衣秋裤，姥姥才得以体面地入殓火化。

　　那一年，妈妈只有21岁，她在姥姥的尸体边哭得震天动地，她和姥姥一直关系紧张。直到姥姥去世，母女二人的手都没拉过。

　　失去妻子的姥爷更是将一切心力都投入了工作当中，很快，孩子们都被分配到了北京工作。由于无人照顾，姥爷两次因为胃出血进了医院。当妈妈从北京赶回去看他时，他刚打完点滴出院，穿着不再鲜亮的蓝色工作服，手上贴着打点滴的胶布，孤零零地去食堂打饭。

妈妈看到以后就哭了。那些场景让她受了很大的打击，她暗自发誓，这辈子绝对要出人头地，不能和父母一样，临了连件像样的衣服都没有。

"你姥姥去世那天，我听他们说，人掉下来，就没有气了。"

我的奶奶坐在椅子上长叹："你姥姥白里透红的一个人，大眼睛，很好看，见到我总是笑着打招呼。"

在那次大搬家中，我的爷爷也从青海去了四川，做保密司机。由于保密，千万人隐居在远山深处，沿途没有任何地名，全部都用核工厂的数字来代替。只有核工业基地的保密司机，才会对这些错综复杂的山洞了如指掌，爷爷把有关汽修的一切问题都记在了日记里，甚至还画了大量电路图。

那边的盘山公路几乎都是"S"形大弯道，据有关资料显示，在核工业基地里，有七条公路通到不同方向，每条公路都是双向车道，能并列行驶两辆卡车。据该基地的工作人员说，在这里开车都是一脚踩油门，一脚踏地狱之门，四辆车中就有一辆翻车，而翻车的后果只有一种：车毁人亡。

多年和家人分离的生活令人不堪忍受，在四川稳定以后，爷爷想办法找领导开了介绍信，终于把留守的四口人接出山东。

离家走得匆忙，奶奶把家里的东西匆匆分给了亲戚们，怀揣着快乐的心，带着三个孩子，坐在火车过道里摇晃了三天才到了广元。通往深山的公路错综复杂，他们被晃得五迷三道，终于来到了乏燃料处理厂 821 厂旁，浅浅地扎下根来。

十几年过去，一家人终于团圆，这时她的大儿子已快要上高中。

爷爷负责接送科研人员和工人，奶奶不识字，只能去做装卸工，给铀浓缩反应堆和核电站扛建筑材料。她们从解放车上卸下来水泥、石头和沙子，每个人的工钱都一样，不按袋数来算。有人会偷懒，但奶奶总争当先进，人家每趟扛一两袋，她就扛三四袋。这让她的腰椎间盘滑脱，腰椎迅速垮了下去。

有两次火车来运物料，都赶上了她生病，只好让大儿子代替她去。饱经世故的精明妇女们看见了小伙子来帮忙，自然很高兴，一直鼓励他多扛点儿。清瘦的少年受到鼓励，一直闷头扛水泥，一袋 100 多斤。一天下来，足足扛了几十袋，回到家就累瘫了。第二天，奶奶便去工地抗议："你们可太坑我儿子了……"

平时，她们在工地上干活儿，听见汽笛长鸣，便知道"毒"要经过了。她们所谓的毒，就是乏燃料和相关放射性废水。军人在前面开路，后面的卡车拉着核废料经过，把它们抛到安全地带去填埋。过路的人都知道有毒，早就跑得不见踪影。

中国核工业建设集团公司的正式职工月工资有七八十块，而奶奶一个月最多只有 30 多块。他们舍不得买桃子和苹果，就从当地的老乡那里买山上摘下的小青李子。卡车经过后，她会在工地上吃小青李子，一口下去，又脆又甜。现在她看见市场上有卖小青李子的，就会买回来给我吃。"我在南方吃过，真的好吃。"

奶奶除了做装卸工外，还想尽一切办法赚钱。她做裁缝，绣绒花，找人剪了样子，一针一针扎在布上，再翻过来剪线，美丽的绒布图案因此乍现。儿子大学放寒暑假回到家，也会帮她一起绣。她还支起了卖烤地瓜的小摊，刚卖了没几天，女儿从山东回来了。女儿不愿在四川做纺织厂女工，便嫁回了山东，婚后受到严重的家庭暴力，生了重病回了四川。奶奶只好放弃地瓜生意，一心一意地照顾女儿。

在经年累月的汽车司机生涯中，爷爷的心脏不堪重负，发展成了严重的心脏病，甚至到了吃一块糖都会昏厥的地步。但无论是在伊尔库茨克，在四川，还是在北京，无论开什么车，爷爷从来都没有出过一次事故，还获得了核工业荣誉证书。

在中国核工业建设集团公司准备迁往北京之际，当时四川到北京还没有高速公路，爷爷他们就组了一个车队，摸索着地图，从四川的山路一路开到了北京，现在看来是件特别切·格瓦拉的事。

当时爸爸看见爷爷如此辛苦，便发誓要好好学习，于是更加刻苦，在四川的床下，半夜还用小煤油灯点灯读书，结果被爷爷揪出来，狠狠揍了一顿。

爸爸非常热爱学习，学习成绩十分优异。他高考时正好赶上二机部和浙大合作招生，高分考入浙大的土木工程系，学了几门语言，后来他进入了中国核工业建设集团公司，成了一名土木工程师，妈妈也是同样的分配。爸妈于 20 世纪 80 年代来到北京工作定居，结婚时，爸爸去蓝岛大厦给妈妈买了一对金耳环，没让双方家里出一分钱。

他们婚后没有房子，只能住在西直门工地的地下室里，房间简陋，只陈列了简单的家具和锅碗瓢盆，冬天冷夏天闷，他们睡在由两根柱子撑起来的吊床上。妈妈怀我的时候，半夜大雨倒灌进地下室，她和爸爸起来舀了一夜的水。第二天骑自行车上班时，她忽然摔在路上了，晕了过去，醒来一摸肚子，发现我还在，又继续去上班了。

爸爸为了给我赚点儿奶粉钱，在寒冬的周末，兼职在西直门大街上给人洗车。而妈妈在 20 世纪 90 年代末，跳槽到了香港的房地产公司，为了给我更好的生活。

他们所在的中国核工业建设集团公司做过秦山二期核电站，而他们在房山阎村做过中国实验快中子反应堆，如果你开车经过五环路，还能看见那个 1999 年就开始盖的反应堆，获得了中国核工业建设集团公司科技进步一等奖。

如果你开车经过三环中关村，还能看见中国科学院力学所，是他们 1998 年盖的，有一项深基坑圆形护臂结构逆作施工技术获得了国防科学技术三等奖。

如果你开车经过二环，动物园对面是中国科学院古脊椎动物与古人类研究所，获得了国家优质工程奖，中科院古脊椎动物与古人类研究所还送了我们一套茶壶，那是我童年伊始的记忆。

当然还有国家微重力宇航落塔工程等一系列保密项目，其实这些对我一个门外汉来说，不过是宏观的成果罢了。

我印象更为深刻的是，在我上小学时，父母都挤在原来那个房子狭小的客厅里，坐在白色的塑料方桌前，一本一本地复习所有的土木工程考试资料，希望能多考几个工程师资格证，让生活过得更宽裕一些。

在幼儿园的六一合照上，我穿了一件特别深 V 的白色滚花的粉色纱裙，那是我童年记忆里最好看的裙子。

当我美滋滋地拿着这张照片，夸妈妈给我挑选的裙子多么时髦时，妈妈叹了一口气："那时候穷，特意给你买大几号的裙子，为了让你能多穿几年。"

我才发现别的小孩都穿着白色连裤袜和漂亮的凉鞋，我只有普通的白纱袜和透明塑料凉鞋，站在最边上，看向镜头外的妈妈。

而那条粉色纱裙又宽又肥，一点儿也不合身，但我仍然觉得那是我穿过最美丽的小裙子。

记得我 8 岁时，妈妈回老家去看望小舅。那时，我的小舅已经不再是照片上那个英俊活泼的少年，也不是那个会拿整个月的工资去工体听崔健的摇滚青年，而是一个被太阳晒得黝黑，顶着大肚子，头发打绺的油腻大叔了。这个双职工家庭曾经的希望，又重新回到了农村去养猪。

"我最漂亮的弟弟，成了一个真正的农民！"她冲着弟弟嚷了几遍，她想笑，咧了咧嘴，眼眶红了，没有笑出来。

一代人的芳华已逝，221 厂也早已被撤销，像我家这样的平凡家庭还有很多，他们踩在了钢铁巨人挥手动作的每个节点上，在共和国的大厦里耗尽了青春。很多参与过核工业建设的老人都已作古，姥姥、姥爷、爷爷和大姑这些走过历史节点的人也都和各自不幸的命运相遇，过早地离开了人世。

奶奶在 70 多岁的时候，做了腰椎的大手术，去掉了几块病坏的椎骨，之后仍然坚持去捡废品，有次她从别人抛弃的儿童玩具里，捡回一辆小汽车，兴致勃勃地拿给我玩。

一枚刀口入燕郊

两岁时，我从北京搬来了燕郊。20世纪的最后几年，我一直生活在这里。

那时华北平原的气候还很分明，夏天会下透明的烈日雨，冬天会下漫天的鹅毛雪，无论是大颗的雨滴还是棱角分明的雪花，都让我感觉非常痛快。

夏天，我和爷爷都爱吃小雪人雪糕。小雪人戴着棕色的绅士礼帽，方正的奶油白脸颊，睁着圆眼睛，微微笑着。有时奶油冻歪了，有的雪人嘴歪眼斜，有的雪人是哭脸。在撕开袋子前，谁也不知道手里的雪人到底什么样。我们常常一人一根，互相攀比谁的雪人长得好。吃完小雪人雪糕，爷爷会带我去草丛里捉蚂蚱，捉住就把蚂蚱拴在狗尾草的茎上，拴一串带回家去给奶奶，奶奶烤熟了给我吃。

冬天，我穿着长到膝盖的天蓝色羽绒服，中间有同色的棉抽绳，左右两个大口袋是杏色的，上面有小红伞、小梅花鹿和小花猫等图案。出门在雪地里疯跑、攒雪球、打雪仗、堆雪人，手指冻得像红萝卜。我总想到王尔德笔下的快乐王子，想到他蓝宝石做成的双眼和被冻死的小燕子。

玩够了，我就回车子棚去。出山东几十年，辗转苏联、青海、四川和北京，爷爷奶奶仍说一口临朐话。"车子棚"三个字一定要用山东话读成"扯紫碰"，爷爷自然就变成了"砍扯紫碰的（看车子棚的）"。

20 世纪 80 年代末，军工产业大规模改革，全民开始发展经济民建，中国核工业建设集团公司向北京迁移。彼时，四川到北京还未修成高速公路，爷爷一行人拿着地图和指南针，组成了一支越野车队，从广元一路开到西直门。中核、中海石油、中铁隧道等国企把家属院建在了三河市的燕郊镇，小燕郊由此成为开发区。

从爷爷在伊尔库茨克买到第一辆苏式摩托，到他开着大巴从北京动物园驶向燕郊，几十年的驾驶生涯中，他唯一的事故是撞了一头老乡家的驴。

爷爷退休后，负责看管我们大院的自行车棚，顺便帮人修车补胎。从大公交、小轿车、摩托车到自行车，他都会修，一个月挣的200 块维修费全部上交。为了打发时间，他还在车棚的小传达室里开了个小卖部。

爷爷奶奶住在二楼，而车棚在他们那栋楼的北面，是用红砖抹水泥砌成的。双尖顶，顶层搭着铁皮，结实地摁着水泥砖，防止屋顶被大风刮得飞起来。车棚墙上有几扇透气窗，竖着螺旋纹的钢筋，风吹日晒成了黑橙色。车棚有一扇大门，大门右面的墙上，偶尔会贴上毛笔小楷写的各类红白告示，糯米纸被风一吹，生脆地抖。

车棚里面挤挤挨挨地停着几百辆自行车，车棚矮，右边又是五

层高的家属楼，阳光透不进来，里面显得阴惨惨的。进门的左手边
是我们的小屋，屋里也阴阴的，没有窗。

邻居张依然姐姐骗我们说车棚里面有鬼，还说有几块糙木板是
人骨头做的，说得有鼻子有眼，吓得我们魂不守舍。当夜我就梦见
自己站在车棚深处，眼前是一辆黑色双杠自行车，车座上落满了灰
尘，似乎有什么东西要逼近，可我怎么跑也跑不动。

我从梦中惊醒，大口喘气。

奶奶也醒了，问我："你刚才梦见什么了？我听你喘气喘得好
粗。"她一把按住我的胸口，又说："你的心在咚咚地跳啊。"

那是我人生第一次做噩梦，我永远地记住了那三个字的语调。
咚咚地，临朐话的拟声词"咚咚"多用三声，语气词"地"用四声
加强语调。舌尖一定要用力地弹几下上颚，这才有惊魂的效果。

有时白日醒来，奶奶家里没有人，我就会光着身子冲到楼下大
哭，被抛弃的恐惧统治了我，我不敢跑得更远。我胸腔里的小人儿
疯狂拉起风箱，嘹亮而高亢。如果奶奶听到哭声，她就会从车子棚
赶来，把我带回家。

一天，我照旧冲下二楼，站在楼道口大哭。哭了大约十分钟，
我突然意识到这没有什么，我周围的景色如常，我依然维持着一个
完整的我，而这样光着身子不太好。我停止哭泣，擦干眼泪，又跑
回了二楼。

进了车棚小屋，姑姑正坐在暖气边，穿着藏蓝色棉袄，戴着黑

底小彩花套袖的胳膊抱在暖气片上。铸铁暖气疙疙瘩瘩的，喷了银粉，让我想到海神的魔叉，粗糙又锋利。姑姑两颊生了雀斑的、浅棕色的脸埋进胳膊，神情哀怨地看着我，说："你岗欺负我。"

岗在山东话里是"很"和"总"的意思。我又委屈又诧异，不知该如何回应。我出口的辩解，就像壁球那样被打回来。她会说："你岗瞧不起我。"她有时会暴怒，有时会痛哭，总之，是基于各种各样奇怪的理由。

有时候，奶奶也会帮着姑姑数落我。心情好时，奶奶还会好声劝我："你别欺负你姑姑了，她有病啊。"

我不明白其中原理，小心翼翼地跟姑姑说话，可她总是不开心。一如我三岁时的冬天，天总是阴沉着，北风吹着很冷。我们几个窝在爷爷的车棚小屋里，看着黑框电视的小屏幕，红绿相间的画面和窗外一起飘起雪花，风撞得小屋那扇窄门砰砰响。

我不知道姑姑生着病，也不明白为什么表姐塔塔总联合张依然欺负我。

塔塔比我大四岁，比我高半个身子，和她妈妈一样梳着短发。她们的短发垂到脸颊侧面下端，像黑亮的蘑菇，甩来甩去很好看。而我的头发倒扣在耳朵上面，像个锅盖，是我妈亲手给我剪的。为此我被小女孩们叫作西瓜太郎，我气坏了。

我一直觉得塔塔的名字很好听，奶奶说是从苏联名字娜塔莎中给她取的小名。多年来，奶奶一直有苏联情结。姑姑出生在伊尔库茨克，刚生下来就被苏联护士扔到冷水里冲澡。姑姑的小名也好听，奶奶总叫她香香。可无论是香香还是塔塔，名字漂亮的人，都不是好伺候的主儿。

每当姑姑带着塔塔表姐从山东来燕郊住时，我就经常感到一种无形的压力。我尝试着讨好塔塔，像所有小女孩都会对姐姐做的那样。然而，塔塔和她的母亲一样阴晴不定，以弄哭我为乐。

奶奶说："你两岁时，塔塔带你在咱们二楼的楼梯上玩，在最高的那层台阶上把你推下去了，你的鼻子和嘴全磕破了，都是血。你哇哇地哭，我和你爷爷听到动静出门，把塔塔狠狠教训了一顿。"她从那次开始就记仇了，我脸上现在都有一道白色的疤。

塔塔什么都要和我抢，伸腿绊我，从背后推我，用小石头扔我。我号啕的声音是塔塔最好的战利品，她一面品尝着甜滋滋的喜悦，一面大笑着跑到远处，不玩到天黑不敢回家。她知道左右躲不过一顿责备，晚些回来能延迟爷爷奶奶的愤怒。

最过分的一次，她把我踹倒在雪后的泥水坑里。我和大地迎面鼓掌，脸贴着地，头发乱了，手心贴了泥，新棉袄和棉裤全湿了。我闻到冰下的冻泥味和孩儿面混合的香气。等我挣扎着起来时，她已经跑回家了。追不上塔塔，我的心像二踢脚那样蹿着，在胸口里炸出雷响，它想上天宫告御状。

我拖着沉重的棉袄，哭着走到姑姑面前。姑姑大吃了一惊，高声斥责了正在看电视的塔塔。

塔塔拿眼角余光瞥我，忍不住扑哧笑出声，狡辩道："我怎么知道她会这样，她自己不小心摔的，又不是我对位（故意）的。我真的不是对位的。"

打人总会留下痕迹，我也会向爷爷奶奶告状。但我的语言发育速度远远赶不上塔塔，不能将很多事一五一十地复述出来。于是塔塔想出了绝妙的办法，比如让张依然联合其他小孩一起孤立我。在那个玩"蹦格子"都需要两个小孩的年代，一句"不带她玩"最能戳中我的软肋。院里的小女孩慑于张依然的威力，不再和我一起跳皮筋或蹦格子。我只能远远地看着，如果我走得近点儿，她们就转移到另一栋楼前玩。

有时，塔塔会在我能看见的地方，召集其他小孩扎成一堆，故意编出许多谎话来中伤我。如果我大声反抗或是走向前去，她们会离得更远，大声嚷："谁说你了，自作多情。"之后张依然和塔塔会继续嘲弄我。我不能将这些归咎于塔塔，她似乎没有直接责任。

直到今天，我也不能精准地表达出这种感觉，也不能将它画成某种图形。当我的反抗被证明无效，而诉说又无法抵达女孩们所发出的屏障波时，我只能跑回家里哭。女孩的霸凌相对于男孩的暴力，的确更为隐秘。

我关上奶奶家那扇浅绿色的铁门，坐在藕荷色的瓷砖地面上，面对着绿门，背对着饭桌，靠在右边的墙上呜呜哭。墙的另一面是大屋，全家人正在沙发上坐着看电视。

我蹲在地上，抱着穿着红色健美裤的小腿，不敢提高声量，也没有勇气走到大屋。我害怕家人的责问，有时妈妈气不过，会替我出头。她小时候只用一条红领巾就能把邻居三姐弟打趴下。干部家的孩子被工人打了，她觉得我没出息。但那早已不是他们的时代了。

几十分钟里，我一直在哭。我的圆脸像面团那样发起来，嘴唇也高高肿起，鼻涕沾满了袖口，眼睛旁的皮肤被手背搓疼了。爷爷他们看电视时发出的笑声从墙的那一面清晰地传过来，我一想到他们并不知情，就哭得愈发激烈，最后哭得没劲了，只好头顶在墙上呜咽。

我如此无能，并过早地品尝到了绝望的滋味。我和那些被塞进火炉的蚂蚱一样，我想到它们被狗尾草扎穿了脖子，骨肉的缝隙里淌下绿色的血。夏日的情景在我的泪珠晶体中闪耀着，浓艳翠绿。

终于，一集电视剧结束。脚步声窸窣移来，耳边响起家人惊诧的问候："你这个小孩，怎么一个人躲在这里哭？怎么不告诉我们呢？"

姑姑和塔塔已经回了山东，她们留下了一些什么东西，仍在家里嗡嗡盘旋，嘤嘤咛咛。要到很久很久以后，我才能理解。她们走后，我的春天来了。六小龄童在电视上挥舞着金箍棒，每次他都能赢，我跟着电视唱"杀你个魂也丢来魄也落"。我喝着娃哈哈。我又是一只油光水滑、上蹿下跳的好猴儿了。一直压迫我的感觉，消失了。

因为采光不好，靠近车棚大门的小屋里，白天也要开着小黄灯。屋里窄小，进门正对着一张单人床，床尾放着柜子和电视机，柜子里塞着几箱方便面和干脆面，那是小卖部的仓库。靠窗的地方有一张长方形木桌，木桌和床之间勉强放一把小椅子，爷爷的账本放在抽屉里。

桌上的盒子里摆着方正的"大大"泡泡糖、插在塑料小穹顶上的"真知棒"棒棒糖，圆塑料盒里是圆圆滚滚的西瓜泡泡糖，新拆的包装盒里是瘦长甜美的"流口水"、小包白色的"无花果"和红白相间的"牛羊配"。旁边的货架上放着颜色鲜亮的"小浣熊"干脆面，要撒上调料后，捏碎了才好吃。

有时爷爷在外面修自行车，我坐在桌子后面当小老板，只有脑袋能露出来。闲得无聊，我不停往嘴里塞泡泡糖，努力用舌头抿出泡泡。大多数时间都是失败的，这令我愤怒。

发小有时过来找我玩，趴在窗户外，越过小桌子巴巴地看着我。我也乐于给她们分发零食，听几句吉利话。我知道，一两块"大大卷"在爷爷看来是无所谓的。但有次我为了讨好玩伴，竟分出去小桌子上的半壁江山，不仅奶奶急坏了，从未对我生过气的爷爷也嚷了我几句。从那以后，我就不敢再慷慨相赠了。

我也不敢把小卖部里的好吃的全吃掉，这事的确发生过。

三岁时，我还够不到车座，只能站起来踩着奶奶那辆蓝色的大三轮车，载着爷爷去门口卖奶奶做的山东卤肉。奶奶炖的卤肉极香，往灶里添了柴火，汤里加上卤料袋，放进猪大肠、牛肉、鸡爪子和豆皮卷等，在锅里炖上几小时。趁热捞出来，猪大肠往案板上那么一滚，奶奶不顾烫，立刻用大菜刀将其切成很多小段，肥肠的油脂浸透了料汁，咸淡适宜，滑而不腻。我爱吃极了。

我在前面卖力地蹬三轮，甩着长到耳朵的锅盖头，一面往大门口骑，一面嚷着让爷爷坐到车沿。我多么想展示自己与日俱增的力量，那股从地里直贯穿到我身体里的生长力，就像爷爷种在地里的萝卜，在地里扎紧了细细的脚，拼命往上蹿。

我是院里最早学会骑大三轮车的孩子，我骑得风驰电掣，仿佛踩着风火轮。我还能载得动爷爷，这让我蹬得更起劲了。我的脚像是踩在棉花上，我感到小腿的肉变得坚硬，平日里和我腰齐高的车轮，此刻正飞快地往前冲。

爷爷总是给车轴上满了油，骑起来如丝般顺滑，就像我快乐的心。他怕我骑不动，根本舍不得坐在车上。快到门口的瞬间，我感到车后一沉，爷爷赶上来坐了一下，又瞬间跳了下去。耳边响起奶奶常说的那句话，"咪咪的腿戢戢的（太结实了）"。

到了大院门前的街道，我和爷爷支起玻璃柜子，里面摆好整条色泽丰润的猪大肠，可以按照顾客的不同需求切成小段；肉质紧实的牛肉，用牙就能撕出软嫩筋道的小条，咸滋滋的；奶奶把豆皮卷成卷用棉线拴上，白味的豆皮吸足了汤汁的咸，嚼的时候很有劲头。我陪着爷爷站在街边卖卤肉，有时累了坐在马扎上，时不时对他说："爷爷，你给我切一块肠子吧。"

爷爷从来都不忍心拒绝我，那咸津津的嚼劲总让我流连忘返，肥肠一条也没卖出去，都被我吃光了。过了一段时间，生意不好，爷爷奶奶就收摊了。

我一直觉得是我把家里的小生意给吃垮的，我的确是个食欲丰沛的孩子。因此，我兢兢业业地守着小卖部的桌子，一边聚精会神地看黄眉大王，一边喝娃哈哈吃干脆面。

有时看完《西游记》，我把小绿门带上，出去看爷爷给别人修自行车。大多数客户都是车胎漏气才过来的，没有太多的技术含量。补好车胎后，爷爷会顺手给那些自行车的链条上机油，这让大人们骑起来腾云驾雾，个个都是齐天大圣。我蹲下来，看见黑机油嵌进爷爷那双手的皮肤细纹里，衬得皮肤愈加粗糙，手指在冷水里一打晃，指头冻得通红。爷爷的手沾完冷水，寒风吹得手指皴裂破口，深红的裂口，凡士林不管用。那双手缠着医用白胶布，就着一点儿阳光的暖气，拿起银色的小扳手，推出小黑工具箱，忍着疼，继续干活儿。

我总想找爷爷玩，然而他总在忙大大小小各种事。

爷爷忙的时候，我会和发小们一起跳荒草地上的楼板。那些楼板是大院盖楼时剩下的混凝土预制板，起重机把它们运到车棚边的荒草地里，一块块垒起来，堆成二至四米高。它们一堆接着一堆，像砖青色的方块巨人，站满了整片荒草地。楼板堆之间钢筋交错，下面野草疯长，钢筋手拉着手，看上去关系不错。我们站在顶层，从上面往下看，深不可测。

我爱从底层的楼板爬上去，在上面来来回回疯跳，我想征服最高的楼板。半蹲蓄力，起步跳远，从一堆楼板蹦到另一堆去，为此我经常磕破腿，摔得震天响。

奶奶说，三岁时我跟着张依然她们从最高的楼板往另一处跳，高度相差太大，我摔在了板子上，趴着不动了。周围的小孩吓坏了，赶紧跑去报信。

有大人跑到家里通知我奶奶："快去看看吧，咪咪跳楼板摔死了。"奶奶大骇，放下手中的擀面杖，往车棚那边赶。到了板子那儿，她摸了摸我，发现还有气。奶奶爬上楼板，慢慢地把我背回家，轻轻拍我。

缓了一下午，我又开始喘气，奶奶应该念了很多句"窝咪托佛（阿弥陀佛）"。我活过来了，但对此毫无记忆。

除了跑步、跳楼板、骑三轮车、拍画片、滑旱冰这种用蛮力的运动，我的肢体似乎永远无法在跳皮筋那类技巧性运动里达到和谐。我就像在陆地上行走的美人鱼，大腿抬不到胳肢窝的高度。我巴巴地看着发小在皮筋上跳"马兰花"，看女孩们的小腿上下翻飞，直到奶奶在二楼喊我回家吃饭。

我在女孩们最热衷的娱乐活动里抬不起头。在大院女孩的眼里，跳不好皮筋，就等于没有社会地位。往往大家撑起皮筋，看我立在一边，便纷纷面露难色，生怕我拖了哪一拨人的后腿。女孩们商议之下，只好让我当小豆包，跟着两拨人一起跳，无论跳成什么样都不算输。

于是我依旧爱跳楼板。我经常会从三四级的步行台阶上蹦下去，梦里我在平地上起飞，在楼宇间游泳，我终于拥有了孙悟空的本领。梦里的我欣喜若狂，为我能戳破现实之维，拨动空气中的纤维，像鼯鼠那样滑行。

奶奶担心我的膝盖会跳坏，爷爷则从来不阻拦我。

塔塔走了以后，我和院里一个叫小枣的男孩成了死对头。小枣比我小两岁，平常随父母住在保定，有时会到奶奶家来玩。我俩一见面就撕打到一起，每当他处于下风时，他都会喊来他四处闲逛的奶奶帮腔。

他奶奶穿着白色棉布小蓝花的赤膊背心和水泥色的确良裤子，个子很高，腰身粗壮，穿白棉袜的胖脚蹬着一双黑绒系带布鞋。她敏锐地捕捉到了孙子的求救声，从十万八千里外闲聊的老太太堆里冲过来，身后升起一阵土雾，一双杏仁大眼被炼丹炉熏得又红又亮，瞳孔里燃烧着复仇的怒火。

看我爷爷奶奶不在身边，她半弯下腰，将她的孙子护入羽下。从她口中吐出的脏话，比她不谙世事的孙子更为不堪，她拿着蒲扇像拍苍蝇那样"啪啪"拍我。我跳起来四处躲，绕着大巴车跑了两圈。随后她用腋窝夹住蒲扇，用手撕扯着我的衣服，要拉我去车棚告状。

起风了，漫天的土雾在我们的撕扯中愈加弥散，夕阳像黄酒一样泼得到处都是，穿着小褂子的我有点儿冷。我告诉自己别哭，用力睁大眼睛，把泪水逼回去。我拼命挣扎，想要把自己的胳膊从那两只胖胳膊中挣脱出来。我蹲下身，半闭着眼睛，像一辆小型推土机，在大风中犁了十几米的地。

最后，她放弃了。

我常常在这种力量严重不匹配的对抗中败下阵来：涕泗满衫，胸口剧烈起伏，整个人像被火车撞翻的野马，躺在草丛中，看着夕阳慢慢变冷。

奶奶说："那老太太歪得很，说不明白，护犊子得紧。"几番交涉之后，不了了之。

周六的清晨，我在车棚前面玩，小枣突然走过来对我冷嘲热讽，我们自然又叫嚷了一场。我又输了。战斗结束后，我站在车棚的水泥坡下，捡起一块碎石，用力向车棚的铝板大门扔过去，以发泄心中的不甘。

不料，小枣正得意扬扬地从大门前经过。石头似乎长了眼睛，正中他的脑门儿，血从他脸上淌下来，他哭着叫我爷爷的名字。

爷爷正站在车棚边的槐树下干活儿，见此情景，立刻抱起小枣往医务室冲。看着爷爷的背影消失在那栋楼的拐角，我从未看他跑那么快过。我经常让他来追我玩，我总是跑得比爷爷快很多，这让我得意。爷爷心脏不好，常常追几十米就停下了，一边捂着胸口一边笑："这个咪咪，跑得突突的。"

霎时一个念头弹出，爷爷会心脏病突发吗？我吓得落荒而逃，一面跑一面想，我居然把人打流血了。我从车棚一路狂奔，冲向最南的家属楼，连攀五层，回到了爸妈家。

爸妈正在睡觉，见我脸色煞白地冲进卧室，忙问我怎么了。他们一向脾气暴躁，我怕开口又引一顿打骂，赶紧摇摇头说没什么。

我和父母的感情并不像我和爷爷奶奶那样亲密，他们对我有各种各样的要求。然而闯了祸，回到还不知情的家人身边，似乎能在暴风雨到来前得到片刻宁静。我坐在床沿，忧虑地看着柜子罩布上的花环，无数个念头在我心间冲刺：我这辈子就要完了。我会坐牢吗？我可能要坐牢了。《未成年人保护法》会保护我吗？

终于鼓起勇气回到车棚，我垂着头，只敢用眼角的余光觑着地。地上什么都没有，没有石头，也没有血。爷爷已经打扫干净。他照旧坐在门口修车。我走过去解释说："爷爷，我不是故意的，只是碰巧他从门口过。"他只回一句："你把人家小孩的头给打破了，下次可别这样了。"

让我吃惊的是，爸妈知道后，并未对我发脾气。最后这件事以爷爷买了东西，去小枣家赔礼道歉告终。

小枣两天后才出现，头上破了皮，贴着白纱布。他依旧愤愤不平，但不敢再来惹我，只是狭路相逢间叫骂几句。然而他的奶奶并未放过我，在路上见了我，定要追着我骂一顿——她认为我是故意的。这时候，我就会铆足了力气往车棚冲，只要我跑得够快，她的拳头就揍不上我。

不久，小枣回保定了，像送走塔塔一样，我很快忘了小枣。因为夏天来了，我有野樱桃吃了。

空气中植物的气息更浓烈了，华北平原绿得很快，嫩青的枝芽很快就变成了深绿，春天尚且有些桃杏玉兰，随着布谷鸟的叫声临近，花期转瞬即过。夏天被满院的三球悬铃木和灌木丛染成深绿，院内的蔷薇花丛也只剩了秃头。

烈日下，我的胳膊逐渐被刷上了棕色的日影，新鲜的肉味不断被汗水蒸起。我们用力推开矮冬青的枝叶，挤进每栋小楼后的花园，踏进繁茂的草地，要当心蜱虫、蚊子和跳蚤，还有会立刻钩住脚趾、脚踝和小腿的剌剌草。我们的小腿上常常有螺旋上升的一条条血痂，划到小脚趾的伤，细小磨人。大概花园不喜欢孩子们进来，便让鸟播种了满地的剌剌草。我想起王尔德写的《巨人的花园》，巨人也会用各种方式把孩子们赶走。有孩子说，在伤口上吐口唾沫就不疼了，唾沫杀菌消炎止血。

我们用手指小心地摘掉剌剌草，还要小心地上那几簇斗志昂扬的剑麻。剑麻长得极为旺盛，在小槐树的遮蔽下毫无顾忌，它们似乎洞悉了孩子们抢夺野樱桃的心愿，总是横戈跃马地拦在矮冬青的入口处，我们需要贴着墙边的水泥窄路小心前进。如果我们穿行时不小心打了趔趄，就会被那绿尖扎得痛不欲生，不忘大叫一声"荆棘丛"！

白头鹎的叫声在遥远的树梢，滴溜婉转，远处的斑鸠听到人声，不再咕咕。我们满身伤痕地走到野樱桃树下。野樱桃树的个子不高，成人触手可及，但孩子们需要仰望。我掏出从家里拿的塑料袋，踮起脚，从树枝上摘下浅红色或桃红色的野樱桃，它们只有指甲盖那么大，圆润可爱，酸甜可口。

有时着急，我会折下一两根野樱桃枝。野樱桃叶子上覆盖着轻软的绒毛，是一片片小小的锯齿形心脏，和凌厉傲慢的剑麻相比，真是温柔。绒毛蹭在脸上，我们的脸蛋会过敏，孩子们抓耳挠腮，像极了猴儿。那红沉的大果往往在树枝的高处，我们无论怎样踮起脚，用力压下那大片的树枝，都无法够到最顶层那片红樱桃。

偏偏有一次，我特别想摘那棵树上最大的野樱桃，非要把它搞到手不可。

于是，我跳着去够那相邻的树枝，同时将身子呈 45 度拼力前倾，我的胳膊被枝杈划出几道粗糙的血痕，野樱桃树在奋力守卫自己的果实。我不顾疼痛和刺眼的阳光，在野樱桃树的抵抗中用力厮缠，奋力一跃，终于成功了。

那颗大樱桃在我手中如此夺目，表皮微微发烫，肚子红润鼓胀，边缘有着细腻的绒毛。它的香透过红软的表皮，永远入侵了我的心。我的发小在一边，脸色暧昧不明。

回家后，我拿报纸垫着它，细细欣赏了半天，它仍是那么圆，似乎还未从被摘下的诧异中惊醒。我回想着我那胜利的一跃，这是足以载入我人生史册的英雄事迹。我向爷爷奶奶大肆炫耀了一番，描述着其中的辛酸和艰难，然后用手指捏着，将它一口吞进肚中，美滋滋地午睡去了。

等到下午醒来，奶奶戴着草帽从门外进来，手里拿着一兜子野樱桃，果子里夹杂着新鲜的野樱桃枝叶，有些果子被挤坏了，染得满塑料袋都是粉红的。"咪咪，我看你岗爱吃。我到别的楼后面，给你摘了岗多大的圆的，你快吃吧。"奶奶的胳膊也被划出了一道新鲜的长血痕，我抱着她的棕胳膊，把脸贴了上去。

我拎走那一兜野樱桃，坐在床边的小板凳上，一边吃一边抹眼泪，嘴里都是酸酸的。

野樱桃果落了没多久，大院里出现了一位流浪汉。他头发留到脖子，蓬着打绺，蓄着黑蓬蓬略带焦黄的半长胡子，戴着一副磨损严重的眼镜，镜片泛黄，一只镜片蒙着，眼镜腿用胶布缠起来。他不分季节始终穿着那件灰蓝的破棉夹克，材质颜色有些发暗，金色的拉链早就坏了，棉夹克里是看不出颜色的衬衣。他穿着脏兮兮的黑裤子和布鞋，蹒跚地走在路上，如果凑近了，还会闻到一股类似于霉陈的豆油味。

爷爷帮他在大院里找到了栖身之所，对面的新车棚垒起来了，他在那儿的小传达室住了下来。大院集体供暖，他能度过整个寒冬。

起先，他帮着爷爷打理车棚的大小事务。有时吃那种用泡沫塑料盒装着的盒饭，有时奶奶把做好的饭给他和爷爷带去。他们在车棚里支起小茶几，爷爷把家里的筷子分他一双。我有时会跟他聊《西游记》和《水浒传》，主要是炫耀我在"小浣熊"干脆面里得到的新卡。

他精神有点儿问题，有人叫他疯子，我们就跟着叫。他对我很热情，总是问我上学的事，我则视心情回答他的问题，大部分时间对他感到不耐烦，甚至嘲弄他，做鬼脸，从他身边跑开。

爷爷奶奶告诉我："他很可怜，你不要欺负他。你好好跟他耍，不要欺负他。"

疯子也会捉弄我，碰见我在疯玩，总伺机向我爷爷奶奶告状。时不时，我奶奶在车棚前训我，他倚在对面车棚的门上，笑眯眯地看着。他喜欢跟孩子在一起，我还说服了我的发小一起和他玩。

我们总问他："你从哪儿来？"他笑眯眯地说："我是从天上飞来的。"

"那你飞一个给我看看。"我知道他在说谎，可又想看看他怎么飞。

"我在你睡着的时候飞，你看不到。"

"你根本不会飞！"我大声嚷嚷，又蹦了几下，狠狠跺脚。

他从灰蓝色的口袋里摸出来几根"真知棒"，放在手上递过来。我看着他粗糙的手掌和厚而长的指甲，光鲜亮丽的圆脑袋们在他手里像被绑架的孩子。

我又问："你给我们的糖是不是有毒？"

他又笑了："我从你爷爷那儿买的。快吃吧。"

"真知棒"相比其他糖来说算是高级货，我们夺过"真知棒"，飞弹出去。他拿小零食来讨好孩子们，这让我们喜怒无常的交流维持在一个可持续的平衡空间。

他打下手做得不错，又申请到对面车棚去看大门。他学着爷爷的样子，在那边也支起了写着"打气、补胎"的小纸壳子，做起一点儿小生意，这让他挣得了些体面。也许有我爷爷经常帮忙的缘故，他不好对我发脾气。我也没有看见他对任何一个人发过火，这大概是他的生存之道。奶奶说他不错，可以一直留在这儿生活。

他的小厨房也支起来了，我趁他不注意，把他的调料瓶偷走，去荒草地对面的小城墙上玩过家家。我们拿红砖头磨出"辣椒面"，在地里挖野菜，用青石头把野菜砸碎炒菜，拿树枝当筷子，等太阳把菜蒸熟了吃饭。

我用他的胡椒面拌马唐和车前草，再摘下旋覆花和龙葵来炒一盘菜。爷爷奶奶知道后，从车棚里赶来，喊我把东西还回去。我没了绝妙道具，又被奶奶骂了一顿，觉得十分丢脸。我一面在小城墙上砸着红砖头，一面扭头看车棚的方向。他躲在车棚的铁皮后，悄悄探出头来，往这边看。那乱蓬蓬的头发和胡子，让他看起来像个田野间的稻草人，而我们是一群贪吃的黄胸鹀和麻雀。

他拿过奶奶手里的调料瓶，冲我狡黠地笑笑。

为此我想出了一个坏点子。我们三个分头行动，趁他不注意，溜进他的屋子，趁他睡觉，把他的眼镜偷了出来。我拿着眼镜得意极了，认为我们终于拿到了他的宝物，他没有了眼镜什么都看不见，也就不能工作了。

我们拿着他的"软肋"，一起冲上平时我最爱的楼板堆。我们在楼板堆中蹦跳，四处寻找可以将眼镜藏起来的地方，然而平坦的混凝土预制板太过显眼，哪儿都藏不了。

在我们的叫嚷声里,他终于赶来了。他在朗日照耀下的草地上站着,笑眯眯地恳求我们把他的眼镜还给他。

太阳特别晒,他的脸被晒得棕亮,沁出汗珠,可能是眯起眼睛的缘故,他眼下的皱纹更深了。在我们的无理要求下,他说了很多好话,但我们越闹越起劲,无论他说什么,我们都不满意,视他为致命威胁。我们细数了许多天真的妄想,指责他窗口的冻白菜像死去的婴儿。

他一定很着急,但还是笑嘻嘻的,没有对我们说什么重话。我继续攥着那副脏兮兮的、残缺不全的眼镜,对他进行审判。

为了让他别无选择,我们商议之下,选择了两座首尾相对的楼板堆,它们之间的缝隙较窄,上层露出的钢筋短兵相接,下层的草势则犬牙交错。地上的葎草有两层楼板那么高,我们将刺刺草视为头号天敌,并坚信在被草丛覆盖的地面,一定会有赤链蛇。

他还是那副笑嘻嘻的样子,讨好我们,不过我们还是将他的眼镜扔了下去,扔在两座楼板堆的中间位置,这样他就再也拿不到那副眼镜了。

我将那副眼镜用力扔进了中缝的草丛,像抛出了一枚巨大的果实,手连着半个身子,觉得很空。眼镜穿过钢筋的层层包围往下坠,终于跌入了草丛的叶片之下。

他不笑了,皱了皱眉,在原地徘徊,嘴角耷拉着,一脸惋惜。

我们像群云雀,四散开来,自认完成了屠龙般艰巨的任务,并且坚信他绝对没法拿回他的眼镜了。

并没得意多久。第二天，我再见到他，他正跷着二郎腿，坐在一个被别人遗弃的旧黑皮沙发上，喝着玻璃杯里的茶。那个玻璃杯是百花蜂蜜的空玻璃罐，我奶奶给它做了毛衣和塑料衣用来隔热，他们都喜欢用空蜂蜜罐喝茶。他仍旧戴着那副眼镜，它像是从未从他脸上离去那般，甜蜜地贴着他的脸，正如以往那样和谐。

他看见我，笑眯眯地冲我打招呼。

我吃惊地走过去，问："你是怎么找到你的眼镜的？这不可能，我们明明把它扔到了一个你再也找不到的地方！"

"我又买了一个！"他得意地说，哈哈大笑着。

"不可能，它跟你原来的眼镜一模一样！"

他还是笑着："我就是又买了一个，你不信去问你爷爷。"

我跑回车棚，问爷爷他的眼镜到底是怎么回事。爷爷正在修车，说："是人家和我去草里捡回来的，你别欺负他了，他喜欢和你们一起玩。"

我们在这种互相斗争中，听到了灵魂蜷缩和伸展的声音——风拂过老铜铃，铜铃锈迹斑斑地吟唱。稻草人在田里，望着前来啄食麦粒的鸟雀。小鸟们机敏地啄着地里的麦穗，听到声响立刻弹走。等它们复归后，不忘在稻草人的头顶上飞啄一口，把莫名爆发的怒意和飞行的疲惫发泄在稻草人的碎布条上。

田野里有很多惊弓之鸟，每当鸟惊飞之时，麦芒的悔恨便在我的手上刻出不灭的微痕。那是一些锈迹斑斑的、螺旋状的尖利钢筋，它们的下面是深渊般的杂草丛，他是怎么拿到他的眼镜的呢？真是让我想破了脑袋。

我再也没有欺负过他。我们又恢复了和平，我依旧去找他玩。在爷爷种的槐树下，我让他摘下大串的槐花，我们小孩喜欢吸槐花蜜。他和爷爷都会用槐花吹哨，我们怎么学也学不会。

流浪汉在大院里待了大半年，似乎受到了驱逐，他要离开了。爷爷和他依依惜别，我也舍不得他走。在一个早晨，他穿着那件灰蓝的破棉夹克，提着百花蜂蜜的毛线水杯，离开了。他成为时空的一个定点，无法被剥夺，无法被抹去，始终存在于我某处记忆中。

流浪汉走了不久，香香姑姑又来了。

她让塔塔表姐跟着她来，但塔塔没来。我松了一口气。这时，我的头发已经留长了，可姑姑还是那一头黑亮的短发。

夏天的香香姑姑穿着奶奶的棉布褂子，黑底黄花的棉短袖，中间一排小小的圆形透明纽扣。姑姑自己还有一件白底小红花的棉短袖，穿上后，那张浅棕的、哀伤的脸也亮了。她穿上奶奶的衣服后，整个人像被熏风吹醒了，舒展了些。她不再团着棉袖，或抱着暖气片，缩着脖子，神色戚戚。

姑姑的面庞仍是棕色的，气色带青，和爷爷一样的厚嘴唇，看着有些憨。此番她来，更瘦了。两颊的颧骨往下收，眼睛大而圆，嘴唇厚而苍白，总是干燥。她的脸上有很多雀斑，但因肤色暗，不细看，看不出来。在爷爷奶奶身边，她很听话，帮忙种菜、浇水、锄地和做家务，似乎她还是那个没出阁的小姑娘。如果我知道当时发生的事，我想她一定很享受在父母身边的时光。

他们的谈话里总提到姑父的名字，奶奶管他叫"程畜狸"，说他的眼睛发黄，像皮狐，狡猾狡猾的。和爸爸不同，姑姑一读书总是头疼。19岁那年她放弃高考，去广元的一家纺织厂里当女工。在广元的纺织厂里，她认识了程东阳，干了不到半年，就要随他嫁回山东去当农民。

爷爷奶奶起初不愿她回山东，后来看程东阳长得高大，相貌端正，貌似很靠谱。姑姑又坚持，他们只能让女儿回了山东。

姑姑嫁走了，爸爸考上了浙大，奶奶摆了小摊卖烤地瓜。摊子支起来没两个月，姑姑回来了，那是她第一次发病，病得很重。奶奶吓坏了，她收了烤地瓜的摊子，一心一意地陪着姑姑。

这次，姑父像以往一样，从山东追来了。他在奶奶家住下，顺便接送我上下学前班。他身量高大，骨架也宽，穿着一身亚麻灰西服，里面是枣红的毛背心和翻领衬衫，脸颊两侧晒得通红，大眼睛高鼻梁，下巴比较长。我仔细看了看，他的眼珠的确是泛黄的，甚至颜色接近于琥珀。

来了燕郊，他特意换上一套剪裁得体的西服，出入家门都显得荣光。我在姑父身边更像个袖珍小人儿。他送我去上隔壁大院的学前班，班里的小朋友慑于他的身高，不敢再来欺负我这个插班生，这让我暗自得意。

一次，上美术课，老师要求大家买一套色号齐全的水彩笔，而我的水彩笔就像七零八落的小萝卜头，被周围的孩子们嘲笑了许久。在我的央求下，奶奶特意给我买了一套新的。我刚把那套水彩笔带到教室，就被前桌的男孩抢过去，在桌子上摔打了起来，好几个笔头被弄折弄脏了。我气不过，上前和他争执，结果我的小棉背心被他用水彩笔乱涂一气，椭圆的领口也被他撕坏了。他没有受到任何惩罚，老师反而责备了我，让我去水池自己洗干净。我一边哭，一边用力搓着水彩笔印儿。

没过多久，姑父在超市里给我买了一张昂贵的新年贺卡，那张漂亮的贺卡足足有三层，一打开，柔和的音乐响起，上面的小灯一闪一闪，迎面是镂空的雪景和立体的雪人，我为此幸福得像个融化的奶油蛋糕。

姑父给我买的贺卡让我在同学面前大出风头，那个惯常打我的男孩也要拿过去看看，我的快乐持续到了贺卡不再唱歌的那一天。

姑姑在地里帮爷爷锄草，她挥起锄头把杂草都锄到一边，再慢慢蹲到地上，把那些杂草装进塑料袋里。她怕头晕，不敢起身太快，常常要扶着锄头站起来。有时她和我一起在田里浇水，我喜欢看细小的水滴洒向大地，闻泥土晒软后蒸起来的味道。

香香姑姑速度不快，可能是受药物的影响，也可能是天生动作慢。她不像奶奶那样，拿起葫芦瓢从桶中舀出几瓢水，迅速泼到地里，"啪"的一声，快而匀，像田间爆起的透明烟火。"香香，你快着点儿啊，我上去烧火，一会儿你把菜洗了，马上该吃中午饭了，锅里还没蒸饭。"奶奶交代完这些,一般是上午 10 点。奶奶像只蓝鲸,能够一口吞下一巴士磷虾那么多的事,大脑旋转着整个银河,恨不能生出三头六臂。

她给我梳头时也急,那柄小红塑料梳子带走了我无数稚嫩的头发和眼泪,我的头发像悬崖的马那样被狠狠勒起来,梳子齿像收割机那样运转着,似乎要在我头顶搞个"大丰收"。

她一边梳一边说:"快着点儿,哎哟,真是,老子还要去干活儿。"

我嚷嚷道:"奶奶,你轻点儿!"

她说:"你别叫了,还嫌我不够忙吗!我以前给你姑姑梳头,梳不通,我都气得拿梳子砍她的头,就像这样。"一面说着,一面在我脑袋上作势敲了几下。我又委屈又生气,缩缩肩膀,很害怕。

我的头发太软,总是打结,可妈妈不想再让我留童花头了。她要求我每天必须把头发梳通,还爱给我编各种辫子。我在那双巧手的拉扯下,疼得眼泪汪汪。头发扎起来后,我看着镜子里那张过分放大的、鼓胀的圆脸,擦擦眼角渗出来的眼泪,感觉每次梳头都是一场酷刑。我似乎明白姑姑为什么如此胆小,容易受惊。

姑姑在隔壁屋里对姑父说:"我不回去。"

在奶奶的督促下,姑姑做事也是急手辣脚(山东俗语,形容着急)的。她被奶奶支使着去做各种活儿,很少再窝在车棚里神思游荡。长大以后我知道了,医学上管这叫农疗,病人因病得太重,需要不停地劳作唤起强大的自我来对抗疾病。只有在机械的劳动中,她才能找回涣散游移的精神。

奶奶不知道什么叫农疗，年轻时割完麦子，回家能吃一口地瓜已是顶幸福了。她觉得姑姑得干活儿，而我得上学。因为爷爷和姑姑的病，她从来不让他们接我上下学，总会亲自蹬着三轮车接送我。

一个灿烂的午后，不知怎的，突然刮来了一阵大风，吹得我起了鸡皮疙瘩。天猛地被泼了墨，孙悟空搬来了天兵天将，旌蔽日兮敌若云，要下雨了。爷爷喊我进了车棚，我觉得很冷，便抱着胳膊躲在车棚里。爷爷和两个老头站到门边，外面像夜那样黑。

爷爷的车棚里点起了小黄灯，雨水好似被暴雷劈碎的冰瀑布，呼啸着砸向地面，头顶的铁皮像厮杀的战场，无数雨滴做成的小马在攒蹄狂奔。

我站在暗淡的车棚里，背后是沉默的自行车群，或许还有些虚空之物，我开始发抖。爷爷他们站在门边，评论道："这雨真怪，可能是要出什么事了。"

姑父这次没能把姑姑接走，提塔塔也没用。

上学后，我和姑姑的关系有所缓和。她让我好好学习，将来到北京去。我有不会的数学题就问姑姑，这让她有了点儿自信。

语文课本里，王维的那首《画》令我着迷：远看山有色，近听水无声。春去花还在，人来鸟不惊。我在她面前得意地背，背完后我问："姑姑，你知道为什么人来鸟不惊吗？"

她恍然大悟："你这么说我才想起来，忘给鸟换水了。"

那段时间，大院流行养鸟生意，据说有人养鸟发了财，大家便一拥而上,从通县(今通州区)的花鸟鱼市批来一群鸟,外加数十个小铁笼,堆起整面墙的桃面鹦鹉,每个笼子里放几只鹦鹉。看着这百十来只鹦鹉,大人们怀揣着多子多福的美好心愿,把被窝一铺,睡在了沙发上。

爷爷家和我家分别腾出一间屋子来养鹦鹉。它们在笼子里声嘶力竭地嚷嚷,吃小米谷子,嗑瓜子、麻子,喝塑料瓶里的水——浅浅的水里漂着小小的谷壳。有时吃点儿钙片、果蔬改善伙食,大多时候是切碎的小油菜、苹果和梨。小油菜需要用水把农药泡出来,苹果和梨要削掉皮。它们不太爱吃香蕉,大概不喜欢那种近似奶油的口感。它们喜欢脆甜的食物,用喙啄一口就能出汁的那种,这让它们快乐。

只要一推开那扇浅绿色的门,一整间屋子就沸反盈天,鸟叫声劈头盖脸地冲过来,把人砸得晕头转向。小鹦鹉们在狭小的笼子里挤挤挨挨地站着,有时也会扑向笼子,啃咬栏杆,它们似乎十分渴望飞出笼子和人交流。

鹦鹉是一种非常有表现欲的生物。如果一只鹦鹉生病了,有人刚好在旁边看它,它就会强打起精神,若无其事地站在那里,表现出活泼的模样。有的鹦鹉甚至会在重病时,打起最后的精神去找它的主人。如果鸟感冒了,即使鼻孔挂着鼻涕,但因鼻孔太小,人也很难看出异样,只有看到它大口呼吸时才能觉出异样。若是鸟发烧,口干舌燥,但由于它普遍覆盖着羽毛,体温本身就高,落在手上那一霎,人感受不到温度上的差异。粗心的主人会漫不经心地推开它,丢给它一块零食让它自己去玩，直到第二天看见它的尸体才追悔莫及。

但姑姑不同。她敏感、细腻，能感受到空气之弦的不明颤动。她认真观测并记录每一只鸟的生活，看鸟的食欲表现，羽毛蓬不蓬松，有没有喘不上气，有没有谈恋爱，有没有开始抱窝，是不是又打架了。

鹦鹉们小的时候都生活在一起，黄桃和绿桃分住两笼，羽毛呈淡黄或淡绿，脸蛋一律是淡红的。等它们逐渐长大，脸蛋会变得越来越红，开始自由恋爱。这时人们再看准鸳鸯谱，让小情侣们出去单独住。

精心照料后，我们会把小鸟送到燕郊的集市上去卖。

燕郊的集市总是很热闹，永远不缺美味的小吃。滋滋作响的羊肉串和香甜的糖葫芦已成常客，烤鱿鱼突然从天而降。那是烤鱿鱼第一次来到燕郊，在我爱上头足纲动物之前，那个卖鸟的清晨，我第一次见到了烤鱿鱼。

一个青年男人站在小玻璃车前问我要不要吃一串，我和姑姑欣然应允。我仰着头，看见男人飞快地用铲子把鱿鱼的身体切出裂缝，撒上辣椒和孜然。随后，我们在风中一边吃着鱿鱼，一边等着人来买我们的鹦鹉。来卖鸟的人不多，大部分人不会在大风天出来卖鸟，怕鸟被风吹着拉肚子。我们只是碰碰运气。

我掀开笼布去看，我们的小鸟夫妇被风吹得有些瑟缩了。它俩的脸蛋很红，眼睛黑亮，像月光折射下的黑水晶，透过一丝光，狡黠地看看我，嘴角透着笑意，甚至还对我打了招呼。我的心脏发紧，像是从茧中抽丝，蚕会感到的那种痛苦。很多人从我们面前走过，大多数只瞥一眼。大概两个被风吹得发抖，嘴上都是辣椒和油点儿，还不会说漂亮话的人，并不能把顾客留在鸟笼前。

这时迎面走来一个陌生人。他笑意盈盈，径直走向我们身后，我听见他对后面的摊主说："你家的鸟真好，我前段时间刚买回家，就抱窝下蛋了，现在都孵出小鸟来了！真好！"

沮丧像风的斗篷，从上到下拂过我，是快乐王子身边的小燕子，在寒风第一次到来时所感受到的那种沮丧。那两只小鸟仍缩在笼子里。我的心空荡荡的，像雏鸟消失的鸟窝。

我和姑姑在风中又站了一小时，集市要散了，我们吃完了鱿鱼，又买了两串羊肉串，之后就带着鸟笼回家了。我骑着三轮车，姑姑坐一段走一段，我用力蹬着。一只鸟也没有卖出去。我竟然有一丝侥幸，小鸟不知道它们会去哪儿。经人饲养长大，它们对人充满信任，万一它们遇到坏人，被人放锅里炸了怎么办呢？

鱿鱼在我的肚子里跳起舞来，我摸摸饱胀的肚子，回去后小鹦鹉们又有新故事给同伴讲了，一个充满烤鱿鱼香气的故事。它们出家门透了口气，是见过燕郊集市的小鸟了。我又想，姑姑也喜欢小雪人雪糕，我们这点都遗传了爷爷。

姑姑走在路上，短发拂过她的嘴角，她脸上的雀斑在光下像跳跃的种子。她说："还是一只也没卖出去，小鸟又跟着咱们回家了，白忙乎。"

养鸟的人越来越多，我们的生意做得并不好，总是赔钱又很累。家里人一商量，索性把鸟都卖了。

小鸟们还在的最后那个清晨，家里的笼舍被依次搬空。我在卧室睡觉，迷蒙间听到小鸟的声音由嘈杂到模糊，伴随着人声的噪点，飘到了楼下。笼子被放在了奶奶的三轮车上，一个接着一个，发出笨重的跌撞声。我听见笼子刮擦三轮车的声音，以及小鸟们嘈杂困惑的叫声。

我想去找那日我和姑姑一起去集市上卖的小鸟，可怎么也睁不开眼。我似乎又进入了梦中。

奶奶骑上三轮车，和往常一样着急，她催促着姑姑扶好了，穿着花裤的腿用劲往下一蹬，套着棉布的脚在鞋里绷得很紧。等三轮车摇摇晃晃地启动，姑姑追几步，坐在三轮车的侧边，用手扶着身旁的笼子。黄色和绿色的鹦鹉们站不太稳，在笼子里左摇右晃，上飞几下，到处寻找平衡。有几只脸很红的鹦鹉向四周探望，有两双黑眼睛在看着我，带着笑意。它们依旧和善地笑着，所有信任人的鹦鹉都会露出那种微笑。

随着奶奶蹬得越来越卖力，那些笼子像充足了能量般，渐次打开。鹦鹉们从笼子中飞出来，飞到三轮车铁笼的上方，嘈杂地欢聚成一整片羽毛做的云。毛茸茸的云慢慢碎开，一块一块，就像甜美的彩色棉花糖。艳黄的、鲜绿的棉花糖块，它们终于被风带走，吹满了高涨的天空。姑姑抬起头去看，那些鸟高声大笑。

我终于醒来了。

我冲向往常住满鸟的屋子，推开门，只有一种夹着小米香气的羽毛味道迎面扑来，没有了往日震耳欲聋的鸟浪声。我用手摸了摸墙上小鸟喝水时溅出的小黑点儿。

刚回家的大人们在抱怨卖鸟累得眼冒金星。鸟无论多少，一律15块一笼给卖了。

事情发生的那天，是个艳阳高照的周六。那天的阳光如此明亮，我穿着一条漂亮的新裙子，站在五楼的台阶上望向窗外，阳光依然能够照亮20多年后的今日。那是非常明亮的一天。

我的第一个念头是，今天的阳光这么好，我要赶紧穿着我的新裙子，去给我爷爷奶奶看。

我像以往那样跳着走下台阶，走到转弯的平台上，忽然听见一阵急促的脚步声。姑姑从四楼的台阶上爬上来，脸色慌乱，甚至还在倒数第二个台阶上摔了一跤，滑稽又可怜。

她说："快去喊你爸爸，你爷爷不行了。"说完掉头就跑。

我狂奔上楼，快速捶门。我爸听到我的喊叫声，飞快从门中旋出来，推开我，狂奔下楼。我望着楼梯间的那扇窗户，我也看见了明亮的阳光，和之前爷爷看到的黑暗，仿佛宇宙的两端。那阳光甚至有些核闪的意思，早晨6点多，亮得让人几乎睁不开眼。

他望着阳光想了会儿，说："咪咪，你以后不要再给洋娃娃打针了。听见没有，别再玩这种游戏了。"

我只能点点头说好。

我的肘关节和膝盖总是和水泥地撞在一起，鲜血淋漓。医务室的护士视情况，给我涂红药水或紫药水。细胞修复厮杀，在伤口愈合直到结成紫痂的那段时间里，我每走一步都疼痛难忍。

"她"是我的第一个娃娃，有偏白的卷发和湛蓝如海的双眼。我用彩笔将娃娃的肘关节和膝盖涂成粉色或紫色，拿医务室留下的针管给娃娃打针。"她"偏深粉的肌肤染上那些颜色，很是逼真。我搂着"她"在怀里，对"她"说我很爱"她"。

姥爷说："咱们快点儿去看你爷爷，再晚就来不及了，快。"

医院大厅昏暗，走廊的下半面墙刷成浅绿。姑姑带着我和姥爷奔向二楼的第三间病房。我到了门口，屋的东面有两扇窗，一共四张病床，爷爷躺在靠墙的右边床上，周围站着两个医生和我的家人。

我站在左手侧第一张病床的床尾，抓着床的栏杆，和爷爷呈对角线相对。我吓得腿软，膝盖在下坠，平时结实的小腿肚子在打战。

奶奶哽咽着对我嚷："咪咪，快叫你爷爷，快叫你爷爷啊。"

我沉默着。

"快叫你爷爷，快叫啊！"姥爷在我身边催促着。

我开始小声嗫嚅："爷爷，爷爷。"平日那种惯常的、得意的、高亢的语调都沉到了海中，那是一个鲸落那么沉的过程。我以为他还能醒过来。

随后，奶奶开始大哭。一切都结束了。他再也看不到我的新裙子了。

爷爷50多岁，心脏病突发去世。我刚上小学一年级，才学会念诗造句，算一排数学题，学儿童启蒙英语，我的生命蓝图正由此展开。我以为我俩能一直在一起生活。一种银灰色的悔恨如魔鬼的长指甲，深深地挖进了我的心。魔鬼从中挖出了一块叫作"快乐"的物质，用鬼火烤得滋滋作响，并美滋滋地吞了下去。我无数次后悔，为什么我不敢大声喊爷爷呢。明明我对他那么痴迷、忠诚、毫无恐惧。这么多年过去，只有我和他在一起的合影，才叫我笑花了脸。

我害怕了，我的心在咚咚地跳。

车棚的讣告上新了，我站在车棚前仰头望着那张糯米纸，上面用毛笔小楷写了爷爷的名字和他的生卒时间。我睁大眼睛，我看过那么多红的白的糯米纸，这一张居然和我家有关。奔突的情感在我血管里涌动，我略带表演性质地指着它，对我的发小们说："这是我爷爷的，我爷爷的讣告贴出来了。"

她们问："你哭了吗?"我鼻子有些酸，似乎没有哭出来，为了小小的面子强忍着。

爷爷的黑白相片前摆了一沓超难吃的棕色饼干，黄油的味道古怪，像是皮了。它上面的花纹也是老式机器压出来的，奶奶有时为了省钱，会去祥龙超市里批发这种饼干来吃。我很不喜欢它的味道。大人吩咐我们一人拿一块，从殡仪馆回来再吃。

奶奶叮嘱我咬一小口就行，不能吃太多。我揣着那块棕色的饼干，跟我的发小说再见。我从花园台阶上站起来，三球悬铃木的叶子开始泛黄了，很多小球掉了下来，我眼眶有点儿湿。我别着黑色的袖箍，和家人一起上了一辆依维柯，开往通县的火葬场。

　　我看姑姑缩在车尾擦着眼泪，她的眼睛在棕色的脸上肿起来，红得像小鹦鹉的脸蛋，雀斑一粒一粒浮起来。哭多了，她的脸又像一块趣多多。我也开始呜呜哭，胸口的小人儿拉起了肺纤维做的破风箱。它已经很熟悉这些程序了。

　　大家都靠在窗边撒纸钱，纸钱从窗口飘出去，飞了一路。这让我想到某种自由，可以在街上撒下漫漫的雪花白，又不会被老师责备的自由。

　　我和姑姑面对面坐着。我说："姑姑，我也想撒纸钱。"

　　她说："都快没了。"然后她给了我一小摞，我一边呜呜哭一边撒，白而圆的小纸钱从我的小手里旋出去。风滑过指缝，因着车速，凉而温顺。有的纸钱逃过风，飞得很远很远。有的纸钱被风快速夺去，恶狠狠地摔在地上。大人们说，这次纸钱走得很顺，他一定收到了。

　　殡仪馆的走道上斜着摆了很多担架床，上面大多鼓起来，躺着人，被白布盖得严严实实。我跟在大人身后走着，我比担架床还矮一些。不远处有张床，床头蒙着的地方，滑下了些黑色短发，和我的视线平齐。对方的头发仿佛惊悚的触手，弹了一下我的心。我害怕人头。幼时去理发店看到人头模型我都会号啕大哭，需要很多阿姨摁着，才能剪完头发。电动推子在我脑后嗡嗡振动，像压得很低的飞机在我脑后悬浮嗡鸣。

　　我捧着微颤的心跟上大人的步伐。电流的余波回环在那个走道，那人的发丝还在发电。我用力走着，呼吸声又加重了。奶奶在最前面，姑姑搀着她。没人注意到我，没有人可以安抚我这颗激荡的心脏，它咚咚地跳。我第一次见到这么多隆起的死人。

我们终于来到了殡仪馆的大厅，我松了一口气。

爷爷躺在中间的玻璃棺材里，他的眉毛被画过，脸颊的腮红有些重，像小鹦鹉。我对妈妈说："他们给爷爷化妆了。"

爷爷化妆了，我觉得有点儿可笑，我要回去和小伙伴分享这个细节。妈妈让我别说话。

那是我和爷爷的最后一面，他离我太远了，我也不能蹦到他身边去。在那一刻，我需要和很多人共享他的消逝。我不能骄傲地站在那个圆心，宣称这是我的爷爷，我最好的朋友。我从那个圆心被剔出去了。我的爷爷一动不动，他没有对我产生任何回应，他不能再和我一起吃小雪人雪糕了。

哀乐响起，大家面露戚色，轮流和家属握手。我站在家人的最后，很多人掩面走到最后，看见我时面露惊讶，随后收起手，走了。我很生气。

到了火化的环节，奶奶因太过悲恸而被迫止步。姑姑胆子小，爸妈不愿面对，二叔二婶进去送别。我关于殡仪馆的记忆，到此戛然而止。

奶奶多次提起，在爷爷被拉到锅炉房的瞬间，全场只有我俩哭得昏天黑地，我很吃惊。大概是那个小人儿在我的胸腔里拉了太久的风箱，把身体的水分全都蒸发了出去，我的大脑缺氧，关于哭的那部分记忆永久消失了。

　　我的大脑开启了防御机制，将我完整地保留了下来，只剩下某些心颤。

　　拿到爷爷的骨灰后，依维柯又从通县把我们拉回了燕郊。我们沉默地把兜里的饼干一块一块地放到爷爷的相片前，重新摆成一座小塔。我注意到，我和姑姑的饼干被咬得最多，都剩下了一轮弯月。这饼干不好吃，但我和姑姑的口味还是很一致，和爷爷一样，渴望吃甜的。

　　走到车棚，我惊讶地看见流浪汉回来了，他拉着我奶奶问："他心脏不好，为什么不好好给他治呢？"

　　没有了爷爷的退休工资，姑姑不好在奶奶家住下去了。

　　姑姑随着爷爷的骨灰一起回山东了，她回到临朐的县城，爷爷的骨灰回到了焦家庄子，旁边挨着臧克家的老家臧家村。

　　他们说："有时候你可能会听见爷爷在楼下喊你的名字，你听着听着，就觉得是他的声音了。"

　　我趴在奶奶家的床上，再一次翻开《快乐王子》，莫扎特的行列舞曲在复读机里响起。小燕子死去后，快乐王子的体内发出一声奇特的爆裂声，好像有什么东西破碎了，那是他铅做的心，裂成了两半。

　　爷爷在车棚种的槐树突然死了，奶奶抢救了几次，它也没活过来。奶奶对我说，这槐树通人性。我抱着槐树，把脸贴上去。

我总是想起爷爷，总是哭，每个夜晚都哭着睡。直到有一天，我梦见了他生前的一个场景，那时槐树病了，他用钢管把树支了起来。我绕着钢管转圈跑，不小心绊倒，扑通一声撞在地上。爷爷一把把我拎了起来，对我说："咪咪要小心，走路要夯夯（山东话读"hǎng"，稳着）点儿。"

我要学习的东西有很多，可都没有王尔德的童话那么美。我爸开始拧我耳朵，查我的数学试卷，拎着我做奥数题。

姑姑回山东以后，偶尔打电话来，让我好好背乘法口诀。我在电话这头应着，觉得我们的关系在变好。我甚至会问："你什么时候再来燕郊？"

1999 年的一个周末，我接到了姑姑打来的电话，我们有半年不联系了。

她说："咪咪，把电话给你爸爸。"她的山东口音听起来那么熟悉，我几乎不用想，就知道是姑姑。姑姑遇到事，第一时间还是要找我爸。那个比她小两岁，从小和她一起，在山里的深雪中，顶着满天的星光一脚深一脚浅地爬山去上学的弟弟。

我把电话给了我爸，随即就听见了他暴躁的怒吼声。

他挂掉电话，脸色铁青，摔门而出。

我吓了一跳，哆哆嗦嗦地换到电视剧频道。我想，爸爸出去了，我可以多看一会儿《西游记》了。

大约过了一个月，妈妈接到山东老家打来的电话。在她和亲戚断断续续的交谈中，我断断续续地听见医院、打她、吃药、自杀、锁门、塔塔、借钱、小卖部这些词，拼出了某个骇人的真相。

我放下笔，悄悄跑到客厅。我妈关了门，我趴在门上听，我感觉到那些嘤嘤声又回来了。我忽然想到了姑姑的嘴唇，爷爷的嘴唇因为心脏病变得深紫，而她的嘴唇总是发白。第二天，我妈什么都没有对奶奶说。于是我尚且抱着一丝希望，一定还有希望，快乐王子不总觉得小燕子能赶得上去埃及吗？

可电话总是来。每天在奶奶家吃完饭，我跟着妈妈回到家，妈妈都会在同一个时间接到同样的电话，关键词没有变，我没有听见后续的任何关于姑姑的只言片语，只听见爸爸好像回老家了。我的自动铅笔的笔芯扎进了手里，我把笔芯反复地戳向手掌和手背，竟然毫无痛感。我想起姑姑最后给我打的那个电话。

她们在屋里说，程东阳总打姑姑，不顾她生病的事实，打得她实在受不了。她跑又跑不了，想在家乡开个小卖部，和爷爷奶奶一样做点儿小生意。

她想起燕郊还有两个弟弟可以依靠，尤其是小弟喝多了吹牛跟她说以后有事找他，他有钱。姑姑天真，什么都当真，她相信一切可以救命的话。她先打给了我爸，那个电话是我接的。她又打给了我二叔，我二叔说："我哪儿有钱。"

那种麦芒般的悔恨立刻变得剧烈，很多个昨日回闪又湮灭。

我想夺过那个电话，跟她说："姑姑，你回车棚吧！咱俩吃小雪人，吃糖葫芦和烤鱿鱼。临朐没有烤鱿鱼吧？咱公司前面新开了一家绵阳米粉，可好吃了。"

姑父经常把姑姑的头往墙上撞，塔塔表姐不向着她，总是嘲讽她，冷落她。姑姑大概彻底死了心，想去找我爷爷。她去医院开了两次药，去了两家县医院，中间隔了半个月，这事早有预谋。她把纸盒包装拆掉，只留下药片板，小心翼翼地压在床铺下。

直到有一天，她发现药攒够了。

隔天，姑父早晨 5 点多起床去赶集。姑姑等到了 7 点，把塔塔赶到集市上去，让她喊她爸爸回家。塔塔问姑姑干什么，姑姑就说："有事，让你大大快点儿回家。"塔塔出门后，姑姑把家里的门反锁，用椅子顶上，之后把药取了出来，全部吃了下去。她一张字条都没留。

不知为什么，有一种无比明亮的光，正如爷爷去世那天清晨，飞快地涌上了心头，它从我的内腔里往上探照，把我的大脑照得无比明朗。我开始明白塔塔为什么想尽各种方式欺负我，甚至把我从楼梯上往下推。因为我得到了爷爷奶奶对孙女的全部宠爱，爷爷每天睡觉前，都会在我的强烈要求下，给我扔"乖乖软糖"。

等塔塔带着她爸赶回家，发现门已经反锁了。无论他们怎么敲门都没人开门，折腾了很久，叫开锁工来才打开了门。门开了，姑姑躺在床上，他们把她送去医院，她的脸色乌青，就像中了很多年的毒。

我刚戴上红领巾不久，老师告诉我们，做人一定要诚实。我想，出了这么大的事，不能瞒着奶奶。我很爱我奶奶，我也知道他们是为了她着想。在奶奶家的饭桌上，我吃着她给我做的蒜薹炒肉和米饭，嘴里一下比一下酸，直到整个人失去味觉。

我就像搬运工一样，一点儿一点儿地从我偷听的电话中，把事实拼凑起来，讲给奶奶听。她起先听到，还有些"嗯嗯啊啊"的回应，直到听到我说姑姑吞了药，奶奶浅棕色的脸白了，眉毛、眼睛和嘴角像一场矿难，迅速塌方。她的手像长臂猿那样垂在两侧，从命的废墟里传出一句话："肯定死了吧。""死"字加了重音，有些满不在乎的神气。

接着她站起来，佝偻着去收拾碗筷。

"奶奶，别啊，也许没有呢。"

"肯定死了。都吃了药了，能好啊？"

"你怎么这么说呀，她可是你女儿。"

"她还是我女儿？她怎么不想想还有我这个马（妈）呢？"她看上去很冷静，眼皮都没抬一下。"妈"在山东话里发成了"马"的音，一场历久弥坚的讹行。

一直等到爸爸和二叔从老家回来，奶奶才喊起来，挥着胳膊捶他们，把他们赶进了她的屋子，门被撞上了。早些年，爷爷去四川上班，奶奶带着孩子们在山东的深山里住了十几年。每夜她都怕家里来狼和狐狸，天一黑就带着孩子们早早进屋，把门紧紧撞上。

哭喊声从门里传出来，震动了整座大山，吓跑了来家里偷鸡的狐狸和山狼。

快要过年了，爸爸和叔叔在车棚旁边点了一长串鞭炮，放了很多二踢脚。整个家属院里像经历了一次小型原爆，鞭炮声几乎震聋了我的耳朵。他们说，要把鬼都赶走。我们进入了 21 世纪，奶奶他们再也没有和程塔塔一家联系过。

二叔结婚了，姑姑和爷爷没去成他的婚礼。

我喜欢跟着磁带一起唱："跨世纪的金鼓敲起来，跨世纪的银号吹起来……我们是跨世纪的新一代……"

二婶会抱着刚出生的小堂妹说："我们才是跨世纪的新一代呢。"

我感到无比失落。

荒草地的那些楼板堆突然消失了。那两片荒地上滚了水泥，搭起了新的砖混结构，人们开始盖新楼。每天放学后，我都会跑到新建的单元门前，躲在高高的沙土堆后，大声背英语题。那里空无一人，小孩们都在网吧玩游戏。

7 年后，父亲接到了塔塔的拜年电话。塔塔一直住在老家的县城，上了中专，嫁了个工人，生了个孩子。我早已搬到北京，在漫天的沙尘暴里准备中考，声音也变了。

塔塔说："喂，你是咪咪吧？"

我说："你是塔塔姐姐？你怎么知道是我？"

她说："我一听就知道是你，我就是知道。"

她的声音听起来很熟，不知是在哪里敲起相似的鼓点，也不知是不是那临朐口音的缘故。

她问："你岗好不？学习怎么样？"

我想到了姑姑。我没有机会去问塔塔，我也没回过临朐县城。我说："挺好的。"

电话又被我爸抢走了，那是我和塔塔的最后一次通话。新时代来了，我们再也没见过。

我们搬到了北京，奶奶有时住在燕郊，有时提着大包小包的食物，坐着930路公交车过来看我。到了寒暑假，我有时会回燕郊去看奶奶，和发小吃门口的绵阳米线。

燕郊淘汰了小三蹦子，行宫大街上换了出租车，福成公司的楼盘越来越多，而以前他们不过是在燕郊开了一家肥牛火锅店。如今一看，家属院的小楼竟然如此矮小，我家和奶奶家竟然只隔了几百米。可当初我从奶奶家跑回自己家，让爷爷来追我时，竟然觉得是一场远途赛跑。

每栋楼后的花园全部被推平，所有的野樱桃树、木槿、柳树和海棠都被砍掉，变成了水泥停车位。奶奶家南面，那棵齐楼高的松树也被砍了。整整7年，我都趴在奶奶家的床板上，看着它做作业。它摇摆着丰疏有致的针叶，在每个清晨和傍晚唰啦唰啦地响，露出各色斑驳的影，我想巨人的花园里也是有这种松树的。如今，家家户户都把阳台封了起来，低层都竖起了铁栅栏和铁丝网。哪怕是在20世纪90年代，大家对这些小楼也没这样办过。

那两座车棚还在，它们像多年前那样面对面，被烈日烧成苍白的红砖，内穹更加昏暗，蜘蛛们占领了破败的老自行车。小屋里住着邻居老头，他也开了个小卖部，和老伴一起带着他们的孙子。我偶尔去买冰棍，看见他抱着孙子在昏暗的小屋里看《喜羊羊与灰太狼》。电视旁的货架上，摆着一个褪了色的棒棒糖桶，放冰棍的冷柜上，积了一层灰尘。

有次奶奶忽然提到了那个经常和我打架的小枣。她说，小枣上了初一，暑假在水库玩水，不小心淹死了。我就想起，小枣的奶奶穿着白背心，腋窝夹着蒲扇，试图用两只胖胳膊把我拖到车棚的那个傍晚。我努力地用脚抵着黄土地，摩擦出的土雾在荒原上猛烈地升腾了起来。

我坐在奶奶的床边，望向松树空了的地方，好像有什么东西被锯掉了。

PART 3

柔软

我的内腔就像被怪兽用勺子舀着，一勺一勺，吃空了我的雄心壮志。

没有人能懂一只北京雨燕

1

2021 年 6 月初的一个周日，同事给我发了一张照片。一只小黑鸟在他手里，头圆圆的，脑瓜顶盖着雏鸟常见的白毛。

我一眼就认出来这是北京雨燕，可能只有十多天大。小雨燕从我们单位一处古建上掉了下来，被游玩的孩子们发现，送了过来。

北京雨燕是世界上飞得最快的鸟之一，它们一生从不落地。起飞时从屋檐下一跃而起，借着风滑翔万里。它们吃饭、喝水、睡觉甚至交配都在天上，只有繁殖时才回巢，被称为"没有脚的鸟"。雨燕特殊的趾爪结构让它们的 4 个脚趾全部朝前，落地后也没法自己起飞，趴着走起来极为好笑。正因如此，雨燕只能钻进古建、悬崖壁和墙缝里住着。也因此，它们被老北京叫作"楼燕儿"，住在楼里的小燕子。

在 20 世纪的北京城，雨燕最多时有 5 万只。近几十年来，由于旧城改造、农药的使用等，它们的种群数量急剧下降，一度降到

2000 多只。2021 年，在北京城区，北京雨燕繁殖前的数量达到了
3700 余只。

如今的北京雨燕是北京市一级保护动物，救一只算一只。

我顶着酷暑走了半小时，赶到了它的身边。一见面，小雨燕正
趴在箱子里，粉嫩的身上覆盖着一层薄薄的黑毛，只有人半个手掌
那么大，腿只比火柴棍粗半分。它还没睁眼，左腿撇到了身子后面，
像是骨折了，细细的小脚趾上沾着干涸的血。它忍住痛苦，一言不
发，偶尔摁着右爪，凭借着微弱的光感，滑行着走向箱边。

2

1870 年，英国著名鸟类学家罗伯特·斯温侯首次在北京采集到了
北京雨燕的标本，发现和欧洲的雨燕有些差异，从此世界上有了以"北
京"命名的物种。斯温侯当年发现那只雨燕时一定又惊又喜，但我第
一次摸到北京雨燕时，觉得塞林格说得对，爱是想触碰却又收回手。

我们送小雨燕回窝，到了游客指认的坠落地点，才发现那座古
建高达四五米。我们围着院落走了几圈，没有梯子，也找不到任何
能用的装备。很有可能将它送回窝，它的爸妈也拒绝养它。

正午的太阳下，我穿着短袖，胳膊像被火烧着。同事们还穿着
深蓝的西服，脸被晒得发红。我们一边巡视地形，一边趴在地上给
小雨燕捉蚂蚁，在空中拍蚊子，仿佛回到了童年。

为了防止小雨燕脱水，我拧开矿泉水瓶，让它衔点儿瓶盖里的

水。同事捏来蚂蚁，我小心地撑开小雨燕的嘴，他们给它硬塞下三只蚂蚁。它嘤嘤叫了两声，倒是很诚实地咽了下去。

送不回屋檐，我们只能尝试着将它放在树杈上，但那棵大树距离围墙太远，即使是身高 1 米 8 的男同事伸直了胳膊，也放不上去。

山上的爬山虎密密麻麻，深不见底，往下看是个接近 60 度的陡坡，小雨燕即使趴上去也会掉下去，最后不是被野猫衔走，就是被前来复仇的蚂蚁吃掉。

我赶紧向北京市野生动物救护中心（以下简称救护中心）求救，他们一向以救助和放归北京雨燕闻名于京，甚至他们的 logo（标识）就是一只北京雨燕。然而，那位细心的工作人员一听鸟还没睁眼，就给出了三条建议：

1. 北京雨燕很难养，因为它们不会主动乞食，人很难发现它饿了或渴了，需要手动填食。

2. 这只雨燕太小了，要吃各种昆虫，不好逮，可能喂不活。

3. 建议将它放在僻静的高处，远离人群，看大雨燕来不来喂它。

第三条最难办，正值周末，游客如织。别说是脚不沾地的北京雨燕，就连喜鹊和灰喜鹊这些天不怕地不怕的鸦科鸟类，遇到雏鸟落地，也只敢站在树上呼天抢地，顶多来喂喂雏鸟，最大胆不过低空扇过人的脑瓜顶。它们就一双翅膀，又不是猛禽，该如何把雏鸟抱回窝里呢？我在爬居庸关时，看见一只雄性的北红尾鸲，嘴里叼着蜻蜓，锲而不舍地喂着它落地的幼鸟，见人在一边，便急切地四处找机会，绝不敢近人身。

同事说："算了，姐，就这样吧。它就这个命，你别管了。"

我说："咱们再试一次吧，不行我就接走，没事。"

正值周末，周围都是聊天的游客，根本无法屏蔽干扰。我们将它放在僻静处，躲了起来。小雨燕微微张开双翅，用爪子撑着地，慢慢地拖着身子走向城墙，在危险的边缘来回试探。

等了半个多小时，它的家人在高空转着圈啼叫了两次，就再也没出现过。

这一切都告诉我们，濒危动物之所以濒危都是有原因的。

无奈之下，我飞速地打听好了鸟类大夫，把小雨燕重新捡了回来。我的丈夫小霍赶来接我，我们直奔城中心的宠物医院。看着一脸苦闷的我，他说："没事，你还有我。"

3

宠物医院的办公室极热闹，办公室的墙上挂满了"吱吱吱吱，感谢医生妙手回春救我鼠命"之类的锦旗，旁边的液晶屏上放着过往的病例 PPT（演示文稿）。眼前是嘴几乎全都烂掉的可达鸭，拥有超长板牙的黄毛兔子，随后，一只被麻醉的草龟登上荧屏，医生挥舞着手术刀，切着它身上的赘生物。

门外的小狗因为害怕打针一直在哭，小猫咪在人怀里吓得紧抠爪子，我身边的垂耳兔毫无所动地嚼着苜蓿草。而我俩闻着各种动物身上汇聚的尿骚味，大脑停止了思考。

医生熟练地捏起鸟，拍了片子，拉了拉它的小腿。"这只雨燕可能被袭击过，它脚趾处有伤，要不就是被别的鸟啄的，要不就是被猫咬的。"他似乎并不在意那个沾着干涸的血的伤口，这为之后埋下了很大的隐患。

"我看骨头没事，可能是摔坏了，韧带拉伤。它的腿以后很可能会有失用性萎缩，可能啊。"

"那先用什么药呢？"

医生摇摇头。"不用开什么药。这燕子太小了，基本养不活。先养活，养活再说！"

"如果它能吃就没问题吧。"

"人工饲养的雨燕不好说，可能一辈子也飞不起来。"

"那怎么办？冬天那么冷，它可是候鸟，肯定是要走的呀。"听到这里，我十分无力。

"你给它放屋里，不就冻不着了吗？只要温度合适，不就不走了吗？"

我不作声。有很多不得已因伤留下的候鸟，我大概能想象出，基因、磁场和伴侣的呼唤会让它们很难受。雨燕必须走，我别无选择。

4

回到家，我们给小雨燕换了一个大箱子，铺了几层厨房用纸。家里有给鸟吃的虫粉，我用温水冲了，小霍捏了一团送到小雨燕的嘴边，它突然张大了嘴，左摇右摆地咽了下去。

压在我心里的那块石头落了地，毕竟，在民间鸟类救助里有个说法：只要能吃，就能活。

我们试探着时间，最后定成一小时喂一大团虫粉。小雨燕没有乞食，但感觉到食物后会主动进食。雨燕每次无论多寡都只吃一口，我们尽量给它塞得满满的。

看来，工作人员的雨燕喂食经验有待扩充，至少这只雨燕自己吃得很香且排便正常。

我们决定给它起个名字，因为它一身黑毛，它的名字便从"燕京之麦"的"燕麦"变成了最后的"黑麦"。黑麦的"麦"发音一声"mai"，原本是我对猫的爱称，黑麦圆头圆脑，像极了小猫咪。

我几天后有一场重要的考试，眼下我把马上要考的文学史扔到角落，像龙吸水似的搜起了各种雨燕的相关信息。然而，中英德三语等各种资料看下来，所有人都在劝我：千万别养！

万幸的是，还有野生动物救助员、科普工作者陈月龙的一句话："但当雨燕的人工喂养已是能提供的最好的福利的情况下，也需要有人勇敢承担。"

陈月龙托人翻译的一篇关于如何人工饲养普通雨燕的文章非常实用。文章里有个饮食方子，是模仿成年雨燕给幼鸟压制的食丸，其中包括蟋蟀、雄蜂、蜡螟幼虫、蝇类幼虫（小蛆同学）、苍蝇和无植物油的干燥昆虫饲料，还要适当地补充维生素和钙。

文章里还提到绝对不能喂面包、蚯蚓、谷物、黄粉虫（也就是面包虫），雨燕吃了不是死，就是羽毛畸形不能正常飞行。

我看着这个方子陷入了沉思，苍蝇和蚊子实在难以捕捉，我就算买了能养在哪儿？小小寰球，有几个苍蝇碰壁，嗡嗡叫。而且据那位德国的原作者说，苍蝇的幼虫孵化得很快……我必须找一些相对科学的、更容易接近的昆虫。

蜘蛛不好掌控，蚂蚱和蟋蟀可以网购，蜜蜂可以拜托养蜂的亲戚，杜比亚蟑螂口感太硬，其余的虫子可以去新官园市场看一看。我觉得不放心，又搜了一下科普大V猫妖的微博，她特别提到，除了虫粉，雨燕最好的营养食物是蚕蛹，于是，我的购物清单上又多了一样蚕蛹。

我们给黑麦身下铺了柔软的布料，及时清理它的食物残渣和粪便，不能弄脏一点儿它那娇贵的飞羽。我们抚摸它的下巴来安抚它，黑麦一副既来之则安之的样子，安静得如一片湖中的落叶。

正应了我这么多年来，在鸟群救助经验里总结出来的一句话：小鸟都不懂事，有奶便是娘。

5

第二天一醒，我就立刻冲到小客厅。箱子里的黑麦背对着我，听见声音，飞速地回头瞥了我一眼。那是小小的一片菱形黑色水晶，一瞬间我以为自己出现了幻觉。

黑麦睁眼了！我凑上前，仍然不敢相信自己的好运气，昨天它还是只小盲鸟，今天就睁眼了。我居然成了它在这个世界上见到的第一个生物！

但我多么希望，它第一次睁眼看到的，是同样圆头圆眼，敛起修长的双翅，迈着笨拙的步伐跨过横梁，迫不及待地向它挪去的父母。或许是黑麦一家受到了某种动物的攻击，抑或是在父母清理小窝的时候，黑麦不小心被推了出来。听说，在黑麦被带走几个小时后，又有一只比黑麦更小的雨燕摔了下来，大概只有一个小窝头那么大，比一把钥匙重不了多少，但没有任何外伤。

我又喂了它食物和水，它菱形的小黑眼睛看着我，用一只爪子揾着箱子，理了理羽毛，又满足地贴到箱子角上，昏睡过去。

我想起文章里说，一只雨燕也许会倍感孤独，两只雨燕在一起会感到安慰，它们会轻声地咕咕交谈。我找出一个小小的毛绒舞狮玩具，放在了黑麦的身边，安心走回小屋，继续复习。

不多时，我听见了高频率的尖叫声。我走过去一看，黑麦睁开了眼睛，一边叫一边去啄那个小狮子玩具。我告诉小霍，黑麦激动得不得了，一直在叫，一定是感受到了毛绒的关爱。

小霍忙于工作，敷衍地感慨："是呀，雨燕喜欢软的东西。"

我把小狮子玩具拿出来，黑麦重归于平静。我再次把玩具放进去，黑麦又开始叫，不是逃到一边，就是把头埋在狮子头下。

我继续报告小霍，冰雪聪明的他立刻反应过来："黑麦是不是害怕呀？"

我拿起玩具一看，只见它一双浑圆的大蓝眼睛，像极了猫头鹰，可能是它激起了黑麦基因深层的恐惧，抑或是对黑麦单调暗淡的婴幼儿世界来说，狮子玩具太过色彩斑斓，异物感太强，激起了黑麦不间断的奋起反抗。每次睁眼，它都能看见一双大蓝眼睛怒目而视，而小小鸟，退无可退。

我霎时充满了愧疚，又钦佩黑麦小身体里爆发出的力量。面对未知的危险，雏鸟战斗到了最后。我赶紧把玩具拿了出来，黑麦恢复了平静，天下太平。

谁知，到了晚上 7 点，黑麦开始拒食了。

我一边准备着复试的材料，一边隔三岔五地去给黑麦喂食。但它不再张嘴，这可急坏了我。网上订的冻蚕蛹和蚂蚱刚出浙江，正快马加鞭进京。而我怕蟋蟀因高温和密封被捂死在快递柜里，决定考博复试结束后，去花鸟鱼市直接买。那一刻，我手边没有任何不是粉末的昆虫。

那个夜晚，黑麦尖厉的叫声将我们反复唤起，小霍起身，哄了半晌无果，我俩只能相顾无言，唯有泪千行。

6

好不容易熬到第三天，我早晨 5 点起床，带着黑麦去上班。白天我把黑麦托在手里，强行把虫粉团子塞到它嘴里，它闭着眼睛不停尖叫。我的手颤抖着，不敢用力掰它柔嫩的喙，手指触到它柔软抵抗的、温热湿润的小舌头，才算完成。

周围的同事不忍观看，并对我的填喂方法提出了质疑，说应该让小鸟自己进食。我开始以为黑麦只是吓着了，所以才不吃饭。到了下午，黑麦不再排便，估计是肠胃淤塞，消化不良。我去园子里四处捡死去的昆虫，求它尝个鲜。

晚上，小霍把箱子的侧面戳出了几个洞，把黑麦那只完好的爪子钩在洞上，用手托着它，让它练练腿，这对它日后倒挂和攀岩都有好处。黑麦睁大了眼睛，扑着翅膀，往下看，吵吵着要下来，折腾了两次，有所排便。我们才稍稍放下高悬的心。

到了半夜，黑麦照旧夜啼。小霍上班极其辛苦，每天只睡四五个小时，他睁着通红的大眼睛，像雪貂一样静坐在沙发上，抱着黑麦安抚它。

查过资料，我才知道，雨燕属于雨燕目，凌晨和傍晚都是它的活跃期。

再次被黑麦吵醒后，旁边的丈夫一动不动。我只好从床上爬起来，打开卧室的灯，不料他遇光立刻翻身睡了过去。那一刻，我知道他是故意的，并一眼看到了未来的育儿场面。

丈夫醒来，我问他为何不起。他答曰："我听见它叫了，但我不想理它。"

7

我的内腔就像被怪兽用勺子舀着，一勺一勺，吃空了我的雄心壮志。

第四天，我又带着黑麦去上班了。因为起得太早，休息时我和黑麦一起昏睡过去，鼻尖环绕着它身上那融合着虫粉的独特鸟味。

醒来的刹那，我突然灵光一闪，把黑麦的身子翻过来看了一眼。这才发现，黑麦受伤的腿和身体牢牢地粘在了一起，它脚上的伤口化脓了。怪不得它一直食欲不振，整夜哭叫。我责怪自己为何不早点儿发现，立刻上网买药。

鸟类的伤口不能用酒精或碘酒消毒，也不能用云南白药或百灵金方，据猫妖说一种叫磺胺嘧啶银的广谱抗菌药最好，但眼下还是金霉素眼药膏来得最快。

我用碘伏给黑麦的伤口消炎，涂了一层金霉素眼药膏，又剪了无菌纱布覆盖上去，心里有了底。我非常生气为何医生当初没有在意鸟的脚伤，不然现在不至于整条腿粘在身上。

以前也出过类似的事。几年前，我救助的灰喜鹊花花受伤后，一只腿截肢，医生剪掉了它粉碎性骨折的跗跖骨和完整的爪子，但对另一只爪子上的暴露伤口没有进行处理，花花同样爆发了炎症，爪上发炎起脓，最后很久才康复，仅留的那只爪子永远地畸形了。

这不由得让我怀疑，这两位医生是否都觉得鸟的伤势不乐观，没准小伤口都无须治，反正活不长呢？还是说，这两只鸟都是剩一只腿体力不支，另一只爪才加速发炎的呢？

下班回家，我把蚕蛹和蚂蚱剪成小块，黑麦精神好些，开始少量进食。我还拿了一些洋辣子来，黑麦无法抗拒洋辣子的诱惑。老家表叔寄来了一些冻死的蜜蜂，它们美丽小巧的身体上沾着水滴，我的心缩成了一团。

每次换药，只要一用力，黑麦就疼得直叫。我稳了稳手，狠下心，慢慢地用碘伏涂抹它的伤口，它的皮肤就像比萨饼上的拉丝，以极慢的速度缓缓分开。

明天就要复试了，但鸟命要紧，我立刻去联系兽医。上次的鸟医说，如果小鸟腿和身体黏合，可以带去手术，但我询问了三家医院，三位鸟类医生的时间都不太合适。

兽医眼看无望，我只有求助人医。紧急之下，我请教了一位在三甲医院工作的、于西北救助过秃鹫的大夫西林。西林说，最好用无菌刀片把黏合部分剪开，给皮肤消毒，剪开之后用无菌敷料包好，每天换药。

她还建议我尽快去医院，不然小鸟的腿和身子就会长在一起。然而，我得早起去复试，下午必须去上班，大夫都约到后天了。

同时，直觉告诉我，黑麦本来就虚，如果剪掉皮肉，创伤面会更大，它的存活率就更低了。

黑麦的小爪子搭在我的手指上。我一手掌握的生命里，再也没有比那更细小稚嫩的趾爪了。我只能把它放回小纸箱，强迫自己准备明天的复试。我祈祷小霍回来后，能助我一臂之力，也希望奇迹发生。夜里小霍回家，我们俩合力，一点儿一点儿地给黑麦的腿涂碘伏和药膏润滑。身负千钧，内功沿手指慢慢输出。

不知过了多久，小霍一声喜悦的惊呼，黑麦露出了那两天未见的大腿窝，粉嫩的肉里发着热，它终于不叫了。它的大腿窝和身体均没有破损和创伤，我们长舒了一口气，给它裹上药膏和纱布。

这步棋，山穷水尽处，终于赌对了。我能安心去考试了。

8

我考试结束，心情大好。一进新官园市场，就到处打听哪儿卖虫子。

在卖爬行动物的小商店，我买了些活蟋蟀。走之前，老板问我是否要箱子，我天真地说家里有纸箱。他面色冷漠，我不知为何。

接着，我拎着蟋蟀去了鸟粮店，在拒绝了面包虫、大麦虫后，老板神秘地从冰箱里掏出一个小纸盒。打开盖子，里面是一些住在折叠纸里的大白肉虫，上面铺着虫网。老板说，这是葡萄蜜虫，10块钱一盒，一定要放冰箱里储存。

黑麦能吃的虫子实在太少，看这虫子白胖，我果断掏了钱。事后证明歪打正着，葡萄蜜虫正是大蜡螟的俗称，刚好在黑麦的建议食谱里。上帝保佑，它们正在冰箱中冬眠。

在门口的水族店里，我又看见了水蚯蚓，俗称红线虫，它们密密麻麻地盘成一团，远看很像蔓越莓，一股臭味若即若离。天真的我，还是决定买了试试看。

回到家，我激动地拿镊子夹出几条红线虫，黑麦看了一眼就拒绝了，只能送给钓鱼人。我又夹出一条葡萄蜜虫在黑麦头顶摆动，它果然张大了嘴，吞了下去。我喜不自胜，又冲到阳台，准备把蟋蟀放到大纸箱子里。

事情就在这时发生了。小蟋蟀们以迅雷不及掩耳之势从箱子里飞快地跳了出来，我瞬间发出失控的尖叫，迅速地合上盖子，又搬来电饭锅扣了上去。跳出来的几只蟋蟀，像是西部片结局时的那帮牛仔，茫然、惬意又伤感地站在光滑的地面上，不知去向何方。

那是一个极具诗意的镜头，而这个夏天，蟋蟀们即将在我的阳台奏响《仲夏夜之梦》。我锁上了阳台门，也好像关住了我的灵魂。

等到小霍回家，他摇身变成了蟋蟀杀手，他拖鞋的回音是蟋蟀最后的噩梦。从那以后，我再也没买过蟋蟀。

为了避免蟋蟀的锯齿扎伤小鸟的喉咙，喂食前，我们必须拽掉蟋蟀的腿，黑麦吃得嘎嘣脆。我喂黑麦葡萄蜜虫时，不忍将其杀死。黑麦艰难咽下后，总是肚子疼，常常嘤嘤作啼。过一小时，再排出一条全然无肉的细条来。

小霍有时会用镊子夹伤虫子再喂，黑麦的反应就小些，黑麦对蟋蟀的喜欢显然超过了葡萄蜜虫，而蚕蛹更是需要哄骗着才肯下嘴。

在这些细小而坚决的厮杀中，黑麦的精神越来越好，眼睛越来越大。翅膀长长了，腿上的脓消了，那根带血的小脚趾也结了痂，在它小小的爪子上摇摇欲坠。

9

依照雨燕的活动习性，黑麦那细隐铃的尖叫依然响彻每一个凌晨。大自然的宝贝永远是大自然的宝贝，这鸟声若在户外听，那是如听仙乐耳暂明，如果凌晨 3 点 44 分在自家床头听见，则是银瓶乍破脑浆迸。

眼看着黑麦伤势好转，我的母亲茉莉劝说我们把黑麦交给她抚养。接到黑麦，她倍生欢喜："你怎么每次带回来的都是小瘸子？"

我想到了自己的小说《大马士革幻肢厂》，里面也是断手断脚的猴子和残障人士，唯有苦笑。观鸟时，我们常要在树枝处等好久。因着健康的林鸟难觅其踪，能被我碰见的，不是被喜鹊啄断了翅膀的灰喜鹊，就是受伤落地的雨燕。看来这世界上飞得最快的鸟，也难逃下坠的命运。

茉莉向来周到细致，身为高级工程师的她，不允许自己的运算有任何差池。她每天给黑麦剪好相应食量的蚂蚱、蚕蛹和葡萄蜜虫，记录黑麦的体重。给黑麦喂水时，要保证水滴不会打湿黑麦的下巴和身下，她及时更换黑麦的垫纸，时刻保证黑麦睡得香甜。一只小黑麦，暂时满足了她退休后想抱外孙的心愿。

父亲的呼噜声和黑麦的轻啼总在午夜齐飞，茉莉便和黑麦一起睡在沙发上，确保它凌晨醒来的时候，总能在黑暗中听到温柔的应答，吃到合适的食物。

茉莉是虔诚的佛教徒，吃了几年的素。但面对百转千回的葡萄蜜虫，她用剪刀斜剪一刀，再喂给黑麦。我看了一眼，立刻别过头去。到最后，我也没有培养出徒手捏蟋蟀，横刀夺螟命的绝技。

黑麦的伤腿慢慢长出羽毛来，茉莉每天都把它放在小绒毯上，让它练习行走。等我再见到黑麦时，它的左腿已然归位，皮肤光滑细腻，没有留下任何伤痕，像是什么都没有发生过。

每当我早晨起床时，都能看见茉莉浅睡在它的箱子边上，一旦听到轻微响动，就慢慢起身，轻声安慰着小鸟，拿起镊子，夹起一块蚂蚱肚子。

黑麦出箱子后，总会本能地感到恐惧，像只小耗子那样叫着跑到沙发缝里，待着不动。它受伤的脚趾掉了，伤疤处结出了坚硬的硬结，爪子更加有力，能抠进肉里，抓得人生疼。在我摸它头时，它也会张开大嘴，用力啄我的手了。

我感觉黑麦和茉莉的联结越来越深了。当我们把它拿出来时，它不是惊叫，就是迈着它的小短腿一头扎进茉莉的臂弯里，再也不动。我倒不认为雨燕认人，但它明显更喜欢我妈了。

10

第 20 天，黑麦的体重长到 35 克，翅膀张开，一如天上的冰刀，泛着油亮的光。它在箱子里偷偷做着俯卧撑，用两只爪子撑着身体，尾巴高高翘起来，上下起伏着。指南里说，这是雨燕在做飞行前的训练，它马上就可以离开我们，跟上大队伍，出发去非洲了。

每年 7 月，北京雨燕都会结伴从北京出发，途经中亚和阿拉伯半岛，向非洲南部等地飞去，最远飞到开普敦。它们的飞行时速一般为 110 ～ 120 公里，最快可达 200 公里，是世界上飞得最快的鸟之一。

一直到 10 月末 11 月初，幸运的北京雨燕才能飞行约 1.6 万公里抵达南非。休整 3 个月后，它们再启程飞回北京，其往返路程大概有 3.8 万公里。北京雨燕一生迁徙的路程，足以让它们从地球飞到月球，它们也是同等体形的鸟类里面飞行距离最长的。

现在已经是 6 月下旬，雨燕的大部队 7 月初开始迁徙，我们必须送走黑麦了。

雨燕在起飞前会降低自己的体重，以便飞得更远。起飞之后，它们会根据本能辨认方向。

6 月底，北京猛然开启了暴雨季，每日都在下雨。我们怕雨打湿黑麦的毛，又没有鸟来引领它前进，暂时压了下来。

雨燕该在多高处起飞？我打电话找相关的工作人员咨询。对方说，普通的高度不行，没有 10 米左右的高度雨燕根本飞不起来，提出至少要有三层楼那么高。

我提出了网上建议的站立托举和放箱子，对方着急了。"飞不起来！我们当时放飞的时候，高度不够，雨燕都摔了！"

他还说了一句颇有诗意的话："你有没有发现，有的时候，雨燕不是总围绕着亭子飞。有很多时候，它们突然就飞走了，你根本不知道它们去了哪儿。"

其实《鸟的感官》这本书里写过，第一次世界大战时，法国飞行员在空中，突然在云端看见了一群静止不动的鸟。他们抓了几只，发现这正是雨燕，这些雨燕正在白日的云朵上睡觉。

黑麦已经开始绝食，体重越来越轻，我们必须快点儿把它送走。

首次放飞，绝对不能带到昆明湖这种开放的水域。雏鸟可能由于激动、害怕或是各种意外状况，飞得太低，掉进湖里淹死。我家的楼层虽然高度够，但楼宇之间不好辨认方向，且楼下是绿化的灌木丛，雨燕摔下去就不好找了。我们必须寻一块开放的场地，并有一定的高度差。我申请过后，茉莉夹着黑麦的小箱子，我们重回了黑麦的出生地。

夏风和煦，没有强烈的阳光，天气适宜。我们把黑麦从纸箱里掏出来，它惊恐地转动着圆圆的脑袋，睁大了眼睛，四处看着。当我触碰它的身体时，它的身体在瑟瑟发抖，抖得非常厉害。我们首先把它托举到头顶的高度，它观察着身下的草坪，随即飞着跌进了草坪。

"来，小燕子来飞！来飞起来吧！"茉莉轻柔地掂着它，上下摇晃着鼓励它。它飞下去，振翅两三次，就摔到了水泥地上。我们又试了十多次，它无一不颤抖着摔了下去。

我急了，对茉莉嚷嚷："你别放了别放了！人家说了，它不适应，高度太低！你就别送它走了！"

像大部分母亲一样，茉莉不会听女儿的话，在雨燕摔了很多次后，她终于心软。茉莉的胳膊放下来，小鸟义无反顾地踩着她的胳膊，向着她的肘窝走过去。黑麦不想飞，午后时光，它只想睡觉。

我回去上班了，而茉莉走到了八方亭，让黑麦熟悉一下野外雨燕的叫声。我那时以为和黑麦还有很多日子，还会有后来的放飞。

11

很快，我接到了茉莉的电话，她说她已经叫了救护中心的人前来相助。对方正在拉动物的路上，马上就可以来园里接走黑麦。我大为诧异，为啥我的联系都黄了？看来还是大姐大打电话管用。

我飞快地追出去，心里潮潮的，难以想象分别就在一瞬间。尽管我多次告诉自己，不能给雨燕太多人类印记。虽然黑麦第一眼看到的是我，但它或许根本就不认识我。或许雏鸟在幼时（10～15天）如果更换了父母和族群，在亲鸟号叫之际，雏鸟根本不知发生了什么。

救护中心的大车来了。我看着黑麦趴在小箱子里，貌似吃掉了一些小虫子，又闭上了眼睛。它的周围是装了红隼等猛禽的透气箱，它缩在纸箱的角落，看起来是那么小。

车辆启动，黑麦去顺义了。

救护中心的工作人员说，他们会人工填喂，雨燕不会自主进食。我叹了口气，一切回到了原点。

一天夜晚，我忽然梦见黑麦从非洲回来了。那是它第一次回北京，居然成功了。几只北京雨燕卧在我家的黄色房门上，不知为何，门顶似乎有八方亭那么高。它们一齐瞪着炯炯的大圆眼睛俯视我。我不由得琢磨，我的黑麦还认识我吗？哪只是黑麦呢？突然一只雨燕向我扑来，它落在我的肩头与我亲昵。我大喜，这就是黑麦了。未承想，肩膀上又落下了好几只雨燕。它们全长得一模一样，我再也分不清哪只是黑麦了。我从梦中惊醒，瞬间落入无尽伤感。

7月23号那天，茉莉言辞恳切地给救护中心写了一封长信，想知道黑麦的近况如何。

救护中心的工作人员用微信发来一些雨燕放飞的视频让我们辨认：头一只雨燕健壮如牛，它谨慎地审视着立交桥下的旷野和溪流，过了两分多钟，才振翅飞走；第二只雨燕的背影瘦小，它几乎没有任何犹豫，就纵身跳了下去；第三只雨燕腿的颜色和黑麦不同，自然被我们排除在外。

小霍说："第二只就是黑麦，因为它每每从箱子里出来，都会拉一泡。"

黑麦最后连个正脸都没给我们。它还是那么性急。

至今，黑麦已经走了180多天了。算一算，如果它能赶上首都机场的雨燕大部队，如果一路顺利，没有被鹰隼抓走，也没有被暴雨和沙漠打败，现在也许它已经在非洲看长颈鹿了。

秋天时，我去公园看鸟。尚未启程去东南亚的家燕和金腰燕，在凉意渐起的湖面上滑行飞舞。此时，"鸟导"会温柔地感叹："燕子真的很神奇，不知什么时候，它们就突然出现在眼前。然后有那么一瞬，它们就突然消失了。"

可我无能为力

决定收养小虎的那个冬日，我和温驰坐在小丽都面包房里，小丽都号称"房山人自己的面包房"，随着市场的发展也慢慢洋气起来，连味多美这样开遍四九城的企业都在房山甘拜下风。

我们坐在燕化星城的小丽都二楼，吃着唱片面包，喝着拿铁和奶茶。窗外的空气灰浮雾重，北京一到冬天就总是这样，阴沉沉的，不怎么出太阳。房山的味道比市区更重，挨着燕山余脉的化工厂呼呼地冒白烟，烟在无风的天里肆意向上游。

那几年地铁燕房线还没有开通，我总是从海淀五路居坐上六号线，到白石桥南换乘九号线，坐到终点站郭公庄，再从郭公庄坐到房山线的终点站，终点站下来再坐公交车到星城去找温驰玩，每次都得坐两个多小时地铁，坐得屁股都凹进身体里，下车再扭回来，无穷无尽的旅途几乎蒸干了我。

夏天的车厢很冷，我不喜欢，冬天的座位有暖气，我倒很高兴，但温驰觉得它们烫屁股。房山线是高架城铁，除去站台的空中轨道均无护栏，有些地方的轨道是托马斯大转弯。每次快到良乡大学城那站，我都怕车在高速行驶过程中一扭身子，摔得粉身碎骨。

说回那个冬日。

温驰是个温柔的燕山男孩，留着细碎的短发，脖子上像长了个菠萝脑袋，那时他活泼又机灵。他用巧克力色的手指头在手机屏幕上滑了一会儿，突然抬起头说："哎，你知道吗？房山有个小动物收容所，我听说是个大爷自己弄的，咱们可以去看看，帮帮流浪的小动物们。"

他说着给我搜出来地址，我看见温驰眼睛里放出少年探险家的光芒，盈盈透亮，每当温驰有了主意时，他的眼里总闪着星星碎钻，巧克力色的双手一伸，像快乐王子。

我每次都被这股光芒所折服，和温驰在一起，每天的生活都很新鲜，两人对着哈哈笑。

"那咱们什么时候可以去啊？"我迫不及待地问。

"咱们现在就可以去啊。"温驰立刻给那边打了一个电话，那边的人表示很欢迎，说清了地址后，我和温驰就坐公交上路了。我们那时都还在上大学，没什么钱。北京市公交车优惠力度大，学生卡坐公交从2毛涨到了4毛，还是可以接受。我们在公交车上被甩得荡来荡去，不时砰砰撞在栏杆上，我们打不起车。

到了良乡的某个公交站，我们被公交车吐出来，下车就是一道长街，大多是荒凉而低矮的底商，街的对面还是一家小丽都面包房。我们沿着灰扑扑的红砖墙往里走，零落的底商远去了，一片东倒西歪的黄草丛出现在我们眼前，草丛中有面张牙舞爪的破铁丝网，正中是道铁丝门。

忽然，狗叫声像即将烧开的长嘴胖水壶，咕嘟咕嘟夹着尖吠此起彼伏。我们俩下意识地捂住耳朵，知道快到了，脚步快了些。

突然，一只黑背黄腿的黑脸大狼狗向我们冲了过来，我吓了一跳。到了面前，它拿倒梯形的头蹭了蹭我，扭着肥身子，使劲摇尾巴。我壮起胆子摸了摸它的背，毛有些腻。大狗很有分寸感，它没有乱舔，转过身让我继续摸背，耳边响起一声唤："歪了歪！歪了歪！"

抬起头，前面的院门口站着一位大爷，圆寸白发横间，脸上有不少皱纹，穿着厚棉服和工装裤，眼神疲惫，仍笑着冲我们打招呼："来啦？还挺好找的吧？"

歪了歪慢慢地走到他身边，回头看看我们。眼角忽瞥见一绺白，我扭头一看，一只白猫扒在旁边墙的铁丝网上，有些害怕地缩着爪子，盯着地面。

大爷带我们走进院里，几间小平房组成了一套小院子，这是他自己的房子。狭窄的走廊，小小的院落，左右两旁的耳房里都住着狗。再往前，是两间大些的砖房，一间是人住的客厅，一间是有两扇门的猫房。

听人更近，犬吠更是炸了窝。我和温驰首先被大爷带进犬舍，扑面而来的是狗的体味和尿骚味，腥得令人窒息。屋里光线暗，架满了铁笼子，小狗尖厉的叫声和呜咽声不绝于耳，每个笼子下面都有托盘，狗子们的排泄物都满落在盘子里，大爷收拾不过来。在那里，我们见到了很多长相奇特的小狗。

黑狗，黄狗，白狗，大多是中华短毛田园犬，它们表情雀跃，对着我们狂吠，小白牙龇在笼子边上，口水濡湿了栏杆，黏黏糊糊的热情从笼中溢出。大爷介绍说这些都是他在路边捡的小流浪狗，或者是别人抱来让他帮忙看几天，然后再也没回来的，还有把小狗扔在他家大门口转身就走的，他听到狗叫跑出去才发现地上多了只狗。这种事太多了，他数都数不过来。

从小狗的屋子里钻出来，我们又去了背后那间巨大的砖房，房里盛满了猫咪，为了防止猫咪出逃，这间屋里只有两扇小顶窗，光线非常差。我们仿佛置身于一碗猫粥，里面咕嘟咕嘟煮着的，是长毛或短毛的各种花脸猫。屋子不通风，猫咪聚一起臊气很重，我们走进去，无数双冒着渴望的小圆眼睛，蓝的、绿的，从或圆或尖的小脸上痴绵地望上来，我俩的心都被喵喵声蒸软了，简直不知望向哪只猫好了。

那时的猫粥还很丰盛，它们从四面八方不停地拥上来，我们走到哪里，哪里都是猫团锦簇。有的窗户上也布上了铁丝网，有的猫咪爪子小心地抠在上面，此时也回过头来，瞪大眼睛看着我们。

我们仔细地端详猫咪们的脸，发现猫咪们在流眼泪，有的眼睛下是深深的泪痕，有的还吸溜着鼻涕，抬起粉色的鼻头，带点儿希望，又或是绝望地看着我们。我们被猫咪团团围住，热浪在胸口翻滚，不知怎么办好了。我们从未见过如此热情的猫咪，但已经开始觉得古怪，待在这里就像在高压锅里一样闷。"大爷，这些猫咪怎么都齐刷刷地流眼泪鼻涕啊？"

大爷回答："好多猫都得了鼻支，我给买了药都尽力治。"

"为什么不放它们出门透透气？猫咪不能进院吗？"

"我从来不让猫出这个屋，它们出去了就有再也不回来的，它们就在这个屋子里。"

"那能领养吗？我男朋友想领养一只猫。"

"猫是一只都不能，狗可以。因为万一有哪个不负责，猫就又成流浪猫了，我一只都不让领养。"

"一只都不行？"

"一只都不行。"

大爷说这些猫咪病起来互相传染得很快，他批发了药冷藏在冰箱里，自己抓猫给它们打针。

"不能给猫放出来待会儿吗？"

"在天气特别好的时候，可以给猫都赶到院子里，但也得是有志愿者来看着的时候，不然猫会跑丢。"大爷执着于拯救整个北京城里流落街头的猫，觉得哪只都可怜，必须敦敦实实地塞进那间小砖房才行。他很少给它们打猫三联疫苗，也不让猫出那两扇门，很多地方都封死了。

大概是看到猫咪被人虐待过，又经历过送出去猫咪结果猫咪被害的事，因此大爷谨慎异常，所有猫咪都要留在身边。

我和温驰无奈地看了眼彼此，决定先帮大爷把猫屎山铲干净。两间屋里只有两个猫厕所，100多只猫咪排队上厕所。我们捏着鼻子铲了半小时，周围聚来了大批猫咪，车水马龙地来回走，猫温热的身体滑过我的手背，悬浮的猫毛让人打喷嚏，难以呼吸。

温驰把两大兜子猫屎扔出去后，大爷邀请我们去客厅里坐一会儿。"辛苦了，你们这次来主要是干吗呀？"

歪了歪是我见过的最乖的狼狗，它横躺在我腿上，分量很重，我安然享受这份重量。我们又把收养猫咪的议题摆在了桌子上，大爷态度很坚决，死活不同意，无论我们怎么求都不同意。

他说："我这儿的流浪狗倒是可以送你们，如果不愿意养成体的，我这儿有两窝刚出窝的小狗，其中一窝就剩一只了，你们要喜欢，今天就可以抱走。"

我和温驰都沉默了。我们都是"猫型人"，觉得养小狗要麻烦一些，照顾起来更花精力。我们本是不愿意领养小狗的，但不知为何，那天我的童年英雄主义突然苏醒，想要即刻拯救一只小动物的热烈情感冲昏了我。

虽然我家里已经有好些不同物种的动物了，但我还少只狗，我对温驰和自己说，我家没有狗。当天似乎我们两人都被什么人下达了使命，一定要从这混乱、腥气、无序的动物收容所里救出一些幼小的生命。

于是，那天我抱了一只眉毛上有黄点儿，全身黝黑的小黑奶狗，温驰抱了一只小黄奶狗，这两只狗都是田园犬常见的模样。我想，我就要有只狗了。我们悄悄地把小狗藏进各自的书包，偷摸上了空调公交车。我把手伸进胸前的书包里，感受小狗温热的毛、软软的肋骨与心跳。

冬天天黑得早，坐在最后一排的我们被晃得荡来荡去，车后面的灯光已经亮起，车厢里人很多，人肉的热气很重。我们生怕小狗们呜呜地叫起来，当时我们还打不起车，被赶下去就坏了。

可是我的小狗非常乖，它一声也没吭，我的手指触到了它的口鼻，温热的小狗绒毛在微微颤抖，它伸出小舌头轻轻地舔舐我，我的心被它的吻拖进了深渊，我的胸腔空了。我知道它爱上我了，它把小小的肉体托付在我薄薄的、黑暗的书包里，它十足地相信我。

我给我妈打了一个电话，说家里要来一只小狗了。

我妈的情绪就像云霄飞车，仓啷啷宝刀出鞘，削了我一顿："家里动物太多了，你要是再敢带动物回来，你看你爸怎么收拾你！赶紧送回去，必须送回去！"

电话那头的风将我的儿童心性吹成了冰，小狗还在舔我的手指，它眼睛睁着，趴在漆黑的书包里，它还不知道我长什么样。我慢慢转过头对温驰说："我妈不让，怎么说都不让。"温驰一下就泄气了，他是个温柔的男孩子，本来我们约定一人养一只小狗的，但是我却没办法养了。

"那怎么办，麦？我们只能把它送回去了。"

"可我不想，怎么办啊，我不想送小狗回去。你看那个地方，我真的不想。"

"那有什么办法啊，麦？我们下站就下车，赶紧给人送回去吧，再晚大爷就休息了。"

　　我和温驰下了车，掉头往回走。送别的场景我彻底忘了，只记得大爷连说："没事的，这种事经常发生，谁让咱这儿的狗不好呢。"站在大街上，我对温驰说："我们只剩下一只小狗了。我多想有个属于自己的房子啊，咱们什么时候能有自己的房子？"

　　"不知道啊麦，咱们这么穷。不过会有的，我相信。"

　　我看了看他包里那只小黄狗，它有双棕色的眼睛，看起来比温驰还要温柔。我非常喜欢看它那偏棕的瞳孔，在夜灯照耀下，有一圈浅棕的光晕。我说："咱们就叫它棕棕吧。"

　　温驰对我一向都是顺从的，他是个很有主意的男孩子，但他很顺着我。

　　"好，那就叫棕棕。"

　　送完了小狗后，我臊眉耷眼地回到了城里的家，把还有小狗味道的手伸给家里的三花猫闻，猫咪瞪大了眼睛，站起来往我身后看，左右端详，想找找哪儿有陌生动物。

　　没有小狗，什么也没有。我半是失落，半是解脱。

　　妈妈回到家来，猎鹰般瞪着眼巡视一圈。"没带狗回来吧？"

　　"没有。"我回到了屋子，不想跟她说话。

　　台灯下我一直出神，我问温驰："棕棕到家了吗？"

　　"我妈给改名了，叫小虎。"

　　"为什么啊？它明明是个小女孩。"

　　"我妈开始以为它是公的，所以就叫小虎了。后来，才知道它是个小女孩，但我爸说叫都叫了，就不改了。"

"好吧。"我说服自己，小虎这个名字是为了小狗的健康成长才取的。我养过很多动物，却从未养过狗，唯一离养狗最近的这次，也脱手了。

我将希望寄予在温驰和小虎身上。好在温驰和小虎的感情一直不错，小虎长得很快，很依赖他。每周五温驰回家，无论多晚，小虎都守在他的床上等着他，一见到他就兴奋得不得了，狂舔狂扑，让温驰被北风吹僵的脸重新活动起来。

温驰弹吉他的时候，小虎就用一双瞳仁很满的大眼睛盯着他，这时的小虎是静止的小狗尾草，在温驰的灰色床单上趴着，只有眼珠转来转去。小虎很爱他。

但温驰的妈妈一直不喜欢小虎，嫌它太闹了，每天遛狗也是件麻烦事。温驰妈妈的身体不是很好，遛狗让她运动过量，身体不舒服。平时她总跟温驰说，让他给狗找一个人家，快点儿把它送走。

温驰就像由一团惰性气体组成的软棉花，一面应承着，一面不作为。我说了他是个温柔的男孩子，但相应地，他也很懒。这就导致了最终的爆发，一个周五夜里，温驰母亲终于下达了最后通牒，强烈要求他明天就把小虎送回那个动物收容所，绝对不能再拖了。

那时离我们收养小虎已经过去了整整半年，小虎已经从一只小奶狗长成了四肢修长、毛发金黄的漂亮姑娘，冬天早已消散在蒸腾的暑气里，夏天来了。我妈很奇怪，说："养了半年都有感情了，怎么能说送走就送走？我可舍不得，就算是中华田园犬也要留着啊。"

我心烦意乱，连说不知道。暗地里，我自己生气：你为什么不收?

送走小虎那天,温驰穿着灰色的polo衫,他一只手拦抱着小虎,小虎几乎挡住了他的上半身,与他脑袋齐高。小虎不知道要去哪儿,兴奋得像在雪地里跑了三圈,大眼睛里都是鹅毛大雪般模糊而懵懂的快乐。

小虎见到我后,高兴地直往我身上扑,呼哧呼哧的热舌头不顾一切地凑到我脸边,它有着洁白的犬齿,长长的粉舌头松松软软地耷拉下来,一切都充满了朝气和活力。温驰一手使劲搂着小虎不让它乱动,顺便打了个车,我们坐进后排的时候费了点儿劲。

我说:"小虎太热情啦,怎么这么热情,好喜欢。"

温驰的脸黑了,鼻子哼了哼:"它就是傻,对谁都这样,它以为谁都是好人。"

"嗯。"我摸了摸小虎的头,温驰一直抱着小虎,像失去了宝石眼睛的快乐王子,他强压着难过和怒意,气氛有些僵,他不能对母亲发脾气。

"小虎这样太容易被人欺负了,它太天真了,容易相信别人,在外面跟着别人跑。"他补充了一句。

"嗯。"

小虎依然是那副茫然的样子,它趴在温驰的肩头,大眼睛里的棕色晕染得很开,偶尔视线触碰到我的眼睛,又咧开嘴冲我大笑。6个月之前的小虎,一直都是个快乐的姑娘。

我们又一次来到了大爷的客厅,歪了歪依旧热情,可这次谁都没脸再面对那位大爷了。我们低着头，小虎一直试图挣脱温驰的手，高高地在他腿上站起来，每次都被温驰摁下，他眼眶泛红，一直重复："小虎，别闹。"大爷倒是很看得开，这种情景他已看过太多次。"没事，我会给它留意好人家的，它不是流浪过的狗，好被人接走。你们也可以常来看它。"

"嗯。好，那就麻烦您多留意了，一定给它找个好人家。"小虎直到进了笼子也不知道发生了什么，它不再闹了，很乖很安静，只是直直地看着温驰。温驰看了它一眼，头也不回地出了屋。

我问大爷："我之前送回来的那只小狗呢，怎么样啦？"

"它妈妈得了细小病毒，一窝全传染了，都死了。"

我曾经历过很多无能为力的时刻，幼时起床看见床边蹬腿的小鸡小鸭；往马桶里倒过整缸因缺氧而翻肚皮的金鱼；荷兰猪即将死去的那天清晨，我哭着求我妈带它去看兽医，它那对雪白的门牙让我无比留恋；冬天在雪地里埋的乌龟，来年春天我去翻土，还能摸到坚硬的背甲。我又重新经历了这所有的一切。

小狗舌头舔在指尖的触感还在蹦跳，我觉得我又背上了一些罪。一种片刻得到又被迫失去的痛苦总以动物的形态出现在我的生命中，毛茸茸地触发我口唇期未被满足的欲望，我需要不停地拥抱各种生命形式，无论是温血动物，还是冷血动物，我都要从它们的身体里榨尽生命的汁水，拿它们的热情、天真、可爱、善良来丰沛自己黑暗的生命。于是我变成了一张巨大的皮，我的皮上续接它们的皮，我们的灵魂融合在一起。失去的本身就是罪。如果我没有把小狗放

244

回去呢？

"那猫咪的病治好了吗？"

"别提了，这几天冰箱停电，一批疫苗都坏了，好几千块都没了，唉。"

我和温驰一分钱都没有，穷到心坎去了，只能捐助一些猫粮，来做做义工。

6月的那天，接连受到打击的我和温驰在烈日下迅速失温，我们没有再看对方一眼，灰溜溜地离开了那个充满不安的院子、那两间阴暗的狗屋和那间臊气的猫房，互相约定我们还会回去的。

那只小狗会讨厌我吗？小虎会讨厌温驰吗？也就是从那天开始，我隐隐察觉，我和那位大爷，没有任何区别。我们都是重度的囤物癖，因为极度的不安全感和欲望而将动物绑定在自己周围，却没有足够的能力去保护它们。

随着毕业，我和温驰吵架的次数慢慢增多，太多的不愉快导致我们身心俱疲。再次听到小虎的消息是在一个周末，这时候我们才发觉，已经好久没有去看过小虎了。听说小虎在那之后，再也没出过铁笼。无论是谁，用什么办法，它都不愿意出那个笼子，一直也没有人领养成功。

我们又去看过一次小虎，连温驰也无法把它抱出来，他伸手去抱它，它反复挣扎，几次下来，一无所获。

小虎再也没出过那个笼子。

后来我出国留学，暑假在莱斯特，我和朋友一起埋过一只死去多日的北美灰松鼠，在维多利亚公园的西北处，给它掘墓的泥土上立了一方厚厚的石柱。毕业回到北京，路过一只死亡的家雀，我把它埋在了深雪里，用冻土盖上，来年的矮冬青长得不错。

有次我从酒仙桥东路骑车上班，刚在十字路口拐到将台路，就瞥见了一只很小的狼狗躺在路上，细小的肠子从肚皮里汩汩地流出来，被来往的车辆轧烂了，血就像睡莲洇开在沥青地上。那次我没有停下来，我手里没有工具，也未能埋葬它。

有次朋友开车经过香山附近的街道，看见路上有只被撞死的白猫，其倒地姿态如睡去，左半边身子贴着柏油马路，手脚软软地摊在左侧，朋友迅速打方向盘，避开了那只小猫，她说，会有清洁工来的。

有次早高峰，我在五环上开车，有段高速路视野开阔，也比较畅通，能看见西山成群，心情奇佳，我往往平地加速去享受那段高速路。

而每天早晨8点左右，总有一个灰喜鹊家族，结队从北到南横穿五环去巡游觅食。

有天，我刚开始加速，就差点儿撞上一只飞得很低的灰喜鹊，它是家庭队伍里的最后一只，看到车冲过来，它明显歪了下身子想要避开。我家里就有只从小带大的灰喜鹊，我们俩感情深厚，睡觉也要一起，那段时间我刚去人大救了一只被大喜鹊啄断翅膀的灰喜鹊，与这个物种颇有渊源。我很庆幸，心脏突突地跳，希望它下次能飞高些。再经过时，它们就飞得更高更快了。

在城市中流浪的动物最后都去哪儿了呢？是不是也有一座城市边缘的大象坟墓？后来我们都有了车，来往更加方便，可是谁都没有再去过房山那个流浪动物收容所。

之后的温驰，依旧会拍下草丛里流浪的小猫，用自己巧克力色的手指去戳白猫的面颊，发给我看。我想起我们还在一起时送走的那些动物，问他："你后来去看过小虎吗？"

"没脸去。小虎没了咋办？"

"大爷说得真对，把动物送到那儿以后，就再也没有人回去看望过了。"

"去了能干什么？我无能为力。"

几年以后，我再回到大爷的家里去看，大爷说："小狗被领走了，去了个好人家。"

PART 4

无常

北京又下了几场雪，郊区的雪分外丰盛，我仿佛回到了童年。

松鼠也看呆了，它会在起风的时候竖起耳朵，凑在窗口使劲闻外面的味道。

2020，时疫之冬

北京三面环山，而南面则是一大片平原，老舍经常夸西山和北山上运来的水果和花，而北京做环保的人都盼着西北风把雾霾吹到南面。从南二环往南，人口密度逐渐下降，而我所在的南六环更是地广人稀。从地铁的终点站下来，打车 20 分钟才到。

工业区的自来水发黄，过滤加热后仍有股浓烈的怪味，喝下去感觉脸都绿了，硬件条件上来看并不宜居。好在足够安静，房租便宜，物业靠谱，大可以隐遁于市。

附近只有一家叫春雷的超市和一堆小饭馆，物价比市里高出不少。我第一次去看房时，春雷超市的员工正在搬面粉，我透过超市的后门观察里面的货架，平添很多神秘感。

在我决定像娜拉一样卷铺盖搬出去后，我妈方惊觉自己情绪出了问题，一是未承想穷困潦倒的我真的有能力搬出家，二是心疼房租外流。一夜之间她忽又转变了态度，开着小电动车把我和剩下的行李送了过来。进了屋，她以一个工程师的挑剔态度检阅了一遍房子，结论是我的公寓是由办公室改装成的。第二天她又在"耗子窝"

里发了许多难过的表情包，责备自己把我赶了出去，半命令半恳求地让我一个月后就回家。

我当然拒绝，我交了半年的押金。回家自然可以衣来伸手，饭来张口，也可以省一大笔钱，但无疑会降低许多效率，押金也没了。何况，我已经把松鼠带了出来，它在家一出来玩，父母就挥着衣架赶过来大声疾呼："老鼠，老鼠又跑出来了！你快把它关进笼子里！"

父母不喜欢松鼠，他们言之凿凿地把松鼠称作老鼠，觉得世界上一切鼠类都令人讨厌。作为啮齿类动物，松鼠爱用它的小黄板牙感受这个世界，这更令他们无法容忍。我想我和松鼠一样，需要完全的自主权。随着我的出走，我和父母的关系又慢慢地恢复了正常。

不多时，我对春雷超市的新鲜劲就过去了。青菜永远是干枯且蔫儿的，胡萝卜一个个无精打采，鸡蛋像快孵出来了。每次经过饮料区，一位女服务员都在热烈地用河南话和老家人视频："你叫俺看看你作业，你的笔搁哪儿去啦？"很亲切。

而除了春雷超市，周围似乎没有卖菜的地方。买菜的 APP 上，这里要么超过配送范围，要么 72 小时之内才能发货，蔬菜价格和起送费也很高。我每个月再花 200 多块钱，买 200 多斤桶装饮用水，让快递小哥推几箱子上来。

为了吃到新鲜的蔬菜，我决定每周末回城里采购一次。如果坐地铁回家，我需要打车到地铁口，再坐地铁倒 3 趟车，全程需要 2 个小时。有时我可以借用家里的车开回公寓，选择避峰出行，开车只需要 40 分钟左右。到家以后，我下单买菜，看一看家里的老人和动物，再从家里搜刮点儿油水背走。在精妙计算下，我只需 36 块钱就能在 APP 买好一周的青菜。

疫情一来，我的勤俭持家的小算盘再也打不响了。

我无心学习，除了和朋友们一起刷新闻到凌晨 3 点多，一天往"看一看"里推 20 条相关报道，捐款助农，一样没落下。我在家族群里每天宣扬必须戴口罩，我妈从转发"60 后让 90 后别熬夜，90 后让 60 后戴上口罩，谁也不听谁"这样的段子，到最后终于忍不住在"耗子窝"里爆发了。

她手打了 1000 字的长文来教训我——

"领导的心都让你操了，你是在学习吗！每天打开微信'看一看'，都是你在刷屏，赶紧集中精力复习……"

"这不是操领导的心，这是为我们自己操心。"

她很快打来电话："啥时候回家过年？"

"我 25 号回去，不是 25 号过年吗？"

"你过糊涂了？ 24 号过年，老子特意提前请了一天假回来打扫屋子，快过年了，你也不说回来打扫……"

"我学习了！拜拜！"我挂掉电话，决定回家待两天就回来。

回家路上，小电动车开到半路，快没电了，我只好下高速去找充电桩，地图上显示的充电桩都未出现。转了一小时后，我终于凭直觉找到。把车充上电以后，我走了很远去找地方垫口饭。年前大部分小饭馆都关了，老乡们回家过年，只有兰州拉面馆还开着。店家给我端了面，还给我倒了一小壶美味的红茶，抚平了我的愤懑。

一个小时后回去一看，没想到充电桩故障，白费了工夫。我戴着口罩对着冷空气拳打脚踢，换了个充电桩，冒着被电死的风险，坐在车上盯着充电，冻了半个小时才出发。那天我从公寓到家一共用了 4 个多小时，走着都能到了。

这让我想起来，非典那年，我还在燕郊上小学。疫情一来，学校宣布放假，从放假三周又延到了一个月，只觉得不可思议，电话里奔走相告，各个家属院也开始封锁。那时从燕郊去北京上班的人还不多，我妈算其中比较辛苦的一位，她每天早晨 5 点多起来，坐930 路公交去大北窑倒地铁 1 号线，再到公主坟站下来坐公交去海淀的数码大厦上班，单程 2 个多小时，她跑了 10 多年。

很快北京封城，公交线路关闭，我妈一度不能上班，但单位的活儿除了她没人能做。她只好在京西租了一间农民的平房，方便每天上班。回想起来，那时我妈不在家，我很开心，她有时会打电话回来问我作业写得怎么样了，我骗她说写了写了。

没想到，17 年过去了，我还在学习，我妈还在给我打电话。

作为工程师，父母的工作要求精度极高，不能出任何差错，不然会造成重大安全事故。也许是这一原因，他们对我的学习和生活要求也极为严格。小时候，我做奥数卷子，父亲必紧皱着眉在一旁盯着，我实在解不出方程式，他便夺过钢笔，在他的本子上演算一个笼子里到底有多少只鸡和兔子给我看。护眼小台灯下，那只肤色偏深、血管鼓起的棕色拳头不时伴着怒吼抢在我身上，年幼的我泪如雨下。我至今也不明白为什么人们要把鸡和兔子放在一个笼子里，简直是毫无人道，这或许是长大后我做动物保护的原始诱因？

据父亲的同事说，他们这些人之所以脾气都很大，是因为工地的活儿很辛苦。有时工人不够，工程师就要自己下地去扛钢筋水泥；有时工人做事不认真，如果他们不大声嚷嚷，对方就不会当回事。好在随着年龄增长，我爸的脾气已经趋于稳定。

"我都忘了，我那时戴的是什么口罩？"我妈清点着我们雾霾时期留下的口罩。我们家不到天如仙境，鼻孔如下矿的地步，以前在雾霾天也绝不戴口罩，全都得过且过。更何况还有一个无论刮风下雨一定要大开着窗户，出去遛弯拥抱雾霾的奶奶，美其名曰这只不过是阴天，而伊做饭要通风。

我每次劝奶奶不要在雾霾天开窗，她都会用力地点着头，往外走，带着一种看似诚恳、实则不屑的表情。"嗯嗯，雾煤（雾霾）雾煤雾煤。"刚走两步，她又不甘心地回过头指点着，"我跟你说，人怎么死都是天注定，跟雾煤没关系！"

奶奶不想戴口罩，况且她的鼻梁和猫咪一样接近于无，口罩系不紧，我只能三令五申地敲打她不要出门，往常如果不是做家务和睡觉，她几乎都在外面散步。我在她的小屋里挥了一番胳膊，按照她既有的基础病状况，对她实话实说："你这个身体状况要得了还挺得住吗？你肯定都得给我们染上，你要死了我也不活了。"

在我的日夜恐吓下，奶奶终于卸掉了那副看似诚恳、实则不屑的表情，往常爱把"怎么还不死"挂在嘴边的她，此刻面露惊惶地小声回了一句："死不了啊！"

从此她只趁着倒垃圾的工夫，以迅雷不及掩耳之势，不戴口罩地往外冲。80岁的老太太为了放风，总能绕过众多耳目，绞尽脑汁逃脱"法网"。她有时站在窗前，看着别的老头老太太还在楼下捡破烂，感觉很寂寞。晚上，她把我爸拉到她屋里看《中国诗词大会》，独自一人时就看中俄合拍的电视剧，追忆年轻时曾去苏联做工的往昔，看我过去便教我说几句带着山东口音的俄语单词和日常对话。我哼哈两句便夺路而逃，她在后面挥着胳膊大嚷："你记住了吗！你个厮（死）孩子！"

疫情一时仍无好转迹象，我家附近一公里处有两个小区都出现了患者。父母不打算放我回出租屋了，他们断言我会饿死在没有菜的出租屋里，而返城的人们一回来，我又面临着风险。

"家里还有一根葱都不能出去了，做个葱油面挺好。"疫情高峰的那几天，我妈这样宣布，"吃点儿咸菜也是过一天。"

我爸随声附和着，他一向惜命，一有风吹草动就四处求神拜医。他不会开车，平时上班要坐漫长的1号线和八通线。复工前一天，他在家里愁得转了一上午圈，终于等到了领导特批在家办公的消息。他高兴地举起用了五六年的小黄手机向大家宣布："哈哈，我不用去单位了！"

高兴劲没过多久，他又唉声叹气起来："今年还就武汉有活儿干，这下也别想了。"武汉有不少工程，他几乎每个月都要去武汉出差几回，每次去都要带周黑鸭回来，拍武汉长江大桥发群里。

每天醒来，我拿起手机先看几小时报道。灰喜鹊花花会飞进来给我唱歌。我从家搬走后，花花非常想念我，我一回家就贴在我身上寸步不离。以前，由于领地意识，它从不进我的屋，我走以后它经常进我的屋里张望。

我加入的养鸟群里，有个女孩因为在老家隔离，没法回出租屋，终于能回去后，发现即将成年的小灰喜鹊已经淹死在水缸里了，它的羽毛还是鲜活的浅蓝和温柔的浅灰，眼睛却已经闭上了。

在家复习，学业几近荒废，我从家里搜刮了些青菜，又回到了大兴。刚到大兴，我就听说家附近的物美大卖场里有个卖火腿的促销员被救护车拉走了。我爸刚从大卖场回来不久，爱出去买菜的他呆住了，我们决定互相隔离三周。

专家宣布病毒可通过气溶胶传播，我着急地在微信上询问我妈是否堵好下水道，楼道是否消毒，是否禁止我爸出门买菜等一系列问题。

我妈对此不屑一顾，原来暖通专业出身的她，平时早就把浴室的下水口堵住了。她得意地发了几句："你们现在才知道吗？不用的

时候都应该堵住，你们却总给我掀起来。这是我的专业，说了你们
也不懂。"

等我再次往"耗子窝"里发"震惊！""速看！""提高警惕"
时，我妈就不理我了，反而在家族大群里和亲戚们聊得火热，我讪
讪地扔掉了手机。

北京又下了几场雪，郊区的雪分外丰盛，我仿佛回到了童年。
松鼠也看呆了，它会在起风的时候竖起耳朵，凑在窗口使劲闻外面
的味道。没有矿泉水喝了，春雷超市不开门，过年期间没人送水。
邻居遛弯时，发现往北一公里有个小超市还在开，这救了我的命。
于是一个暴雪天，我戴好口罩和护目镜，背上帆布书包，穿着一双
旧毛靴，踩着齐靴深的水，向着小超市出发了。

小超市里有本地的村民大叔，戴着口罩，对着香烟的品牌犹豫
不决，正和老板热火朝天地闲聊。我不敢久留，扛了40斤的水、
一大包蔬菜和零食，极慢极慢地往回走，默默无语两眼雾，耳边
响起驼铃声。几十分钟后，我到家了，毛靴里都是积水，裹了两
腿泥。

好友担心我的安全，不让我再出去买菜，给我买了昂贵的有机
菜套餐。我想到胡适隔三岔五从北京过去给老虎桥的陈独秀送好吃
的。等了两天菜终于送到，抱上来一看，莜麦菜耀武扬威，让我以
为春天撞进了我怀里。

家附近的物美大卖场发了辟谣公告，说火腿促销员从未回过老

家，也没有被救护车拉走，希望大家不要传谣。于是，我和父母的隔离期就这样结束了。

来探访我那天，我妈得意地在家族群里发了一长串洗羽绒服的秘诀，着重介绍了如何清除污渍，还不伤羽绒。原来，她给我搓了3个小时的羽绒服，把浅蓝色的羽绒服洗得非常干净。

每年冬天我妈都会亲手给我搓洗羽绒服，理由是去洗衣店洗不干净。我开视频夸了她，她说北京的供暖要结束了，郊区寒冷，要立刻给我送毯子和棉裤过来，我连说不必，她还是带着我爸上了五环。

两人带着五块新鲜的豆腐、我妈用面包机做的全麦面包、我爸砸的一兜核桃，还有裤子、毯子和蔬果，大包小包地来到了我的小屋。打开门，两人戴着粉色碎花的薄纸口罩，这是为了节约口罩而用的替代品，衣服臃肿，只露出两双眼睛，像卡通片里出来的。看见我放在窗边的一排发了芽的土豆和立着的娃娃菜，连忙嚷道："你吃啊！你做了吃啊！你别不吃啊！"为了节省复习时间，我很少开火做饭。

小时候爸妈常给我讲一个故事，一个懒人的父母要出去半个月，便给他脖子上挂了两张饼，让他吃完了前面的饼，再转过头去吃后面的饼。结果回家以后，发现他饿死了，因为前面的饼吃光了，他懒得转过头去吃后面的饼。我觉得我和那个懒人没啥区别。

打发了二老回家，我打开书，看到瞿秋白曾书写这样一句话：

"中国的豆腐也是很好吃的东西，世界第一！"想起疫情中的种种，似乎听到春雷滚滚。

是的，春雷超市今天开门了。

一
些
零
碎
的
后
记

　　在这一篇后记，我会介绍一些关于这本书的背景故事，灵感来自超级市场的新专辑《2022 我们零零碎碎的》。这本书成书跨度约 4 年，讲述的时间从 20 世纪 50 年代伊始，间或有重复呈现的事实，烦请谅解。

　　我家里都是学理工的，但我却与他们的基因表达南辕北辙。自 6 岁开始，在我爸给我念"老鼠在狮子头上沙沙地走了起来"（出自《伊索寓言》）时，我就决定成为一名作家。在写作方面，我依然被理工科的调查考证思维所影响。庖丁解牛，看牛是看牛零件，现在我看片子也好，看书也好，任督二脉即通，自然也要看起想象力和表现手法。

　　我曾想，要是写虚构或非虚构，涉及部分专业知识，必须做细致的采访和研究，而不是凭自己的想象，写出一些人云亦云的理所当然的东西。进入一个田野调查的场域，没有长时间的跟踪和探索，甚至对人物没有很深的了解，始终处在外部视角去猜，见山喊一喊，而不见林木中的野趣，那是浪费纸。

写小说也是，如果没有创新的技巧、新鲜的故事和灵妙的构思，不敢言说种种困境，那所有的东西都将陷入同质化。创意写作没有创意，叫什么创意写作。以新闻故事为主题的小说也很多，但一些人对他人的苦难很难有想象力，大多是概念化的想象和叙事，这就需要文章拥有敏锐的触觉，进行诡妙的切割和准确的呈现，在一些新闻的人物特稿和剥洋葱似的叙事里，往往刺痛人的也是那些如刻刀般锋利的细节。

我经常爬山徒步，或是扛着长焦镜头到处找鸟。有年秋天，我和家属还有两个学姐，下午 2 点从怀柔上山，傍晚行至 1000 多米高的悬崖边，另一条路被连绵大雨冲毁，没有其他路，只能呈 90 度背对着山谷，一个一个摸着山石和枯枝慢慢挪下山，没有任何防护，足足持续了半个多小时。天色渐渐沉下来，骇人的山谷变成深渊巨口，我每每回头看，黑暗反而抚平了一些我的恐高情绪，那山阔大得竟像是布景，背后的深谷让我进入一种濒死的平静状态。

在那半个多小时里，我最后的念头是我还没有写出更多令人满意的稿子。好在之后我们踩在了踏实的山石和碎梯上，在月光中度过了 6 个小时，深夜 12 点才下到了平地。

抢命似的写，抢命似的活，依旧是我的人生信念。

在媒体行业的那几年，我做过一些文化采访，从演员、歌手、摇滚乐队、博物学家到素人，深感这个世界有意思的人太少。若是采访演员和歌手，短时间内发个似是而非的稿子，对我来说毫无意义。我所认定的采访，必须通过长时间的跟访、观察和聊天，就像马里奥·巴尔加斯·略萨的《酒吧长谈》，两者在酒吧里谈了很久很久，作者才能将一个人悲惨、虚伪而狡诈的被利用、被剥削的一生描摹透彻。

在宫中，身边的同事几乎都是爽利的大哥大姐，或者是朴实的保安保洁，接触的大多也是本地的游客，除去语言的共通性，我对他们还很有兴趣。很多人之所以安然待在这宫里，赚着很少的钱，受着很多的气，是因为他们有其他可以发光的领域。比如我的同事承哥，他曾经跟拍过《无尽攀登》中的"无腿勇士"夏伯渝，是剧组的二摄像，第一次他跟夏老师爬到了7000米，一起住了将近20天，包括夏老师夜里从大本营出发冲顶都是他拍的。

第二次夏伯渝老师继续冲刺，导演让承哥去7000米处等着，为期大约50天。珠峰登顶很贵，承哥没有登山证，平台怕他出事，不能承担风险，只允许他爬到7600米。另一方面，他还要兼顾工作，只能抱憾而别。虽然他没能陪夏老师登顶，但他走过世界上最危险的昆布冰川，也是珠峰南坡发生事故最多的地方，这里经常发生雪崩、冰崩、滑入冰体缝隙等事故，异常壮美的风光里也有无数破碎的灵魂，昆布冰川因此也被称为"恐怖冰川"。他还采访了和希拉里一起登顶珠峰的夏尔巴人丹增·诺盖的儿子。希拉里是第一个登顶珠峰的人，在珠峰 8790 米左右有一处 12 米高的悬壁就被命名为希拉里台阶。

在那里，承哥看见过世界上最大最美的影子，那是珠峰金字塔形的影子，他说没有任何地球上的物体可以与其媲美。8300 米处有海洋生物化石，证明了地壳运动和青藏高原的演变。

如今的承哥在广播寻人，偶尔去参加各个大使馆的活动宴会。夏天上班，从家里跑到单位，差不多 10 公里，整个人像河里刚捞出来的。

去年我和家人没能亲手放飞我们带大的北京雨燕黑麦，付出了很多，但还是差点儿运气。而今年，一位游客送来一只掉落的北京雨燕，几乎所有见过它的人都夸它漂亮，那是一只足以艳惊四座的小鸟。恰逢我们所在的区域有个二层小楼，面对着熙熙攘攘的马路，我让承哥站在楼梯上托举雨燕，我在楼下记录，同时以备雨燕摔伤的不测。在承哥举了将近 10 分钟，胳膊都快掉了的时候，那只美丽的雨燕忽然振翅而走。我绕着冬瓜门广场追了一圈，雨燕绕了两圈，成功飞回。

承哥的确是个幸运的人，第一次放飞雨燕就成功了，第一次爬珠峰就过了昆布冰川。

《颐和园》这篇稿子最初是作家淡豹向我约的稿，发在《时尚先生》杂志社的公众号"先生制造"上，起初写这篇用了 2 个多月的时间。淡豹说编辑部觉得很有意思，笑得不行，我说"是吗"。"先生制造"当时刚起步，阅读量平均只有2000多，我觉得正合我意，省得被领导发现说我。

结果，其反应远远出乎我的意料，这篇文章不仅被在颐和园长大的著名作家前辈叶广芩老师转发，后来扩散的范围还越来越大，全网阅读量大概超过20万，也受到了著名文学评论家、博士生导师张莉老师的关注。一些媒体找过来，我只接受了《新周刊》的采访，其他的都按上级要求谢绝了。因为写作的时候用了太久，每个句子都反复打磨，北京雨燕黑麦那个故事也是如此，导致我对这两篇文章完全脱敏，没有了"好与不好"的感觉，现在的感觉几近于麻木。

不仅我们这个系统的人都知道，大爷大妈也不停来找我，小朋友问我作品在哪里看，甚至学姐在酒吧遇见的陌生人、闺蜜在网上认识的相亲对象，都知道我在颐和园工作。还有的人真的以为我们在做保安或保洁的工作，虽说我们辛苦，但保安保洁的大爷大妈比我们辛苦一万倍。冬瓜门的保安大叔，常年站在太阳下暴晒，胳膊都晒成了紫茄子色，小亭旁勉强遮一遮，金属吸热，两者间又形成了对流，给他们蒸得更熟。

一个在一零一中学上学的小姑娘，高考完即将去南方的高校，因为鸟类救助的问题找我，说她的语文老师很喜欢我的文章，总是把我写的作品推荐给高中生们。我登时就很高兴，一零一中学一直是我梦想的中学，我有两个朋友也在一零一中学念过书。我一直很喜欢跟长辈或小朋友一起玩，想想自己的作品能被小朋友们看到，真的很开心。

再来说说《长号与冰轮》吧，这是这本书中最后一个完成的作品。当我写完《长号与冰轮》的那一刻，极度的喜悦冲昏了我的头，我四处给朋友看，说这是我的封书之作。更高兴的是，我终于写出了这个故事，有种买斧劈竹，破除胸中块垒的感觉。

岑冰轮所在的地方叫南蟠龙门，也是我轮岗的地方之一。蟠龙是未升天之龙，我们来不及飞龙在天，也别提亢龙有悔，就是窝在一隅，"我未成名卿未嫁"的蟠龙。这个门的化名，再适合我和冰轮不过了。

南蟠龙门的掌门人叫彭岛一琅。大家都简称他为彭岛，他的名字像日本人的名字，还留着太君似的小胡子，但他是个地道的冬宫子弟。我们卖年票时，彭岛一琅从南蟠龙门过来，看过我们十天，他坐在门口的桌子边，和保安大福插科打诨，但每天都一脸严肃地让我们早五分钟到岗。

那时，我根本就不知道南蟠龙门在哪儿，胡乱听了几耳朵，还以为他在南海岛上做岛主，虽然南海岛传说晚上闹鬼，但是岛主可不是谁都能当的，我想到了黄岛主，好生羡慕。

轮岗时我们被分配到了传说中的神仙之地南蟠龙门后，居然看到了彭岛。

我十分诧异："咦？你不是南海岛的吗？你怎么来这儿了？"

"谁跟你说我是南海岛的？我是南蟠龙门的，你什么耳朵！"

接着，他把我们从西门领走，开着四个圈带我们绕了一圈四环，来到了南蟠龙门。到了南蟠龙门的小黑屋里，他笑着跟我们说注意事项："你卖年票那会儿老点那星星咖啡吧！我可告诉你啊，星星咖啡可送不到这儿，你点不了星星咖啡了。"

彭岛大哥照旧严格卡我考勤，有时我们上下班会遇见。他开着四个圈从游泳大爷们的豪车里歪歪扭扭地杀出来，经过狝猗桥，看见我在狭窄的车道里暴躁过车，都会摇下车窗，拎一下我。"哎！你可得快点儿啊！"

平时因为分组的关系，我们很少见面，但彭岛一琅到底是南蟠龙门的大掌门。自从《颐和园》那篇文章火了之后，有大爷三番五次推门找我麻烦，他和同事都默默帮我挡了下来，也从来没告诉过我。我听说后去问他，他告诉我，没事，不用管。我特别感动。

总之，彭岛比较温和，很少发脾气，大事化小，小事化了。但冰轮不是这样，作为南蟠龙门资历最老的员工，他在那儿干了15年，也辅佐了以前的掌门人10年，吃过很多苦，也见过很多棘手的事，有北京人那种劲劲的感觉。小文当时作为我们小组的副掌门，年纪小，说话慢悠悠的，秉性更加温和，曾有游客当着一整个团的面，在门口撒泼打滚，指着他鼻子骂，他也只是用力地点点头，看着远方的垂杨柳，等着警察过来处理。

我见过他们几个站在一起讨论某个工作问题。彭岛说出工作上的具体困难，小文在一边点头，说些体己的话，而冰轮哥则在一边义愤填膺，慷慨激昂地让彭岛前去跟人交涉，争取权益。彭岛看着他，笑得不行："要不哥你去？你去！你去跟他们说！"

当时南蟠龙门检票分为三个小组，我们到了南蟠龙门以后随机分配，起初我总能跟上冰轮那组，他说："你怎么老来我们组，你就跟我们组吧！"

后来，我也没能跟成他们那组，偶尔碰见才能聊几句。

当我一脸苦闷地站在那狭小的岗亭里，和冰轮大哥一起检票时，我百无聊赖地看着阴雨天，听他对我们这批高学历的来检票表示惊异，他说："南蟠龙门什么时候也没来过你这样的啊！"南蟠龙门可是个香饽饽，一般人可进不来，我苦笑道："那一般人能来得了吗？"

后来，他说他学了10多年古典乐，最后来检票。这时轮到我震惊了，我立刻想回一句："南蟠龙门什么时候有了你这样的啊！"我们面面相觑，想必彼此心里都升起一个疑问："那你来这儿检什么票啊！"作为一个小学时吹长笛半途而废的人，我立刻来了兴趣，缠着他问了好多当时的事。我印象最深的是，我们站在岗亭里，他说起在良乡代课，坐在回家的公交车上，他看着窗外大片的荒地大哭。我听了，心里特别难受。

冰轮是个极难搞的采访对象，对他的采访，我前前后后跟了一年。冰轮受过长号专业的打击，对这个话题从根本上抱有抵触心理，他在微信上绝不肯说，也很少回复信息，总是卖关子，不知被我说了多少次出尔反尔。说是见面聊，但工作忙，又遇上疫情，我就完整地约过他两次采访，一次三小时，一次六小时。成稿几个月后，我还是对一些细节不太满意，冰轮不愿意回答，特意找到了当年的同学派特来帮我补充信息，我很感谢他。

我第一次对冰轮的采访，在冬天的冬宫咖啡馆，那天特别荒凉，九卿房前只有枯枝败叶，还有偶尔经过的喜鹊。冰轮穿着棉服风衣，像做贼一样四处张望，生怕遇见熟人不好解释，像特务接头。他起初会错了意，以为我要问他宫里的秘事，信誓旦旦地说把宫里的事全告诉我。

直到我说，我对宫里的往事并不感兴趣，那并不是我此行的目的时，他才泄了气："我有什么可谈的。"

冰轮还是个发散性思维很强的采访对象，常常会从一句话发散到另一句话，且垫话非常多，往往剥开很多层，才能触及核心。在事后向他核实一些细节的时候，他也爱避而不谈或者卖关子，对于吹长号的往事不愿回首。

当我终于在夏天将这个采访做完时，当天手机不知怎么回事，长达三小时的录音在我眼前消失，甚至在回收站也没看到，真的很邪门，好在我对冰轮的过往颇有了解，记忆力极佳。写稿子的时候，有天突然断闸，内容没有保存上。紧接着，我又莫名其妙地生病，接连跑医院，连续几天都没精力动笔。

在这篇稿子将要完成之际，我和卖票的姐姐救助了一只忽然出现在大门口，重病濒临死亡的小奶猫。在我送它去医院，强制喂食，打针吃药和擦屁股的那几天，又碰到南方一只白腰雨燕幼鸟掉在地上，朋友来找我，我连忙远程指导网友饲养与放归。所有的事都赶在一天来。终于忙完小奶猫小帕尼尼的事，《长号与冰轮》才正式完稿，那只白腰雨燕也成功飞回天空。

这篇稿子来得如此不易，遇到如此多阻碍，一定有些奇怪的运气在。何况，冰轮大哥给我讲了很多传奇的故事，很遗憾，这些故事大概永远都不会出现在纸面上。

冰轮影里山河见，玉鉴光中星斗明。万象主人收拾尽，一樽酬罢一诗成。冰轮这个名字是中国古典文学中对月亮的雅称，京剧《贵妃醉酒》中第一句"海岛冰轮初转腾"也很曼妙。我将冰轮作为男主人公的名字，觉得既符合他日渐丰润的形象，也有阴晴圆缺的暗涵。还有神话传说嫦娥奔月，月总给人以无尽的遐想和遗憾。

几个月后的十一假期，我、冰轮和他的同学派特吃了顿饭，派特刚给学生上完一天的专业课，开车从遥远的地方赶来，又要赶路回到遥远的家里，就算如此，派特也没有什么情绪波动。派特穿着一件朱红色短袖，身材匀称，戴着黑框眼镜，说话慢悠悠的，逻辑思维很强，由于身体抱恙，吃饭只能吃一些蔬菜。派特只比冰轮大几个月，却比冰轮沉稳很多，说起过往抽丝剥茧，生活中的许多事他已经看得非常透彻，他谦虚地认为，自己并不像妻子对小提琴那样对长号如痴如醉，长号于他就是谋生的手段，而他妻子才是真正的"琴魔"。

我感觉，正是少年时对古典乐的认真和刻苦，才铸就了他今日的平静和淡然。

他说，识谱快的孩子一定聪明，而视唱、练耳一定要在 6 岁前培养出来，如果过了 6 岁，还没有将音准刻在脑子中，那么之后孩子学习西洋乐器就会慢一些。学得好的孩子，数学和动手能力也会很好，音乐严格的训练对大脑的思维拓展很有好处。而古典乐的曲式结构、调性布局、和声的运用和复调音乐的演奏技法等大多相当复杂，这一切都注定了古典乐是理性的存在，而演奏者将生命中丰富的感性体验用理性的技术表达出来，才能打动听众，将音符中的情感和精准的技术完美演绎出来。

冰轮在一边默不作声，偶尔插上几句话，总是一副满不在乎的样子，眼神散落四周。

我把这个故事给编辑朋友郑科鹏看，他说这个故事的节奏像冰轮吹长号一样稳重，而熊阿姨刘敏说，这是一个很好的失败者故事，可以让故事有一些变奏。我一度想把《长号与冰轮》做这本书的题目，郑科鹏说有点儿像《月亮与六便士》，只不过这是反向的《月亮与六便士》。大概，《长号与冰轮》不会成为这本书的题目了。

我总是有种磁场，遇到志同道合的人，经历各种苦事怪事，认识各种饱受折磨的灵魂，遇到无比可爱的神奇动物，并与之达成共振。我逐渐从一个运气平平甚至屡战屡败的小孩，进入了宫门的奇幻世界，在这里，甚至救助流浪猫都有专业的同事姐姐来帮我。

同事姐姐会给遇见的流浪猫狗打针绝育，托人抓流浪猫做常规检查。她的家里收养了三只小流浪猫，卖完票一下班，在酷暑的天里，她骑小电驴子走 8 公里，到我家门口给小帕尼尼打针，每日如此。

我见过很多收养流浪动物的老人，我也会给动保组织和流浪动物组织捐款，但从未在身边遇到过这样的同事，身体力行，毫不厌倦。我属于北京人里比较热情的，可能遗传了我奶奶的山东基因。但作为一个老北京，同事姐姐所爆发出的那种生命能量和热情博爱，简直让我目瞪口呆。

在我去休婚假之时，她和我们的铅球运动员小鱼儿，一起帮我守护着小帕尼尼。小鱼儿身高接近 1 米 9，很爱猫，家中不允许养猫，她就看别人家的猫咪。又怕被猫抓，她每次都左右拽拽自己的衬衫袖子到手边，小心翼翼地将小帕尼尼抱在怀中，它比一只铅球更轻。

最后，我想谈谈这本书里获过奖的《你好，我是核三代》。在个人生活经历了诸多变动后，我不再像最初那样，对此抱有集体性的慨当以慷。所有风平浪静的叙事都无法道尽生活中点滴的痛苦，而这些痛苦正是逐代逐日积累而成的，它造成的剧烈影响在今日仍在蚕食每个人的精神。战争、灾荒、瘟疫和饥饿，还有个人的磨难，都会对人的精神、肉体乃至基因造成影响，并会把这种影响通过各种方式完成代际传播，这种隐藏的传播或许来自更远古的时代。

中国人的这种独具东方主义的牺牲精神，早在上古开天辟地、夸父追日、精卫填海和愚公移山等神话故事里就奠定了悲剧性的基调，似乎古人早已对开创的艰辛有了深刻的悟道，有杀身成仁，有卧薪尝胆，大多是为了奉献和求义，纯粹的快乐很好。

主流传统推崇的快乐也建立在"见素抱朴，少私寡欲，绝学无忧"的基础上，很少有对"赢得青楼薄幸名"的纯粹享乐追求，直到当代生产力水平提高后，我们似乎才有了对美好和幸福生活的追求，有了是走向十字街头还是生活在象牙塔的两种选择。既然不能与历史和命运相对抗，就必须奉献出生命的一部分，只有将其升华，升华到一定高度，提纯精粹，去除某些杂质，才得以减轻心脏的重量。

最早这个故事，是投给澎湃新闻《镜相》栏目第一届非虚构写作大赛的，为了它，我辞掉了一份新媒体的工作，生怕赶不上deadline（最后期限）。除了从小到大熟知的事，采访家人用了一个多月，半夜两点多，故事一写完，我就直接发了出去。当时我就知道，那会是个好故事。等了半年，我得了二等奖。正是因此，我结识了当时在澎湃工作的编辑刘成硕，并和她成了好朋友。小硕毕业于北大新闻系，后来又去了同济大学读创意写作专业，现在在一家著名的大厂里工作，是个非常有语言天赋的青年作者，又有新闻专业的干脆利索，我非常入迷。她对文学还有最美好最纯真的幻想，在我最艰难的几年里，给了我无数的帮助和扶持，甚至还给我介绍了我的爱人。

很难想象，这一切都是来自《你好，我是核三代》的草蛇灰线。

至今我还是很遗憾，我对于"核"这部分叙事觉知很晚，我知道的大部分还是概括与概念性的内容。有个公众号叫"梁子故事"，里面有很多核三代与核二代的回忆，也偏重这种概括性的叙事，更多的是希望祖辈父辈能在这颗蓝星的红图上留下自己的生命痕迹，发给彼此的亲戚朋友看看，也不枉辛苦走一回。

相比多次被书写和提及的东北重工业，对核工业的书写几乎隐没在历史中，没有人知道，也没有人诉说，人们只觉得是艰辛的、可怕的事，至于细节如何，受制于很多信息源，无人知晓。大家看到最多的是白俄罗斯作家维特兰娜·阿列克谢耶维奇《切尔诺贝利的回忆》、美国作家苏珊·索萨德的《长崎·核劫余生》、太田康介的《被遗忘的动物们——日本福岛第一核电厂警戒区纪实》和大鹿靖明的《堆芯熔毁——福岛第一核电站事故实录》等，这些与灾难息息相关的非虚构文本，分量在，宽度在，空间也在，就像一座座扎实的核岛，内部是无限爆裂的原子反应堆，是人类文明史的恐怖方程式。我非常钦佩这些作者。

等到血液里的查克拉觉醒后，家族中直接参与早期建设的人只剩下了我奶奶，我的姥姥早已在我妈妈 21 岁时去世，我的爷爷在我 6 岁时去世，我的姥爷在我 22 岁生日时去世。我用了一个月的零碎时间慢慢采，直到我写完，他们也还会突然想到一些重要的细节，我便补充到这个完整版里。

从小到大，职业让父母习惯沉默，他们很少提及工作，提到的也只是工程代号。从小到大，我爸在家中，除了做饭、买菜、洗衣服、打扫卫生，在两件事上尤其积极，一个是坐在我身边带着我一起做题，另一个是转发我的文章给他们的工程师、项目经理和投标人员。哪怕他们的职业和我八竿子打不着，我爸也要把我的书送到工地上去。

我爸在工地上待了一辈子，跟我说最怕的就是打混凝土的声音，一听到那种声音，他整个人都嗡嗡的。这辈子真是听够了，也干够了，每天提心吊胆，真希望能早点儿退休，拔腿就跑。我有次租房，恰好不远处盖了一栋楼，那栋楼不分白天黑夜地装修，打混凝土的声音就像一根钢筋，直插进大脑，这还是隔着几百米的直线距离，更不要提日夜去工地的我爸。我突然就理解，为什么给我爸打电话，他永远听不见，不爱接电话，也不爱发信息，朋友圈里转的都是我那点儿可怜的文章。

我爸说，农民工多，女农民工更多，比男性更能干，有的还管做饭。我想到我奶奶年轻时在四川山里扛几火车几火车的水泥，年老了她带几大兜的食物坐公交倒地铁，从燕郊来京西，做了腰椎手术，双臂垂下如长臂猿，骨头上挂着肉，一步一步挪。

为此，我的直接信息来源少了很多，我也早已离开了大院生活，奶奶家还在，二叔一家和她一起住。辗转三省，脱离了熟人社会，很多资料因时间、精力和空间种种因素，难以抵达获取。这篇文章被大院里的人们所熟知，很多人我都早已不认识。且让我将这枚种子埋下，希望有天我可以随意穿梭两地，采拾遗落的故事。

奶奶80多岁，很多事情记不了那么细，经常是想起来一段才说一段，采访断断续续用了一个月，主要是核对各个时间点。辐射在我奶奶那儿有另一种表现形式，我再说一遍吧。她说那时候做外包工，一个月工资只有 30 多块，好吃的舍不得买。四川当地的老乡会卖一种青色的山李子，特别甜，她们就去买那个吃。大家站在建筑工地上吃着李子，听到军人拉响警笛，看见装载核废料的车开过来，她们撒腿就跑，都说那个东西"有毒"。她们把辐射叫作"毒"。

那个年代从事核工业建设的普通工人受过不少辐射。受制于当时的条件，有的从事核工业建设的工人没有很好的防护措施。我举个例子，当年有很多从农村来的苦孩子，参加核工业建设后，单位的劳保用品都舍不得用，全寄回家里。自己没有任何防护，只能下班后一遍遍用水洗，洗掉辐射。他们中很多人很快就发病死去，三四十岁的年纪，大部分是因为癌症。

后来，军工业面临转折，很多工人没有了工作，还生活在偏远的地区，或是二三线城市。有些核工业子弟没有很好的教学资源，也没有抓住什么下海的机会，毕业后去当电工，做小买卖，慢慢混到了中年。我妈至今都说着一口 821 厂的普通话，之前我妈在四川的山里上学，小学老师是东北人，她说着略带东北声调的普通话。我妈以前上班通勤，坐在地铁上打电话，旁边一个女人激动地问她："听你说话，你也是沈阳的？我也是沈阳的！"

我妈心想，自己一辈子也没去过沈阳咋办，但为了不失礼貌就说："对，我也是沈阳的！"

回家后她问我们："我真的说话像东北话呢？"

这是一个能够充分反映调动全国人民去大西南或大西北支援重工业军工业建设的好例子。天南海北的口音只存于父辈之间，孩子们之间则是一口变形的普通话。我们在听北京地区的方言时也是这样，住大院的或是中产阶级出身的孩子，属于新北京，北京口音没那么重；而我住在胡同里的朋友们，老北京口音特别重，一听即能辨分明。

在一次动物保护的志愿者活动中，冥冥注定似的，我认识了以前二机部副部长的孙女，得知了她家里更多令人唏嘘不已的故事，发觉我们竟在相似的命运中，经历相似的过往。

《一枚刀口入燕郊》则是一篇关于童年伤痕的书写，也是《你好，我是核三代》的叙事延展。在那些伤痛史的内部，有容纳无限风物的空间。多年过去，《西游记》里最吸引我的一句还是"耍子去也！"。世界不再是有立体、有阴影的图形，而是一片迷蒙可爱的云雾，而我跟在孙悟空身后，喝着娃哈哈好不快乐。

我的梦中一直有一座荒凉阔大的城市，有险峻的高山、黄河、冰瀑布、九江和奔涌的泉水，还有埋藏在幼年记忆深处的、20世纪90年代荒凉的西直门，那时我住在动物园旁边，那边无比荒凉。10多年来，我几乎每次进入睡眠，都会进入那个城市，城里有生锈的空中铁路轨道、老旧的公共汽车站，还有需要上下奔波的地铁隧道和换乘路线。诡异的是，我从未在现实生活中遇到过它们，也不知道它们是如何在我的梦中成形的。直到我去厦门休假，住在中山路一座凋敝的商场里，看到若干家倒闭的小店、嵌进油腻黑渍的地砖、变色的沉重玻璃门，以及走廊处几只欧式的青铜飞鸽，才发现了这相似的一幕。

其实，就是这篇文章里发生的事，将我的梦固定在那个陈旧的循环中，我被困在破败荒芜的商场、荒凉的立交桥、结冰的瀑布和深黑的高山里，并永不能出去。我觉得那是刻录在 DNA（脱氧核糖核酸）里的复苏。

初一的时候，学校老师问同学们希望未来人类能够实现什么，我的回答是：要利用核能源造福人类。20 世纪初，切尔诺贝利灾难的影响犹在，百科全书上到处都是，大家都觉得核是可怕的东西。但我爸告诉我，核是一种非常清洁的能源，如果有一天，技术能做到完全控制原子的反应，不会发生核泄漏和核爆炸，就可以更广泛地运用核能源，减轻地球的负担。

夸父逐日，也是抱着那种追逐能源的美好心愿；后羿射日，则影射了我们如今的全球变暖。我真心希望那一天可以早些到来，人类真的并不需要太多痛苦的非虚构，我们本应追逐的是文明、清洁、环保与可循环。

最近，颐和园折射进了我的梦，是盛夏雨后傍晚的祈年殿（可能我最喜欢天坛的蓝）。我在那半圆的蓝色屋檐下，透过瓦当滴下的水帘，看着远处的同事们。紧接着，我又在梦中找机会跳槽，去了一家时尚公司，是文案策划之类的老本行，看着周围衣着精致的女孩，我猛然想起来自己在某园随意的穿着，不用争奇斗艳，上班直接穿工服，每天素面朝天，根本不用花心思打扮。

在那一刻，我突然在梦中意识到，我再也回不到公司了，我对复杂的运转产生了本能的排斥。对于我辛辛苦苦考博三年，却因为种种奇葩的原因而颗粒无收的芥蒂，也稍稍消融。进了园却出不去，就像一个古老的诅咒，一则跨世的寓言，一场经典的三幕剧。

大清的很多太监都试图从这里跑出去，不是被抓回来发配充军，就是给披甲人为奴。有个叫柴定宁的，连续跑了三回，最终下场凄凉。我一向不看各种宫斗戏，不喜欢什么娘娘传，也并不理解对侯门将府的浪漫化处理。当翻开历史，看到人性的搏斗和文明的颠簸时，我觉得所有人都很可怜。

当然，宫墙内外的美丽与诡异、清雅与暴躁、痛苦与艰辛，身在一个独特的位置，是外人怎么也感受不到的。这两年来，处在最嘈杂忙乱的人间，我和所有唐宋的诗人在一起，他们的感受我全都懂。过去从海淀到朝阳的奔波可算终结，我再也不必为新媒体稿件殚精竭虑，我充分过着自己的生活。我有了很多顽主同事，误打误撞进入了一场大型情景喜剧，并希望在几年后，将这现代的宫内故事再继续演绎下去。

最后感谢博集天卷的毛老师、元子老师和编辑若琳，还有美丽可爱的一言酱，如果不是你们在 2021 年的暑天坚持要来颐和园找我，就不会有今天这本书，感谢你们对我繁重生活和整整一年延期的包容。这本书的成稿跨度约 4 年之久，而今终于面世，把各种心酸坚忍吞进肚中，相信未来会更好。

　　香香阁头，接着奏乐，接着舞。

　　PS：我现在不在那儿了。

一稿于 2022 年 8 月 5 日 22 点

二稿于 2022 年 10 月 15 日 21 点

图书在版编目（CIP）数据

春祺夏安 / 杜梨著 . -- 长沙：湖南文艺出版社，2023.5
ISBN 978-7-5726-1131-5

Ⅰ.①春… Ⅱ.①杜… Ⅲ.①散文集—中国—当代
Ⅳ.①I267

中国国家版本馆 CIP 数据核字（2023）第 074557 号

上架建议：畅销·散文

CHUNQI XIA' AN
春祺夏安

著　　者：杜　梨
出 版 人：陈新文
责任编辑：匡杨乐
监　　制：毛闽峰　刘　霁
特约策划：一　言
策划编辑：张若琳
文案编辑：赵志华
营销编辑：刘　珣　焦亚楠
封面设计：介末设计
版式设计：梁秋晨
插 画 师：胡无鬼
出　　版：湖南文艺出版社
　　　　　（长沙市雨花区东二环一段 508 号　邮编：410014）
网　　址：www.hnwy.net
印　　刷：河北鹏润印刷有限公司
经　　销：新华书店
开　　本：875 mm × 1230 mm　1/32
字　　数：198 千字
印　　张：9.25
版　　次：2023 年 5 月第 1 版
印　　次：2023 年 5 月第 1 次印刷
书　　号：ISBN 978-7-5726-1131-5
定　　价：52.00 元

若有质量问题，请致电质量监督电话：010-59096394
团购电话：010-59320018